中國诗学六论

（修订本）

李壮鹰 著

齊魯書社

图书在版编目（CIP）数据

中国诗学六论 / 李壮鹰著. -- 修订本.-- 济南：齐鲁书社，2021.7
ISBN 978-7-5333-4462-7

Ⅰ.①中… Ⅱ.①李… Ⅲ.①诗歌理论—中国 Ⅳ.①I207.2

中国版本图书馆CIP数据核字(2021)第131300号

责任编辑 / 王江源　　装帧设计 / 亓旭欣

中国诗学六论（修订本）
ZHONGGUO SHIXUE LIULUN XIUDINGBEN
李壮鹰 著

主管单位	山东出版传媒股份有限公司
出版发行	齊魯書社
社　　址	济南市英雄山路189号
邮　　编	250002
网　　址	www.qlss.com.cn
电子邮箱	qilupress@126.com
营销中心	（0531）82098521　82098519　82098517
印　　刷	日照日报印务中心
开　　本	710mm × 1000mm　1/16
印　　张	13.75
插　　页	2
字　　数	204千
版　　次	2021年7月第1版
印　　次	2021年7月第1次印刷
标准书号	ISBN 978-7-5333-4462-7
定　　价	58.00元

目录

修订本前言

李壮鹰

这是一本三十多年前写的书，初版于1989年，由齐鲁书社印行。当时只印了1600册，以后就没有再印，加之因为是研究生的教材，此书印出后，我给校内与校外研究生班上的中国诗学课，都以此为课本，用掉了印数中的相当一部分，故真正发行到市场中去的，估计也就是数百册，充其量不会足千。发行既少，时隔又长，使得这本小册子无形中成了真正的“珍稀孤本”，以至于原价三元的一册书，现在被旧书店居为奇货，要价竟飙升了几百倍。我到国内外多所大学讲过中国诗学课，曾看到好多学生手持《中国诗学六论》来听课，开始觉得很惊奇：只有几百本发行量的书怎么会变得这么多？仔细一瞧，极少有原版书，大都是“赝品”，是自己复印装订的。多年来，常常有人或是向我本人，或是在各种媒体上，建议再印此书。就在前几天，我浏览网站，还看到一位读者对再版此书的呼吁，谓本书“作者对西方文学和文论非常熟悉”，“基本功很扎实，引申发挥之处进退有据，启拨疑窦，有恍然一觉者”，“上世纪出版的书，观点挺立，有至今不废处，应该考虑出修订版”。

众所周知，在信息爆炸的今天，国内每年出版的读物很多，此种局面极大地方便了人们的阅读，丰富了读者的知识，但同时也使他们对读物水准的要求越来越高，眼光也越来越挑剔。而如此挑剔的读者在茫茫的书海之中，偏偏对我写于三十多年前的这本旧书情有独钟，对于我来说，确是一种超乎寻常的慰藉。

在《中国诗学六论》初版“后记”的结尾处，我曾经写过这样的话：“我期待着读者对这本书的注意，更期待着人们对它的批评、指正。”但考虑到当时学术界的实际情况，更基于本书有限的印数，我对这个期待并没有抱着很大的信心，心想本书恐怕不会受到读者的重视，它的出版，很可能如片雪入于红炉，连闪都不会闪一下便消失得无影无踪。

但是，我想错了。几十年来，学界学人对本书给予了种种支持和鼓励。我记得书出版后，程千帆先生就曾来信极赞拙作“功力深厚，观点甚新”；侯敏泽先生也热情称赞此书对古文论的研究方法具有开创性，学术价值很高。这些已故的学术前辈的鼓励，一直是我深入研究中国诗学的动力。20世纪80年代末至90年代初，日本、韩国和新加坡等国家的大学都曾把这本书作为研究生研究中国诗学的必读参考书，国内一些大学也把本书列入文艺学研究生的重要推荐阅读书目。特别是21世纪以来，随着人们民族文化自信心的提高和对中华文化特色整体研究的重视，学术界学人在中外文艺学的研究中提到、评论、引述、赞许本书的越来越多。现在，学术界已一致认为，本书是国内外首部从横向逻辑上总结中国诗学理论体系的著作，并对我所持的研究方法及所提出的不少阐释给予了很高的评价。比如我在本书中首次提出的中国诗学体系属于“潜体系”、“情兴”为中国诗之本体等结论，都已在目前学术界获得较为广泛的认同。

王静安先生曾云：“人生过处唯存悔，知识增时只益疑。”“悔其少作”，是不少学人到了晚年进行自我总结时的共同感受。作为一个老学人，几十年来我写过不少文章，出版过不少书籍，但随着自身知识的积累、思想方法的改进，对过去所发表的东西常生悔意，有些文章过去自觉很满意，现在看来观点亟待商榷；有些作品的观点当时觉得挺周到，现在看来感到相当空疏；有些书中所用的思维方式，当时自感颇为时髦，但现在感到陈旧甚至荒谬。这些其实都是很自然的。今天我重读《中国诗学六论》，也会发现其中的一些不足，但对此书的整体水平和学术价值，应该说基本上还是比较满意的。日前读到杜少静发表在2015年的关于拙作的一篇专评《独出机杼，烛照深微——评李壮鹰〈中国诗学六论〉》，读后很感动，深有收益，也甚觉欣慰。在这篇书评中，杜少静对《中国诗学六论》的研究路径、阐述方法、理论内容及学术价值都进行了高度的评价，此书评可以作为《中国诗学六论》问世以来所获诸多的学术界评价的代表之一。因此，在本书几十年后终获修订之际，我很愿意与读过此书、正在读此书，以及准备要读此书的读者和准读者们一起来分享一下这篇书评。

杜少静认为，本书“论证严密，形成了中国诗论独特而深微的研究特色。虽时过境迁，但其对中国诗歌研究之深入、解剖之深刻，仍令人难以望其项背，值得我们仔细研读”。杜少静重点从研究视野之广阔、范畴辨析之明晰、理论剖析之深入、表述方式之灵活等几个方面对拙作进行了评赞。

在研究路径与视野方面，杜少静指出本书与同类书不同，“不是古代诗论的简单拼凑，更不是和多数文论著作那样对诗歌理论发展的纵向梳理。它所要做的，是‘找出它（中国诗学）的理论体系’、是‘通过对古代诗学的整体的、宏观的审辨，用逻辑的形式把它阐发出来，使这个体系由原来的潜在形式变成直接形式，使人们对它的感性直觉上升到理论的自觉’”。在对古代诗学范畴的辨析上，杜少静指出《中国诗学六论》能克服以往以中说中、囫囵不明的弊端，借用西方哲学、艺术论作为参照，纵贯中西，在中西对比中对中国诗学的概念内涵进行详切的解读，从而达到“辞约理辨，入木三分”的效果。在理论剖析方面，杜少静以“寻幽入微，醍醐灌顶”来说明本书的思想洞察力所达到的深度，“（作者）思想的深邃性在于对中国诗歌理论进行探讨的时候，总结出来的观点总是富于哲学思辨性”；对许多问题，大到中国文论研究所面临的“反认他乡作故乡”的可悲局面的问题，小到对一些具体的诗学现象的分析，“无不体现着作者深刻的思想洞察力”。对于本书的叙述风格，杜少静也指出，因为中国诗学的特殊性质，以往研究著作的阐述往往枯燥而模糊，“而在《中国诗学六论》中，这一研究弱点已经基本被克服，体现了他高超的语言表达与驾驭能力”。杜少静指出本书善用比喻来说明艰深的概念，故立论阐理，举重若轻，“（作者的）语言在学术严肃性之外，还带有一种平易近人的诙谐感”，从而创造了“一种对话交流的情境，不仅将自己和读者之间产生的隔膜打破，而且将深奥的论述以一种更易于理解的方式表达了出来”。最后，杜少静这样评估本书的学术价值：“李壮鹰先生的《中国诗学六论》确为一部体例简洁而思想深邃、语言幽默而不乏学术严肃性的上乘之作。尽管写于上世纪八十年代，但其对中西文论差异性、中国古代文论，尤其是诗歌理论的分析充满了独创性，无法企及。读这部书，收获的不仅是专业知识，更是思想的启蒙。这本书自问世以来，得到了许多学者的关注，相信这部著作也会经受住历史和时代的检验，为中国诗学理论的发展添砖加瓦，对后世学者的研究起到重要的借鉴作用。”

说句实在话，对上引书评中的种种称许，尤其是如“难以望其项背”“无法企及”这样的夸奖，我是惶愧而不敢当的，我只能把它当作对我的激励。不过这位素昧平生的年轻学者对我几十年之前写的这本旧书的重视和肯定，却也体现了目前人们对民族文化的自信，对认真研究民族文化的热情，以及建立中国特色学术研究体系的迫切要求。它有力地纠正了我前些年所持有的“商业一发展，国学必贬值”的悲观想法，因而对自己的研究也更有信心。

本书的修订，在学术上是有意义的，对自己的学术研究生涯来说，尤其是一件不可小觑的大事。在本次修订中，改正了初版中的一些文字错误，为了帮助读者理解和印证书中的观点，附录的内容也有所增加。按常理说，既然是“修订”，则书中的议论凡现在看来不满意者，皆应该按今日之理解进行改写，以此体现“与时俱进”之态度。但作为一个老学人，多年来的研究实践，使我对源自西方的“进化论”产生了怀疑，大到天地之演化、宇宙之运行，小至社会之文化、个人之思想，是否都是今胜于昔，我在哲学上已不敢回答。更何况从我自身来讲，行年既老，伴随着白发增多的是颅内脑细胞的日渐缩减，精力、脑力的“退行性”是不言而喻的。这是自然规律，非关年龄歧视。我向来看不起那些上了年纪的学术界权威的“卖老”和演艺界老媪的“装嫩”，我尊重年轻人，也尊重年轻时的自己，故对于自己年轻时的思想，也就不敢处处以现在的想法为准，轻易地去否定。对于“少作”，最明智的办法只能是尊重原貌，一仍其旧。

作为著者，我最后想说的，还是初版“后记”中结尾的那两句话：“我期待着读者对这本书的注意，更期待着人们对它的批评、指正。”

第一章 导 论

一

众所周知，我国古代的文学理论资料极其丰富，而且具有自己鲜明的特色，显示了一种与西方大异其趣的东方精神。过去人们曾把世界上最古老的文化分为四种，那就是中国文化、印度文化、希伯来文化和希腊文化。如今人们越来越清楚地看到，这四种文化从总的形态上看，实际上是东方文化与西方文化两种。东方文化以中国为代表，西方文化以希腊为代表。东西方由于古代经济、政治形态的区别，造成了民族心理的差异、理论形态的差异。这种差异不仅表现在哲学、宗教、道德诸方面，也鲜明地表现在文学和文学理论上。

从19世纪上半叶开始，中国古老而封闭的“铁门”被西方列强用大炮轰开，一方面是清朝在政治、经济、文化等方面饱受摧残，但是从另一方面来讲，这也为东西方文化的直接交流和对话创造了条件，虽然这个条件是以一种不平等的、野蛮的、残酷的方式进行的。自此以后，中国不少有识之士出于救亡图存的目的开始向西方学习；西方一些有眼光的人，也从那个时候起到中国来汲取精神养料。仅从文学方面来说，从20世纪初开始，越来越多的西方人对中国文学和文学思想产生浓厚的兴趣。比如西方近代兴起的意象派诗歌潮流，就与中国古典诗歌有着非常密切的联系，所以意象派诗歌的代表人物庞德曾说：“中国之于新诗运动，就象希腊之于文艺复兴。”① 在当时的中西关系下，庞德能说出这样的话，肯定不是对我们故意的阿谀奉承，而是出于对中国文学的由衷折服与仰慕。意象派诗潮是以介绍和翻译中国古诗作为序幕的，当时有些西方人看到中国古诗，非常佩服，惊呼这是“东方精神的入侵”。这就是说，随着西方列强的武力入侵，我们的东方精神在西方也登了陆，而且以自己特有的魅力，引起了西方人的倾倒。1918 年，罗曼·罗兰曾经预言，用不了五十年，亚洲就会用它的力量和精神的触角把西方裹挟起来。西方还有人推测说，将来西方文学的大趋势，很可能是东方式的。当然，这种说法终究不过是一种推测，虽然我们是东方人，可也并不盼望这种推测有朝一日真能实现，我们只盼望着东西方文化和精神的真正融合，而这恐怕也是世界文化发展的唯一前景。

20 世纪 30 年代前后，我国有少数学者致力于古代文论的整理研究，他们做了大量的工作，取得了很大的成绩，但在当时的社会条件下，他们的工作对基础理论建设的影响甚为微弱。在这期间，很多人大力介绍西方文学观念，但往往是从西方文学观念出发来看待我们传统的理论，或者是为了说明西方的理论体系而到“中国古代”去找材料。近代洋务派有一句口号，叫“中学为体，西学为用”，他们所谓的“中学”，在内涵上固然是封建主义的、不可取的，但从立足于自己民族精神的基点吸收外来文化的意义上，他们的体用观在原则上应该说是有一定道理的。然而，那时我们的文学理论建设正好倒了过来，成了“西学为体，中学为用”，所以朱自清先生就曾经感慨地说：“现在学术界的趋势，往往以西方观念（如‘文学批评’）为范围去选择中国的问题。”② 如果把我们的文学理论建设比作盖房，那么我们没有在自己房子的基础上往上盖，而是另起炉灶，按照西方的图样重新盖了一个，而且为盖这座洋房寻找材料，就到我们的基础建筑上来挖，从这儿揭几块瓦，从那儿抠几块砖。其结果，不但自己的基础建筑被

① 转引自赵毅衡：《关于中国古典诗歌对美国新诗运动影响的几点刍议》，载《文艺理论研究》1983 年第 4 期。

② 朱自清：《评郭绍虞〈中国文学批评史〉上卷》，《朱自清古典文学论文集》，上海古籍出版社 1981 年版，第 541 页。

挖得七零八落、面目全非，我们世世代代的人兢兢业业盖起的房子变成了瓦砾场、材料库，而且那座新洋房也并没有盖得牢靠。究其原因很简单，因为从我们民族的“大屋顶”上扒下来的砖瓦不适合盖那种“哥特式”建筑，于是或硬加砍削，或强行挤塞，以就其范，这样盖起来的洋房自然重心不稳，刮风下雨时非坍塌不可。

中华人民共和国成立前，我们的文学理论建设大体如此。中华人民共和国成立之后的一段时间，我们的文学基础理论基本上是照搬苏联的，但俄罗斯民族总的文学观念是欧洲型的，而且相当一部分苏联人有那么一种固执的“欧洲中心”观念。这种观念甚至在无产阶级文学家高尔基身上也表现得很突出，他在1923年给罗曼·罗兰的信中曾说，“人类，首先是指欧洲”，强调是欧洲哺育了世界的思想文化，并且在信的末尾高呼“欧洲万岁”。倒是罗曼·罗兰写信反驳了他，提醒他注意亚洲，注意东方文化的力量。在苏联人这种偏激的“欧洲中心”观念的影响下，他们的文学理论建设很少顾及东方，那是不言而喻的。

翻一翻“文革”前后流行的文学概论教程，讲文学，都是以形象地反映社会生活的意识形态为定义；讲文学作品，都分为题材、主题、情节、人物、环境等要素；讲创作过程，说的都是作家对素材的选择、提炼、加工、概括等。这些理论，人们相沿日久，习而不察，似乎已经成为常识。可如果仔细想一想就可以发现，整个文学系统贯穿着一个观念，那就是以叙事文学为本位的观念。这种观念，正是西方人由来已久的传统见解，它的渊源可以追溯至古希腊。从古希腊以来，叙事性的史诗、戏剧、小说一直是正统的文学，整个文艺以再现生活为目的，这表现在文学思想上，就是著名的“模仿说”。在我们东方，传统上一直是以抒情文学为本位的。我们的正统文学之一是抒情诗，闻一多先生说过：“诗——抒情诗，始终是我国文学的正统的类型，甚至除散文外，它是惟一的类型。”[①] 我国是诗的国度，我们古人不但在文学上以抒情诗为正统，甚至在哲学、宗教和伦理道

---

① 闻一多：《神话与诗·文学的历史动向》，《闻一多全集》，生活·读书·新知三联书店1982年版，第202页。

德上，也表现出一种浓厚的抒情的、诗的意味。不错，中国历史上也出现了成熟的小说和戏剧，但中国的小说、戏剧也是诗化的，它们以写情为目的，而不以模仿生活为宗旨，这反映在文学思想上就是“表现说”（关于东西方文学观念的不同，我们在下面还要详细讲到）。既然我们民族传统的文学观念与西方有这么大的差异，那么只照搬人家的当然不行，我们得建立一套符合自己民族传统审美、具有自己民族特色的基础理论。要建立这样的理论，认真地总结我们过去的文学思想，就成为一个重要的课题。

关于我国古代文论的整理、研究，学者已经做了大量的工作，这方面的研究也愈来愈受到重视。到目前为止，可以说形成了一支不小的研究队伍。然而总体看来还很不够，且不要说与介绍和引进西方现代文论和批评方法的热潮相比，古文论的研究园地仍然显得冷清，就是从古文论的研究本身来说，其深度与广度都还有待于进一步挖掘和拓展。尤其是在研究的视点和方法上，亟待我们做一些新的工作。在此以前，学者对古文论的研究，大体上做了两方面的工作。第一方面的工作是对材料的收集、整理。大家知道，我国古文论十分丰富，但是很零碎，除了《文心雕龙》等几部书比较系统，大量的论述散布在各种各样的著作之中，如经书、史传、诗文、注疏、杂纂、序跋、书信等。研究者从卷帙浩繁的古籍之中披沙拣金、钩沉抉隐，编出文论著述的选集、总目，对一些有影响的著作进行整理、校勘、注释，都属于这一类的工作。这是一项琐碎而辛苦的创业性的工作。第二方面的工作是对古文论进行纵向的清理爬梳。研究者在收集整理材料的基础上，对古代文学观念和理论的形成、演变过程和发展线索进行寻绎，如已出版的多部文学批评史就是这一类工作的成绩。

但笔者觉得，目前所欠缺的，而且亟待我们着手去做的是第三方面的工作，那就是从宏观上、横向上，对我们民族文学理论的独特体系进行全面总结的工作。这第三方面的工作，应该是前两方面工作的目的，也就是说，我们对文论材料的收集和整理不是目的，目的是通过收集、整理，真正总结出我们民族的文学理论体系，使我们对这个体系有一个自觉的认识。也只有把这个体系抓出来，我们才谈得上在这个基础上建立具有民族特色的文学理论。

长期以来，谈起我们民族的文艺思想，无论是中国学者还是西方学者，大都肯定我们古人对于文艺有自己的一套看法，但这些看法有没有形成理论体系？如果形成了体系，这个体系究竟是什么样的体系？对于这些问题，大家似乎只有一些模糊、零散的认识，不能按照理论逻辑系统地做一论述。其原因就在于，我们对古文论在理论体系上的全面总结工作还没有认真去做。如果说过去做这方面的工作由于材料不足与源流不清而条件还不具备的话，那么现在，经过前辈学者筚路蓝缕的开拓和许多人的共同努力，前两方面工作已经取得了很大成效，所以第三方面工作的条件业已成熟。而且第三方面工作着手之后，我们在宏观上对民族文论体系有了一个较清晰的把握，那样必定会反过来促进前两方面工作的继续深入。这就好比门捷列夫总结化学元素周期表，不但发现了已知元素的原子量变化规律，而且还使那些没有被发现的元素在周期系列表中有了定位，从而使它们从不确定的空白变成了一个有确定内容的空白，仿佛是一个螺母，它等待着符合自己口径的螺丝钉来把它拧上。我们对民族文论体系的全面总结也可作如是观：如果我们在宏观上把它的有序系统抓出来，那么在前两方面的工作中还没有被发现的材料和环节就会成为有确定内容的空白。正像化学家可以根据元素周期表中的确定空白去寻找新元素一样，我们也可以依据民族文论体系中的空白去发掘新的材料。基于上述考虑，笔者在本书中所致力的，就是试着做一做这第三方面的工作。

二

在具体阐述我国古代文学理论之前，先纵观一下它的总体特色是很有必要的。一件事物的特色，总要在与另一件不同事物的参照比较中才能显现出来，所以我们打算从中西对比的角度来讲一讲这个问题。孟子说过："不揣其本，而齐其末，方寸之木可使高于岑楼。"这就是说：二物相比，要想真正客观，必须从根上比起。我们知道，文学理论只是整个社会意识形态的一个领域。中西的不同，并不仅仅表现在文学理论上，而是在整个民族文化上都有明显的区别。这种区别，归根到底又是社会经济不同特色的反映。那么纵观中西双方的古代史，它们在社会经济特色上有什么区别呢？我们说，虽然中西双方在社会发展上经历了大致相同的几个阶段（如原始社会、奴隶社会、封建社会等），但西方的社会经济从很早的时候就带有鲜明的商业性特征，古希腊史诗《伊利亚特》中有不少内容描写了海外经商，就说明了这一点。我们中国古代是农业性的社会，《诗经·国风》中描写先民们的劳动，都是种地、养蚕、挑菜、砍柴等农家事务。这种社会经济上的农业性与商业性之别，也就决定了中西双方具有不同的传统精神与民族性格。大体上来说，它表现在以下几个方面：

第一，在人和自然的关系上，西方较多地表现为人与自然的对立，因为经商总有一种冒险性，今天碰巧了可以赚一大笔，明天也许大亏血本，赔得连裤子也穿不上。人们不能认识商业规律，故觉得运气的到来与自己的努力没有关系，有时呕心沥血，反而亏本；有时信手挥洒，反倒招财。在这种难以把握自己命运的情况下，人对自然当然就有一种对立的情绪，认为自然中存在着一种可怕的、神秘的力量在驾驭着自己、玩弄着自己。所以希腊神话中的主神宙斯，是一个喜怒无常的家伙，他住在远离人间的奥林匹斯山上，随便拿人开玩笑，这正反映了西方古人对自然的不信任的态度。中世纪时，西方人对上帝顶礼膜拜，十分畏惧，其实这种畏惧本身也正是人与自然对立关系的反映：因为双方的关系不是亲和，而是人不得不怕它。近代资产阶级兴起后，西方的宗教神权被摧毁，资产阶级要发展自己，进行商业资本积累，使过去的那种人与自然的关系颠倒了过来，这时人对于自然，不再是惧怕、膜拜，而是压倒、征服。《鲁滨逊漂流记》中描写主人公对自然的征服就是这种观念的典型表现。总而言之，在西方人的整个传统观念中，人与自然的矛盾是对抗性的，是难以调和的，有它无我，有我无它，要么就是自然压倒我，要么就是我征服自然，这就是西方社会的商业性特点所造就的人和自然的关系。

再看我们中国的古代，我们的古人在对人与自然关系的认识上与西方相反，他们较多地看到人和自然的融洽与亲和。因为我国古代是农业性的社会，而在农业经济中，人与土地的关系是非常密切的，因此我们的民族从很早的时候就对大自然有着一种亲近感。我们的先民们懂得，土地是养育自己的东西。我国古代自然观中有个很重要的看法，那就是“天地自然育成万物”。同时，农业生产要比商业稳定得多，“买卖经商眼前花，锄头落地是庄稼”，这是我国旧时广为流传的一句农谚。农民总是信心百倍地恪守“人勤地不懒”的原则，坚信你对得起地，地也对得起你，只要你在土地上辛勤耕作，汗水就会变成收成，不至于像经商一样，生活大起大落，没有保证。农业生产的这种相对稳定的特点，自然也就造成了我们古人对自己的力量和自然的信任态度，他们的理想信念就是人与自然的亲密合作、相互默契，这表现在古代的哲学思想上就是有名的“天人合一”论。

第二，在对人的看法上，西方人重视人外在的实际活动，而东方人重视人的内在情感。这个区别，也是双方社会经济特色的不同造成的。西方是商业性社会，在商业活动中，人的群体性不突出，突出的是个体性。因为商业有强烈的竞争性，一个人的所得，是建立在另一个人的所失上；一个人的得利，是建立在另一个人的赔本上。所以在西方社会中，人与人之间的感情自古以来就比东方薄弱得多，家庭观念、集体观念比东方淡漠得多。当然，既然是社会，总是一个群体，维系着西方社会群体最有力的纽带是外在的公共契约：社会中人人都想发展自己，都想从别人身上获得利益；另一方面，人人又都有被别人侵吞的危险，那么要缓和这种发展自己和保护自己的矛盾，不使社会崩溃、陷入野蛮，久而久之，社会上就自然形成了一种公共契约，规定什么样的发展是合法律的、合道德的，什么样的发展是不被允许的。卢梭有一部名著叫《社会契约论》，实际上是对商业性社会中群体关系的揭示。叔本华曾用冬天的豪猪来比喻西方世界人与人之间的关系：满身带刺的豪猪，由于天冷，不免要互相挤靠在一处来取暖，但挤得过近，就会感到刺痛；离得太远，又会感到寒冷。为处理刺痛与寒冷的矛盾，于是它们之间只好保持一个既不远又不近的距离。叔本华所说的这个“距离”，实即商业社会中的契约。在西方契约性的社会中，人与人之间的对立性是大于人与人之间的亲和性的，人和人相处，所注重的不是内在情感的融洽，而是外在关系的平衡。同时，因为个体之间的对立性比较强，那么如何在契约的限度内充分发挥个体的才能，便成为每一个个体首要的生存条件。所以，西方人历来比较注重人的外在的实际活动，不太注重内在的修养，在活动中注重的是实效，不太注重主观意图是否正当。

再看我们中国的古代，在农业性的社会中，人与人之间的竞争性不像商业社会那么突出。家庭是农业劳动的生产单位，而家庭关系是以血缘关系维系在一起的。我国古代的整个社会与国家，就是以家庭为基础、以家庭结构为模式建立起来的，以至于现在我们把“国”还叫“国家”，把众人还叫“大家”，这说明在我国的传统意识中，整个社会群体只是一个扩大了的“家”。古代国君视天下为家天下，君为父、臣为子，社会伦常都是家庭关系的引申。不仅如此，人们甚至将家庭观念贯彻到对自然的看法上，如天为父、地为母。这种以家庭为基础、为模式的社会，就是我们常说的宗法性社会。宗法性社会不同于西方的契约性社会，因为它以家庭为基础、为模式，所以整个群体的维系就比较注重内在的情感纽带，社会上公共道德的建立也是以人的血缘性的自然情感为出发点的。古人云：“夫妇，人伦之始。”这就是说，家庭的初始结构——夫妻关系是社会伦理的源头。孟子说，社会达到和睦的途径是“老吾老，以及人之老；幼吾幼，以及人之幼”，将家庭情感推而广之，即“推恩足以保四海”。因此，我们民族的传统道德不是建筑在外在的契约上，而是建筑在人的内在情感上。相应地，与西方相比，我们民族在传统上并不太注重人的外在活动和实效，而更强调内在情感的真诚。

第三，在世界观和思想方法上，东西方也存在着不同的特点：西方人较倾向于看到宇宙事物的差异性、矛盾性，东方人则较多地看到它们的整体性、统一性；西方人对事物的认识有较强的分析性、思辨性，而东方人看事物往往带有直观性。这一条区别是从上述两条区别中生发出来的，也就是说，正因为在西方商业性、契约性的社会中，人与自然、人与人对立的一面较突出，那么长期处于这种社会之中，自然也就造成了西方人看事物的一种习惯的眼光，那就是往往较多地注意到事物之中不同因素的矛盾和差异的一面。自古以来，西方人总喜欢把世界分割为多元的，比如神话中的神的世界和人的世界，宗教中的此岸世界和彼岸世界，哲学中的理念世界和现实世界、物质世界和精神世界等。而且，西方人所看到的往往是这些范畴之间的对立，比如西方神学中的此岸与彼岸就是完全对立的两个世界：彼岸存在于现实之外，它是绝对完满的，而此岸的现实世界则是卑污的、苦难的。哲学上的理念世界与现实世界亦是如此，柏拉图认为前者是完美无缺的，后者只不过是前者黯淡的影子。我们中国古人看世界，往往较多地从它的整体性、混一性上着眼，一般不太喜欢分割事物。当然，这不等于说我们古人对事物的不同范畴不做区别，没有思辨能力。黑格尔瞧不起中国哲学，认为它还没有达到思辨的阶段，这是由于他对中国哲学缺乏了解而产生的误会。事实上，我们古人对事物的范畴也是有区分的，不过在区分的同时，总倾向于从统一性上来把握它们。比如中国古代哲学中的“五行”说，“金、木、水、火、土”是统一在天地之气上的，而“五行”各范畴的相生相克之说，也充分反映了中国古人在把握世界时所秉持的朴素的辩证态度。

提起“五行”说，我们想起古希腊也有一种类似的说法，那就是恩培多克勒提出的土、水、气、火四元素构成宇宙说，但是在他那里，这四种元素是彼此分立的。据亚里士多德解释，这四种元素在宇宙中的分布位置为：土在最中央（象征宇宙的中心为地球），外面一层是水（象征地球上有海洋），再外一层是气（地球上空有大气），最外一层为火（象征空中的日、月、星辰）。这就是说，他们把宇宙构成看成是由彼此分立着的不同层次包裹着的“洋葱头”。这种说法和中国古代“五行”说对于元素存在关系的理解显然不同：前者看到的是元素间的对立，而后者着眼于统一。又比如，中国古代分宇宙为天、地、人三才，为阴、阳二气，而三才、二气都统一在元气上。混一的元气为宇宙原质，元气中阴气重浊，下沉为地；阳气轻清，上升为天，阴阳二气相荡生太和，人类即禀太和而生。这种自然观虽然是十分朴素的，但它鲜明地表现出中国人看世界的整体性、一元化的观念。后来，中国哲学把世界分为“道”和“器”，“形而上者谓之道，形而下者谓之器”，这很接近西方古代的“理念”与“现象”两个范畴，但我们古人还是注重从统一、同一的角度来把握二者，所谓“道不离器”，正是这样的观念。在我国古代社会中，当然也出现过鬼神及人间、天堂、今生、来世等说法，但这些说法一直没有形成正统观念，相反，它们基本上是受正统观念排斥的。儒家不讲鬼神，只讲人，“子不语怪力乱神”即明证。当然，儒家讲祭祀，祭祀天地和已死的祖先，但祭祀的时候并不要求祭祀者真的相信这些对象还存在，只要求祭祀者在内心想象它们存在就够了。因为只有想象它们就在身边，祭祀者才能祭祀得虔诚，这就是孔子所谓的“祭神如神在”。

在正统的儒家观念中，所谓“神”，并不像西方宗教中那样，是一个人格化的实体性存在，而是一个神秘的东西、弄不清楚的东西的代名词。《周易·系辞上》云“阴阳不测之谓神”，正是此意。人活得好好的，怎么一死就没了呢？他到哪里去了呢？这在古人看来是不可测度的，既不可测度，就不要费心思去谈它。孔子说：“未知生，焉知死？”他把全部注意力放在现实的活人上，对死人的祭祀也是为了活人，使活人能够取法于过去的祖先。墨子是相信鬼神存在的，所以被正统儒家斥为“乱儒义”的人。道家的正宗也是不讲鬼神的，汉末以后的道教受佛学小乘的影响，讲仙术、炼丹、白日飞升，那是道家的末流，为正宗道家所不齿。再看佛教，这是“进口货”，东汉时传入我国，其小乘教义有此岸、彼岸的说法，主张今世苦行，来世可登极乐的“佛界”，但这种说法也一直未能“打入”中国人的正统观念。迨至唐代，佛教经过几百年中国精神的同化，终于出现了具有中国气派的佛学——禅宗。禅宗扫除了小乘中关于此岸与彼岸的虚妄之说，断然否定现实世界之外存有彼岸，而主张“佛界”就存在于现实的活人社会之中，一个人要想“成佛”，只要在现实世界中达到心灵的净化即可。禅宗也否认人与佛之间有一条绝对的鸿沟，而主张每个人，甚至狗、树木身上都有佛性，能不能“成佛”，就在于你是否能通过自证自悟，将蒙蔽真如之性的“孽障”除去。这固然是一种唯心主义的观点，但它否认此岸与彼岸、人与佛的对立，正是一元地、统一地把握东方传统精神的体现。也正因为禅宗渗透着东方的传统精神，所以它是中国佛学中最有势力的一宗，而且对我国的哲学、文学都产生了极深的影响。

东西方把握世界的这种一元与多元的不同倾向，也使二者在思想方法上具有不同的特征：西方人注重对事物的细节性分析，中国人注重对事物的整体性直观。对一个事物，西方人总喜欢把它“拆卸”开，以对它原态的人为破坏来探究它的组成，这种认识方法可以说是“探究式”的；中国人面对一个东西，却不太愿意对它进行“拆卸”，好像是不忍心破坏它的整体性，所以总是怀着很大的耐心和兴致，站在旁边来直观它的原态，这种认识方法可以说是“静观式”的。一个事物，经过西方人探究式的认识，往往给人以许多新的知识，但经过中国人静观式的认识，告诉人们的往往是对对象的生动感受。所以有人说，西方传统上整个意识形态偏于科学，中国传统的意识形态偏于艺术，这是很有道理的。① 因为对外物静观，注重感受，这本身就是一种艺术的审美态度。

第四，在历史观上，西方人尚“变”，东方人尚“通”。也就是说，西方人对于事物的发展，较多地注意到其前后的不同，看到变革的一面；而东方人则较多地注意到事物发展的前后承袭，看到稳定的一面。这里我们可以举东西方两位古代哲人的话来做对比。古希腊的赫拉克利特曾有两句名言，“人不能两次踏入同一条河流”，“太阳每一天都是新的”。他用这两个比喻来说明“一切皆流，无物常住”的道理。我国古代哲人惠施也有一句话：“飞鸟之景未尝动也。”（《庄子·天下》）鸟影本来是动的，但他偏偏从动中看出静来，以至于肯定它没有动，这和赫拉克利特偏偏从同一条河、同一个太阳上看出新来正好形成鲜明的对照。这种东西方传统的事物发展观的差异，究其原因，也是双方社会经济的不同特点造成的。

西方为商业型社会，而商业的特点是流动性、开拓性：商品在不断的流通之中才有利润，市场在不断的开拓之中才有发展，故西方人在传统精神上是进取多于守成。在中国古代的农业社会中，小农经济的本质特点就是自给自足，一家子守着一块地，世世代代“吃着”这块地、“穿着”这块地，多求于己，少求于人。因为农业产品基本上是自产自用，不作为商品，因此也就不用费心思去更新质量，改换牌号，更不会热衷于市场的开拓、财源的发掘。长期处于这样一种经济状态中，自然也就造成了东方古代的民族精神是守成多于进取，在社会形态上也有一种封闭性。在商业活动中，

---

① 李大钊论述东西方文明的不同：“……一为直觉的，一为理智的……一为艺术的，一为科学的……”参见李大钊：《东西文明根本之异点》，《李大钊文集》（2），人民出版社 1999 年版，第 202 页。

行情瞬息万变，人们长期在不稳定中讨生活，所以也就容易看到事物的不稳定的、变化的一面。农业生产活动正好相反，它无论在内容上还是形式上总带有很大的单调性、重复性：春种、夏作、秋收、冬藏，年复一年，循环往复。这种生产活动的特点，造就了东方古代民族较强的因循性，看问题当然也往往容易从事物发展中稳定的、不变的一面来着眼。

中国古人对事物的发展有一个很固执的观念，那就是循环论。《周易·上经》中说："无平不陂，无往不复。"即认为事物的发展，平衡的东西早晚要发生倾斜，过去了的东西早晚还得回来。我们古人把大道的运行轨迹看成是封闭的圆圈，八卦图、太极图都是这种循环观念的形象表现。有个外国人曾注意到，汉语中的时间概念往往是前后不分的，譬如"将来"这个概念，汉语中既可以称之为"前景"，又可以称之为"以后"；对明天的明天，本来是在我们前面还没有到来的一天，而汉语把它叫作"后天"，对昨天的昨天，本是被我们甩在身后的一天，但汉语把它叫作"前天"。其实这种前后不分的现象，正反映了我们民族传统的时间观念，因为我们古人是把时间的发展看成一个轮子的转动，而在轮子上的点是不分前后的，已去的东西从它离我们而去的意义上，固然可说是处于我们身后，但从它还要回来的意义上，它又是将向我们走来的，故又可以说它处于我们的前方。所以，汉语中这个使具有线形发展观的西方人感到困惑的现象，对于具有环形发展观的中国人来说却是自然而然的，这种观念的形成，归根到底是小农生产循环往复的生产方式的反映。

在我们的祖先看来，事物当然也流动、运转，但转来转去，总不离那个圆心，此所谓"万变不离其宗"。正因为我国古人对事物的发展有这样的观点，也就决定了他们看事物总倾向于把目光投向过去：未来不过是过去的重返，把握过去即等于把握未来，这就是孔子所谓"温故而知新"的真正含义。中国古代的正统学者，无论讲什么，往往是口不离三代，言必称尧舜。做事情总把对过去传统的继承看得很重，思想上有浓重的道统观，文学上有浓重的文统观，而且要改革现实的弊端，总喜欢以"复古"为号召。这种封闭的历史观，毋庸讳言，是具有很大的保守性的。它作为以小农经济为基础的社会历史的产物，又反作用于社会历史本身，因为人们以稳定不变为天经地义，所以也就甘于停滞、满足现状，从而使社会、思想的历史发展更加缓慢。中国历史上也常发生疾风暴雨式的动荡，但因这种动荡只是上层的改朝换代，故毋宁说它是旧制度、旧基础得以沿袭的表现方式。当然，我国古代的社会、思想在沿袭之中也有发展，但这种发展是那样缓慢，以至于实现一个微小的质变，也往往需要千百年的挣扎。

此外，在思想发展的形式上，中西方也存在着显著的区别。西方思想史的进程表现为“替变”，后者替代前者，新的否定旧的：如古代文明为中世纪文明所替代、所否定，近代资产阶级又以自己的思想和文明取代中世纪神学。在具体的理论、概念上也是一样，往往是新概念取代老概念，新的思想体系取代旧的思想体系。正因为如此，西方思想史中那种稳定的传统观念是比较模糊、薄弱的。我们中国古代在思想认识上的发展多表现为“蜕变”，蜕变从实质上来说也是对旧的内容的否定，但这种否定并不采取取代的形式，而是保留原有的体系和概念，在既定的外壳之内发生变化。中国古代的思想家，极少抛开传统的思想体系而自己创立一套，甚至他们所用的概念、范畴也总是古已有之，其新鲜的看法大多只表现在对旧体系、旧概念的阐释、发挥之中。孔子有一句信条叫“述而不作”，这种只祖述先王而不另起炉灶的态度，一直是正统学者思考和著述的准则。明朝的李卓吾，也许可以说是中国历史上最敢标新立异、最富有叛逆性格的思想家，最后壮烈地死在狱中。其以身殉道的精神，不亚于西方的布鲁诺。但李贽对自己思想的表述方式与布鲁诺可不一样，布鲁诺是直接以日心说的科学体系取代地心说的神学体系，而李贽总体看来还是保持了传统儒家仁学体系的大形，而且他本人也是以“真儒”自命的，他只是在传统仁学体系的框架内注入了新鲜的内涵。上述这种理论发展形式的不同，也就决定了东西方思想史在整个发展轨迹上的差异：西方思想史的发展因多表现为替变，所以整个思想史的发展轨迹表现为推移、延展，各个时代的思想缺乏一个明确的、一脉相承的共同基础；而中国思想史的发展则表现为历史积淀，一代一代的人往往在一个共同的基础上和同一个模式内积累着整个民族的思想和智慧。如果把思想的发展比作一条河，那么西方的思想史好像那后浪推前浪的河水，而中国的思想史好比那越积越厚的河床。

以上几点，就是东西方由于社会经济特点的不同所造成的精神气质上的大体差异。如果用一种象征性的方法来总结这种差异，我们似乎可以把东西方民族想象成两个性格不同的巨人：站在西方的，是一个活泼好动的、精明的、具有外向性格的巨人；站在东方的，是一个沉静的、敦厚的、具有内向性格的巨人。或者不妨说，西方的那个巨人是商人的形象，东方的这个巨人是农民的形象。

三

东西方民族总体精神差异已如上述，那么双方具体在文学理论上有什么不同的特点呢？对这个问题，我们拟从理论体系、理论形态和理论发展三个方面来谈谈。

先说文学理论体系上的区别。如前所述，西方由于社会经济形态带有浓重的商业性，所以比较重视人的外在的、实际的活动，这种精神表现在文学观念上，就是以叙事文学为本位。在古希腊，史诗在文学中具有典范性，后来从史诗中发展出来的戏剧和小说，也都是以摹写人事和人生图画为宗旨的。诚然，古希腊也有抒情诗——人们把它叫作“七弦琴”，但这种诗歌与史诗相比，长期以来一直是难登大雅之堂的“小菜儿”。亚里士多德有《诗学》，贺拉斯有《诗艺》，所谓“诗”，都指记叙性的文学如史诗、戏剧而言。莱辛在《拉奥孔》中讨论画与诗的区别，说画适宜表现在空间中静止的事物，而诗适宜描写在时间中前后承续的动作。很明显，所谓描写时间中的前后承续，还是指叙事性的史诗而言的，可见西方人的史诗观念是如何顽固。也正因为西方人以叙事文学为本位，所以就造成了他们对文学性质的传统看法：模仿和再现。亚氏的《诗学》是西方传统上经典的文学理论，而它的整个体系就建筑在模仿的基石上。亚氏认为，诗起源于人从孩提时代就具有的一种模仿本能，诗人的职责就是按照事物本来的样子和过程来模仿它，而欣赏者看到这样的模仿品之所以愉悦，也是在欣赏中使自己的模仿天性得到了满足。正如车尔尼雪夫斯基所说，亚里士多德的《诗学》在西方雄霸了二千余年。[1] 亚氏以后的西方古典文论家，无论是论小说、戏剧还是诗歌，大都是从模仿说出发的。莎士比亚把文学比作一面反映生活的镜子，巴尔扎克把自己比作法国社会的“书记员”，都是西方这种传统文学观的典型表现。

再看中国，由于古代经济形态的农业性和社会形态的宗法性，所以我们古人历来重视人的内在情感，这表现在文学上，就是以抒情文学为本位。中国最正统的文学是诗，而中国诗又多抒情诗，在这种情况下，我国古代正统的文学观念当然就是“表现说”。“诗言志”，是我们古人关于诗的最权威、最经典的一句话。朱自清先生说，“诗言志”是中国诗论的“开山的纲领”[2]。其实“诗言志”不仅是狭义的诗歌理论的开山纲领，也是我国整个文学艺术理论的开山纲领，而且这个纲领也像亚里士多德的文艺观点在西方的地位一样，它也雄霸了东方文艺理论几千年。

所谓“诗言志”的“志”，是相对于外在的“事”而言的主观情志和情感体验（关于“志”字的含义和演变，我们在下一章还要专门谈到）。这种情感体验，从一般的认识论的角度来看，固然可以说是对客观世界的反映，但唯物主义所说的反映是广义的反映，如果从狭义上来说，与其说情感体验是对客体的“反映”，不如说它是“反应”更确切。“反应”不同于狭义的反映，因为后者只把人看成是映照客体的被动的映照物。换句话说，“反映”是客体通过人这面镜子的一种再现、一种摹写，“反应”则不然，它不是对客体的摹写，而是在客体的作用下所发生的主体的活动。打个比方，一片湖水，水面可以当镜子用，它作为镜子对外界景物的映照就是狭义的反映，其结果，只是外界景物的直接再现。如果我们向湖面上丢一块石头，水面上则会激起波纹，这波纹对石头来说就是“反应”，它并不是对那块石头原样的摹写、映照，而是在石头的作用下的水面的活动。这个活动与石头有关系，但它和石头毕竟是两码事。笔者认为，人对外物的情感

---

① 〔俄〕车尔尼雪夫斯基著，缪灵珠译：《美学论文选》，人民文学出版社 1957 年版，第 129 页。

② 朱自清：《诗言志辨·序》，《朱自清古典文学论文集》，上海古籍出版社 1981 年版，第 190 页。

体验不是前一种情况，而是后一种情况。

从心理学的角度上看，我们可以把人对外物的广义反映分为两大类：一是知觉认识，二是情感体验。前者是对客观世界的摹写，后者是对客观世界的反应。大体上来讲，西方人的文学艺术在传统上比较偏重对世界的知觉认识，所以他们把文学本质看成是模仿，把主体看成是映照客体的镜子；中国传统文艺则侧重于对世界的情感体验，所以我们的祖先总强调文艺所表现的不是那个外物，而是作为主体的作家及作家的情志，这就是模仿说和表现说不同的地方。文艺创作活动总离不开客观外物，对这一点，无论是西方还是东方，都有足够的认识。但西方人之所以重视外物，是他们把外物看成是蓝本，而东方人之所以重视外物，则是他们把外物看成是主观情志的引发物。因此，我国古人不像西方人那样强调"摹物"，而只是强调"感物"。我们祖先论写诗，无不讲"感物吟志"，"感"字在西方传统文艺理论中很少见，可以说它是中国古人对艺术活动中主客关系的独特看法。所谓"感"就是感发。"感物"异于"摹物"，就因为感的是"物"而吟的是"志"，物在艺术活动中不作为被模仿的终极对象，而只作为引发情感的刺激因素。只有情感才是诗所表现的终极对象。

也正因为东西方传统文学观念有这样一个基本区别，所以也就造成了二者在理论体系上具有一系列的差异。比如，东西方关于文学创作都讲真实性，但西方人强调的往往是所模仿的客体的真。贺拉斯说诗人的描写必须切近生活真实；塞万提斯说作家模仿外物，模仿得越惟妙惟肖就越完美；霍布斯说逼真是诗的一种不可逾越的约束；巴尔扎克说细节的真实是作品不朽的秘密。我们古人所强调的真则大都偏于主体感受的真、情感的真，这在我们古代叫作"诚"，所谓"修辞立其诚"，"不精不诚，不能动人"，说的就是这个意思。相对来说，我们古人倒不太看重艺术中所描写的外在事实的真，这用明人李东阳的话说就是"贵情思而轻事实"（《麓堂诗话》）。古人在艺术中当然也讲"体物"，但注意的是"神"而不是"形"。

所谓"神"，目前很多学者把它看作是单纯的客观事物的本质真实，这是受西方文学观念的影响而发生的误会。实际上，古人所说的"神"，是艺术家这个主体对客观外物的审美把握。换句话说，它不是纯粹的客观外物本身，而是客观外物经过艺术家艺术感受的折射，是在艺术家的审美意识中的呈现；它是外物经过主体情感、志趣的渗透甚至改造的一种观念形态的东西。也正因为这样，中国古人所强调的“传神”，并不是要求艺术家写出外在的真实，而主要还是表现艺术家的艺术感受。[①] 在中国古代文艺理论中，不仅“神”的含义如此，“象”也是这样，它不是西方人所理解的那种对客观生活图景忠实再现的形象，而是经过主体的艺术观照而主观化了的东西，所以我们古人又称“象”为“兴象”“意象”。“神”“象”只是主体对客体的特定感受，而不等于客体本身。西方人从模仿论、再现论出发，往往把文艺作品的本质特征界定为形象性。如黑格尔说，艺术的本质特征是“用感性形象化的方式把真实呈现于意识”[②]；普列汉诺夫说，生动的形象性是艺术最主要的特点[③]；别林斯基也认为，“诗歌的本质正就在这一点上：给予无实体的概念以生动的、感性的、美丽的形象”[④]；高尔基也说，在诗歌中“占首要地位的必须是形象”[⑤]。实际上，这个理论是建筑在西方传统的模仿说、再现说的基础上的。因为艺术的目的只是模仿、再现，而形象是对客体进行模仿、再现的直接产物，所以形象自然就成为艺术中具有自在性、本质性的东西。

中国古人并不这样看，他们从表现说出发，把文艺尤其是诗歌的本质界定为情感性。古人提到诗歌的特点，大都把它的最本质的东西论述为“情”，关于这方面的论述，我们在下一章还要详细谈到。诚然，我们古人也看到了“象”在诗中的重要性，但古人所谓兴象、意象既然为表现主体

---

① 日本美学家今道友信认为，东方艺术中“描绘的不是客观世界的状态而是客观世界和主观的接触”。参见〔日〕今道友信著，蒋寅等译，林焕平校：《东方的美学》，生活·读书·新知三联书店 1991 年版，第 87 页。

② 〔德〕黑格尔著，朱光潜译：《美学》（第一卷），商务印书馆 1979 年版，第 129 页。

③ 〔俄〕普列汉诺夫著，曹葆华译：《没有地址的信》，人民文学出版社 1962 年版，第 4 页。

④ 中国社会科学院外国文学研究所外国文学研究资料丛刊编辑委员会编：《外国理论家作家论形象思维》，中国社会科学出版社 1979 年版，第 69 页。

⑤ 〔苏联〕高尔基著，曹葆华等译：《文学书简》（上卷），人民文学出版社 1962 年版，第 302 页。

的“情”服务，那么它在艺术中就没有独立性和自在性，更没有本质性。明朝人谢榛所谓“景乃诗之媒，情乃诗之胚”，颇能代表我国古人对情与景在诗中地位的看法。另外，从我国古典诗歌的实际情况来看，对“象”或“景”的描写虽是诗人抒情的重要手段，可并不是唯一的手段，古诗中有大量的不借助形象而直抒胸臆的作品，此王世贞所谓“俱属意而妙者”，王国维所谓“专作情语而绝妙者”。对于中国古诗中的这一类作品，有人为了维护“形象性是艺术的本质特征”这条理论的普遍性和权威性，于是就说，这些诗虽然没有直接写形象，却通过抒情间接地塑造了一个抒情主体的形象。这实在是一种深文周纳、强词夺理的说法。之所以有这种说法，是论者心里有一个根深蒂固的再现观念，所以把中国诗中情与景的关系颠倒了过来——写形象不是为了抒情服务，抒情反而是为描写形象服务，从而把情感这个最本质的灵魂从诗中排斥出去。事实上，这种说法并不符合我们对直抒胸臆一类诗的欣赏实际，因为我们读了陈子昂的《登幽州台歌》，实在看不出诗人的形象是什么样的，只感到一种无名的悲怆。这种悲怆，不是外在的形象给予我们的，而是我们循着诗人的意念进入到他的情感体验之中的结果。

对于文学艺术，中国和西方都强调要表达出普遍性和必然性的东西，但由于西方传统上重视再现，以叙事性文学为本位，所以他们强调描写带有普遍性、必然性的客观事物，这种观念后来就发展为“典型”论。早在古希腊，亚里士多德就提出诗要“根据可然或必然的原则”来描写“带普遍性”的事物①，这是西方典型论的先声。后来贺拉斯在《诗艺》、布瓦洛在《诗的艺术》中，都要求诗人笔下的人物要有普遍性的性格类型。再后来像歌德、巴尔扎克等人，对“典型”就提得更加明确了。典型，作为个性与共性统一的形象，它是以再现客观生活为目的的，只不过它所要求的再现要比单纯对现象的模仿深入了一步，它要求再现出客观生活的本质真实。而在中国，因为在传统上重视表现，以抒情文学为本位，所以我们古人总强调表

① 〔古希腊〕亚里士多德著，陈中梅译注：《诗学》，商务印书馆 1996 年版，第 81 页。

现具有普遍性的情感，这在文学理论上就是要求情与理的统一、气与道的统一。

中西方在文学创作理论上有表现说与模仿说的不同，也造成了双方在欣赏论上的差异。西方人对于文艺欣赏比较偏于“求知”。亚里士多德在《诗学》中认为：读者欣赏一件艺术作品之所以能产生快感，就是他们一边看，一边在断定这件艺术品所模仿的是生活中的某某事，这本质上是一种求知活动、认识活动。中国古代的艺术欣赏论则不然，因为我们古人认为艺术所传达的是作者的感受，所以他们也就认为：艺术欣赏的极致，就是读者设身处地去体验作者的感受，这用孟子的话来说，就是“以意逆志”。古人认为，欣赏中的这种体验活动不但不等于一般的认识活动，而且是超心智、超思维的。这就是说，对于情感这个诗的灵魂，越是以理智有意地去审视它、追究它，就越得不到它。相反，必须放弃对它的理智的探究，自然地涵泳、沉浸于其中，方能真正深切地体验到它。司空图谈诗，“遇之匪深，即之愈希”，“远引若至，临之已非”（《二十四诗品》）。清人张裕钊说赏诗不可“沉思力索”，而应“心凝形释，冥合于言议之表”（《濂亭文集》）。他们说的都是这个意思。

总之，中西双方由于民族精神的不同，造成在文艺理论体系上的一系列差异。这些差异，我们在这篇导论中不可能也没有必要一一谈及。最后，笔者想谈谈中国整个传统文学和文学理论所表现出来的内在精神，这也可以说是我国传统文学理论体系中核心的、指导性的观念。

如前所述，西方传统上有较浓重的人与人、人与天对立的观念，而中国传统上则倾向于天人合一，人与人的关系也较倾向于群体性。这种注重人与人、人与天的谐调的精神，在我国传统文学中表现得非常突出。西方人也看到了中国文学中的这种内在精神，比如歌德在读了中国文学作品之后就说过，在中国作品中，“人和大自然是生活在一起的”[①]。当代美国学者约翰·J. 迪尼也说，“中国哲学的精神也是中国文学的内在精神，其重点在

---

① 〔德〕爱克曼辑录，朱光潜译：《歌德谈话录》，人民文学出版社 1978 年版，第 112 页。

于：个人的内在生命与同胞及宇宙合而为一”①。这两位外国人的看法是符合实际情况的。中国文学的这种内在精神也表现在文学理论中。我们古人早就认识到，文学既然是表现情感体验的，那么人与人之间的关系通过情感的交流就可以达到协调。《礼记 · 乐记》论乐云，“乐者为同”，“同则相亲”。大意为：乐表现人们共同的感情，通过情感的沟通，人与人之间就会更加亲和。孔子关于诗讲“兴、观、群、怨”，从孔子的整体思想来看，这四个字的重点是在“群”上，即通过诗所传达的感情这一纽带使人们更加团结。所以在儒家看来，文艺最主要的社会效果就是“厚人伦、美教化”。所谓人伦、教化，实际上都指宗法社会中群体关系的谐调而言。中国传统文论比任何国家的文论都更加强调文艺与伦理、道德的联系，强调美与善的联系，这正是由我们民族重视人的群体性这一传统精神所决定的。

另外，我国传统文论不但强调人与人的谐调，更强调人与自然的合一。《尚书 · 尧典》论乐：“八音克谐，无相夺伦，神人以和。”《乐记》也说：“大乐与天地同和。”说明儒家早就看到文艺能增加人对自然的亲近感。道家虽然很少直接谈到文学艺术，但非常强调精神个体通过对天地自然的直觉静观，在感受上达到“天人合一”的境界，此所谓“万物与我为一”，“与天地精神往来”，这实际上是一种主客体相互融合的审美感受。道家提出的这种审美感受对后来的艺术创作和理论产生了深远的影响。六朝以后，田园山水诗成为中国诗坛中重要的一宗，而这些诗所抒发的大都是一种静观自然时所发生的主客交融、物我两忘的美感体验。诗论家对这种美感体验有大量论述，诸如所谓“思与境偕”“意与景融”“天机道心，悠然冥会”等，说的都是这个意思。

再说中西双方文学理论形态上的区别。这里所谓的理论形态，主要指理论的表述方式和理论的存在方式。前文已经说过，由于社会历史条件所造成的民族精神的差异，西方人对事物较重视细致的分析、探究，中国古

---

① 转引自黄药眠、童庆炳主编：《中西比较诗学体系》（上），人民文学出版社 1991 年版，第 19 页。

人则倾向于整体的直观。这种差异决定了东西方在一般理论形态上的不同特色，而这些不同特色也鲜明地表现在文学理论上。对于这个问题，我们拟分三点来谈。

第一，西方的文学理论重论辩，带有较多的分析性、逻辑性，中国的文学理论重领悟，带有较多的直观性、经验性。这一点也是东西方一般的理论形态的基本区别。因为西方人倾向于把事物分成不同的范畴，通过对这些范畴关系的分析来探究事物，所以在理论上注重逻辑性的归纳、演绎。同时，也因为西方思想史的发展是“替变”式的，一种新的理论必须在否定过去理论的基础上才能使自己得以存在，这也就造成西方理论形态的一个显著特点，那就是论辩风气较浓。理论家阐述自己的思想时，多有详密的论证、有力的驳难。否则的话，旧的理论就倒不了，新的理论也就建立不起来。这种分析性、逻辑性和论辩性，早在古希腊的理论中就表现得十分明显，后来在整个西方的理论史上也很突出。我们中国古代则不然：我们古人往往认为，对事物进行细致的分析，是破坏了事物，是远离了事物；只有在对外物进行整体的直观中达到与之合一，才算是真正把握了它。道家有一句著名的话叫“目击道存，不可容声”，意即只有在对事物的直觉感受（目击）之中，方能完整地把握大道。反之，如果用头脑去思维、用语言去剖说，思维、语言有范畴，这就把混一的大道宰割了。

西方20世纪流行的现象学在这个问题的解释上很接近我们的道家。现象学家对传统的逻辑分析提出了质疑，认为“逻辑分析方法可能造成对意识完整性的威胁”，“世界并不像我思想所认为的样子，而是像我生活中所感受的样子”。但这种见解在西方是反传统的，整个西方在传统上一直注重逻辑分析。比如对宇宙本质，西方人不但总倾向于从逻辑分析上去把握它，而且不少人认为宇宙的本质不是别的，正是逻辑。古希腊毕达哥拉斯说数学逻辑是存在的本质，赫拉克利特认为命运的本质就是“逻各斯”。柏拉图、亚里士多德认为世界的本质为“理念”，而他们的“理念”不过是逻辑的代名词。后来的黑格尔更是这样，在他的哲学体系中，超验的逻辑理念是最高、最真的实在。中国古代哲学家则认为宇宙最高的实在是超逻辑的。

道家非常强调“道”这个宇宙本体的混一不可分性，用老子的话说，它是“混沌”“恍惚”，用庄子的话说，它“未始有封”。佛家也认为最本质的实在是“无内外”“无边畔”的。既然宇宙之本体是这样一种混一不可分的东西，那么要想真正把握它，就不能靠逻辑的分析和思考，而要靠无言的冥契、体验，此道家所谓“堕肢体，黜聪明”的“静观”，佛家所谓“不思不议”的“证悟”。

从另一方面来讲，正因为最高的本体不分范畴、不可言说，所以一个人如果真正领悟了本体，他自然也会陷入沉默，这就是道家所谓“知者不言”的境界。佛家也曾用“哑子吃蜜”“如人饮水，冷暖自知”来比喻这种境界。所以，中国古代哲学家不但不主张论辩，相反，他们认为真正的“辩”就是沉默。老子说“大辩若讷”，庄子说“大辩不言”，都是这个意思。其实儒家也有这样的看法，比如孔子就说过，“予欲无言”，“天何言哉？四时行焉，百物生焉”。这就是说，孔子也看到了语言的局限，认为它不能够表现根本的“道”。儒家对雄辩的论证也是不感兴趣的，“巧言令色，鲜矣仁”，即认为巧言善辩的人很少有道德品质好的。这与老子所谓“美言不信”是息息相通的。孟子在儒家中是比较善辩的一个，但是他自己说过，他的好辩是为了反击当时的杨墨学派对儒义的扰乱，实在是出于不得已。总之，儒、道、释都不重逻辑性的论辩，而重无言的领悟。

当然，中国古代无论哪一家、哪一派，要阐述自己对宇宙本体的理解，总离不开语言说教。因为他们都认识到，大道本身虽不可言说，是一个“最高的沉默”，但是要传达这个“最高的沉默”，不能用沉默本身作为手段。要传达沉默，还得需要语言。中国的哲学正是这样，是以“有言”来传达“无言”的。这也就造成了古人交流、传授思想观念的一种方式，那就是“点悟式”。传授思想的人对于道理只是三言两语，点到即止，然后靠接受者自己去揣摩，以达到领悟。因为古人认为事物的真正奥义是不能用语言去直接表述的，那说出来的三言两语，并不是表述奥义本身，而只是启发你，给你指引一条通向体验的路径，使你沿着这条路径自己走到那个沉默的顶点。清人翁方纲有一篇《神韵论》，其中谈到我们古人传达“大道”的方法。他说：

> 道无边际之可指，道无四隅之可竟，道无难易远近之可言也。然而其中其外，则人皆见之。中道而立者，言教者之机绪，引跃不发……以援引学者，助之使入也。只看汝能从我否耳，其能从者，自能入来也。①

这就是说，传道者说出来的话，对学道者的作用只限于“引”和“助”。从这个意义上说，那说出来的话，不过是为学道者达到悟道的境界搭了个梯子，或是起了个头。中国古人对自己思想的传达，其精义往往内蕴而不发，他们的每句话都不是一个平面，而是一个洞口，里面隐藏着深深的隧道，能引导学道者走得很远。如果读中国古人的著作，仅仅领会语言表面上所告诉你的，那就和白读差不了多少。当然，在中国思想史上，由于时代风尚不同，各个时期的理论形态也不尽相同。中国历史上也有比较崇尚论辩的时期，比如战国、魏晋，但我们古人的论辩跟西方的论辩一比，也还是点悟式的。

这种重点悟的特点也突出表现在文学理论中。我国古人谈文学，很少像亚里士多德的《诗学》那样，在长篇大论之中进行详尽周密的逻辑分析和阐述，而多是用很少的话引导人们自己去领悟精义，进入堂奥。诸如“诗言志”“感物吟志”“以意逆志”这几条中国诗论的主干，说法都很简单，基本上不做深入的剖析和阐发，甚至有些对诗歌艺术特质的表述就只有一两个字，比如钟嵘讲“滋味”，严羽讲“兴趣”，王士禛讲“神韵”，王国维讲“境界”。这些概念的主倡者对它们的内涵与外延都没有直接下过界说。也正因为这样，直至现在，学术界对这些术语的理解还有很多争论，甚至众说纷纭、莫衷一是。这就给人一种印象，似乎中国古代诗论太不着边际，太神秘。实际上，这是因为不了解中国古人对诗的本质的看法而造

① 郭绍虞主编：《中国历代文论选》（第三册），上海古籍出版社2001年版，第374页。

成的误解。在我们古人看来，作为诗本体的情感体验，本是物我相触、相融而脱离思维、语言的一种感受状态，所以它就像宇宙间的大道一样，只可冥会，不可言传。[①] 既然如此，就只能用一些富于启发性的字眼引导人们自己去体会。中国的诗歌理论是如此，诗歌批评亦然。西方人评论一篇作品，总喜欢擘肌分理地解剖它。我们古人不是这样，他们评论一首诗，大都只告诉人们他们对这首诗的整体印象，而不用"解剖刀"把诗分割开。他们知道，对诗作品进行分割会破坏它的内在生命，扼杀它的灵魂。他们在评论诗作品时，往往采取形象性的比喻，用某些意象把诗的意境传达给读者，引诱读者自己走进诗的意境之中。在这方面，司空图的《二十四诗品》就是典型的例子。作者不用抽象的分析去评论每一种诗的风格，而是通过生动的意象勾勒出二十四幅图画，从而让读者自己去获得相应的意境感受。正如李达三所说："中国批评家对诗的批评往往非常中肯，但决不卷入'精读'的分析方法。他往往从另外一首诗中间引用一二行去证明该首诗中某一诗行的美。如此一来，我们便不会被巧妙的批评分析所造成的迷宫所陷……因为……当诗用来解释诗时，我们很少会与艺术本身脱节。"[②] 是的，中国人对诗的批评本身就是诗，以诗来评诗，是不会损坏诗的生命的。

第二，西方的文学理论有较强的系统性，而我国传统的理论则较为零

---

① 僧皎然《诗式序》说诗："与造化争衡，可以意冥，难以言状。"这里，古人之所以把诗的精髓和天道造化相提并论，认为它们都是不可言传的，这和他们把握世界的独特方式有关。前文说过，中国人倾向于以静观的、直觉的方式去把握世界。在对宇宙的静观之中，主体与客体因为"打成一片"，所以表现出一种不仅物我两忘，而且"忘言"的境界。这实际上是一种审美性的体验。也正因为我们古人看世界，总是倾向于从审美角度上去体验，所以他们才把天地大道说成是不可言传的。这也就是说，古人无论从哲学上看世界，还是从艺术上看世界，所采取的不是两个角度，而是一个角度，那就是艺术的角度、审美的角度。所以，他们无论在哲学上论"道"，还是在艺术上论诗，都从不可言传的体验性感受上去论述。从这个意义上说，中国的古代哲学，在本质上更偏于美学，偏于诗学。中国古代的哲人，实际上都有诗人、艺术家的素质。所以，中国被叫作"诗国"，并不仅仅因为诗多，更重要的是因为我国的整个传统的民族意识、把握世界的方式本身就是诗式的。

② 李达三：《比较文学研究之新方向》，台湾联经出版事业公司 1986 年版，第 192 页。

散。这个区别与第一方面的区别密切相关：因为西方文学理论重分析、重论辩，当然就表现出很强的系统性；因为中国传统理论批评不重逻辑分析而重感受、重领悟，所以往往表现为片言只语。当然，中国文论也有系统性较强的著作，如《文心雕龙》《原诗》，但这种著作在中国古代是凤毛麟角，绝大多数是随思随录的偶感式的札记。有许多重要的观点，是在文人的交谈、书信、序跋、眉批之中，甚至文学作品、史学作品中透露出来的。它们有如零金碎玉，虽有很高的理论价值，但缺乏系统的形式。所以，如果说西方的文学理论是一套一套的，那么中国的文学理论就是一片一片的。也正因为如此，有些人就认为中国古代文学理论无体系可言，实际上这是一种表面化的看法，因为没有系统的形式与没有体系是两回事。我们认为，我国的传统文论在表面形态上虽然是零散而缺乏系统的，但存在着严密的体系，只不过这个体系内在地隐埋在零散的形式背后，它是一种“潜体系”。关于这个问题，我们下面还要讲到。

第三，西方的文论观点表现出较强的明晰性，而中国古代文论观点则表现出较大的模糊性。这个区别是由中西方传统思维方式的不同所决定的。上文说过，西方人分析事物，注重范畴与范畴的分野，所以他们用以表述特定范畴的概念的含义是比较单纯的。中国人因为倾向于从混一的整体角度来把握事物，所以他们虽然也使用概念，但他们所用的往往是未经分化的、具有多义性的概念。在中国古代，哲学、美学、科学的概念没有多大分野，像文与质、气与理、形与神等，既是哲学概念，又是美学概念，甚至论述自然科学时也是这些概念。首先，这些概念随着论述领域的不同而有不同的内涵。比如“形”和“神”，在自然科学领域中用到它们，指的是人的肉体和心灵；在美学领域中用到它们就不同了，“形”指事物的实体性存在，“神”指事物的审美性存在。如果不注意这些概念在不同情况下的不同含义，只能越分析越糊涂。其次，即便是在同一个领域中，一个概念的内涵也不是单纯的，而往往具有多重意义。比如诗学中的“韵”，它既指作品的外在韵调（声韵之韵），也指作品所表现的内在的审美特质（神韵之韵）。由于范畴上的不清晰，所以在理论上给人造成一种模糊的印象。

原因在哪里呢？笔者觉得应该从中国古人所使用的概念性质上去考察。

我国古人所用的概念不同于西方的概念，西方人所使用的是纯概念，而我国古人所使用的往往是类概念。所谓纯概念，是脱离了具体感性事物的抽象概念；所谓类概念，是介于具体与抽象之间的概念，它固然也具有一定的抽象性，但还没有抽象到完全脱离具体感性事物的程度。某种具体的感性事物总会有许多不同的侧面、不同的性质，这就是类概念具有多义性的原因。比如在我国古文论中常见的“气”这个概念，它虽然经过了抽象，但未能脱离实际的“气体”这个感性的实物。气体作为具体的存在物是有不同侧面的性质的，它有混一不可分割性、流动性、贯通性，还有发散性、宣泄性等。所以古人在用到这个概念时，所取的侧面也就会有不同。孟子讲“我善养吾浩然之气”，后世的文论家在他的影响下也多强调作家要“养气”。他们所谓的“气”，是针对作家那混一的整体人格而言的，取的就是气的混一不可分割性。刘勰《文心雕龙·风骨》云：“思不环周，牵课乏气。”所谓“乏气”，就是文势不连贯，宋人常夸赞战国文章“尚气”，是指当时作品写得流动畅达。这里的“气”，取的都是气体的贯通性一面。又，韩愈于创作讲“气盛言宜”；欧阳修夸苏舜钦的诗云：“子美气尤雄，万窍号一噫。……譬如千里马，已发不可杀。”他们的意思是说，作者心中充满“气”，必然要冲破郁结，自然而然地宣泄出来。这里的“气”，取的又是气体的发散性、宣泄性这个侧面。中国古代文论中所使用的这种类概念的多义性，给今天的研究工作造成了很大的困难。对于一个概念，大家讨论来讨论去，众说纷纭，你说指此，我说指彼，谁也说服不了谁。实际上，如果明白古人所用的概念是类概念，这些争论问题就可以迎刃而解了。我们可以说他们的解释都对，因为他们都抓住了这个类概念的某一侧面；也可以说他们的解释都不对，因为他们都以自己所看到的一面来否定其他的侧面，而没有看到这些不同的侧面是统一在这个类概念的整体之中的。换句话说，他们之所以争论不休，是用理解纯概念的办法来理解类概念了。

最后，让我们看一看中西双方文学理论在发展上的不同特点。西方的一位理论家说过：要想成为一位伟大的学者，其诀窍在于建立一种反常识的立场。西方历史上一种理论的产生，往往是以批判的姿态出现，故整个理论史纵观起来，呈现出多元性的特点。中国古代的理论发展却像滚雪球一样，它是由许多时代的许多人围绕着同一个传统轴心建立起来的，所以，从宏观上来看，整个中国古代理论是一元性的理论。这个差异同样反映在文学理论的发展建设上，我国历代的文学理论家，绝大多数无个人体系可言。而且，从我们古人传统的民族心理来讲，他们似乎也并不以建立某种个人体系和反传统的立场为荣，而只以在整个民族化的大体系中添一块砖、加一块瓦为满足。所以，研究中国古代文学理论，如果孤立地看哪一位理论家，他们的理论往往是片断的、零碎的；但如果我们从宏观上把不同时代、不同理论家的观点联系起来看，可以发现他们是从不同的角度共同构建着一个民族化的完整体系。杜甫《白小》诗有一句“白小群分命”，意思是说，那些细碎的白鱼儿，因为太小了，总得合起来才算得上一条性命，单挑出哪一条来，都不过是群体性命的一部分。用杜甫的这句诗来比喻中国古代的文学理论是很合适的。历代文论家所留下的大量的片言只语，有的偏重文学的外部规律，有的则偏重内部特质，有的从本体角度上来论述，有的则从创作或欣赏角度上来论述。这些就好比那些细碎的“白小”，从许多角度上紧紧簇拥着一个核心，构成了我们民族传统文论体系的生命。这个体系，是一种潜体系，也就是说，一元性的体系潜在于许多时代、许多人的多角度的论述之中，完整的体系潜在于零散的材料之中。这种整体潜藏于零碎之中的情况，颇像一个古陶器刚一出土时的样子：它表面上看起来是一堆碎片，但是完整的陶器潜藏于其中。因为这堆碎片中的每一块都是整体的一部分，所以碎片与碎片之间不是彼此分立的，而是具有一种内在的联系。找出这种内在联系，使碎片互相对上碴口，从而让它们在整体中各归各位，这是一个古物修复专家的职责。同样，我们在宏观上对中国古代文论的研究工作亦可作如是观：把古代不同侧面的理论片断的内在联系找到，从而使我们民族几千年来由人们兢兢业业建立起来的整个体系以逻辑的形式呈现出来，这是我们研究古代文学理论的一个重要任务。

关于我国传统文论与西方的不同，大体如上。这里有必要附带指出的是：中西方文论并非只有差异而没有任何相合之处。事实上，作为人类对文学长期的认识成果，无论是中国还是西方的文论，都是非常复杂、丰富的，所以，双方在总体倾向上具有不同的特征，并不妨碍在一些具体理论上的“英雄所见略同”。在一定意义上说，这种相合之处要比相异之处更值得我们重视。因为两个不同的民族，在长期互相隔绝的情况下，不约而同发现的东西，往往是更带有普遍性的理论。这些没有经过商量的认同点，或许就是将来建立世界性文学理论的基础。另外，从西方文学理论的发展情况来看，自 18、19 世纪浪漫主义思潮开始，西方人对亚里士多德以来的模仿、再现说的传统体系进行了大规模的“反叛”。此后，表现说在很大程度上占了上风。当然，西方浪漫主义和现代主义的表现理论并不完全等同于中国传统的表现说，但我们不能不看到，近代以来的西方与东方在对不少问题的看法上的相合之处的确越来越多，以至于他们的很多说法都可以作为印证我们传统理论的镜子，甚至可以成为解开我们古代一些理论之谜的钥匙。因此，对于中西双方的文论，如果只看到差异而否认有相同之点，那就像只看到相同而看不到差异，看不到我国文论具有自己的特点一样，都是形而上学的。

四

在明确了研究中国古代诗学的目的，了解了研究对象的特点之后，随之而来的就是我们究竟应该用什么方法来研究的问题。自 20 世纪以来，人们对事物的研究方法呈现多样化，但不管具体方法如何复杂纷纭，基本上不外乎恩格斯所讲的两种，那就是“历史的研究方式”和“逻辑的研究方式”。前者是从纵向上考察对象的历史发展，后者是从横向上考察对象的逻辑模式。根据我们的研究目的和研究对象的性质，采用后一种方法是比较适宜的。

先从研究目的上看。我们研究古代诗学既然是为了找出它的理论体系，而体系的直接形式便是逻辑的形式。前文已经说过，由于我们古人特殊的思维和表述方式，古代的诗学虽有完整的体系，但这个体系没有以直接的形式存在，是以间接的方式潜藏着。而且，正像蜂群以一种天然的向心力团结在一起建筑蜂巢，但对蜂巢这个标准的六角形结构模式并无意识一样，我们的古人虽然在客观上共同建构着民族诗学体系，但这个体系究竟是怎样的一个理论结构，他们也并不是很清楚，或者说，即便是有所意识，也基本上是停留在感性的直觉上，并没有上升到理论的高度。我们的任务，就是通过对古代诗学整体的、宏观的审辨，用逻辑的形式把它阐发出来，使这个体系由原来的潜在形式变成直接形式，使人们对它的认识从感性的直觉上升到理性的自觉。本着这样一个研究目的，所以我们要采取横向的、逻辑的方法。再从研究对象的性质上看。前文我们也说过，中国传统理论不是像西方那样的多元体系，西方的美学家、诗论家，凡是在历史上有影响的，大都能建立自己的体系，所以西方的理论史，在很大程度上表现为不同时代理论家个人体系的纵向排列。黑格尔在《哲学史讲演录》中说："哲学史的外表形象是由个别人物构成的。"① 其反映的就是这种情况。也正因为这样，对于西方的理论，就比较适合采用那种以历史时代为线索、以理论家个人为单位的纵向的研究和叙述方法。中国古代诗学理论既然不表现为不同的个人体系的替代，它是潜在的一元体系的沉积，那么我们必须超越个人，超越具体的时代，才有可能把握那个隐藏在零碎之中的整体。简言之，所研究对象的特殊性质，也要求我们采取横向的逻辑方法。

这种横向的逻辑方法，具体来说，就是不以历史和个人为线索，而是经过对对象的仔细深入研究，先把中国诗学体系的整个理论框架抓出来，以这个整体框架为纲，下分各个专题为目，按照逻辑系统把不同专题叙述出来。马克思说："研究必须充分地占有材料，分析它的各种发展形式，探寻这些形式的内在联系。只有这项工作完成以后，现实的运动才能适当地叙述出来。这点一旦做到，材料的生命一旦在观念上反映出来，呈现在我们面前的就好像是一个先验的结构了。"② 这也就是笔者在本书中力图要仿效的研究和表述方法。

当然，由于中国诗学体系是经过长期的沉积而逐步充实、完善起来的，换句话说，它本身就是一个历史的产物，所以要弄清一些观点的内涵，有

---

① 〔德〕黑格尔著，贺麟、王太庆译：《哲学史讲演录》（第一卷），商务印书馆 2009 年版，第 56 页。

② 中共中央马克思恩格斯列宁斯大林著作编译局译：《资本论》第一卷第二版跋，人民出版社 2004 年版，第 21～22 页。

时必须从源流上来考察，这也就决定了我们的逻辑叙述并不能完全排斥历史的叙述。首先，我们采取以论带史的方法，使从流变上对概念的考察为逻辑性揭示体系服务。其次，在对体系的叙述中，我们对材料的运用要经过汰选。这种汰选绝不是搞理论上的实用主义。恩格斯说过，对事物的“逻辑的研究方式”是“摆脱了历史的形式以及起扰乱作用的偶然性”①。事物的存在总是很复杂的，要想揭示它的逻辑规律，就必须抓住本质性的东西，而把偶然性的东西排除。中国几千年中出现的诗学资料汗牛充栋，其中有些是代表着我国的民族精神的，所以它们在出现以后，经过逐渐完善，慢慢地就沉结在民族的诗学体系中。有些东西并不代表传统的民族精神，它们只是偶尔出现的变异，虽然在历史上存在过，但没有沉积固结下来，而是像河水的泡沫一样漂走了。摆脱这样的材料，实属理所当然。此外，我们在阐释古代诗学中的某些理论内涵时，还将尽可能地借鉴国外的一些方法，对材料采取新的分析角度和视点。古人云：“他山之石，可以攻玉。”如果我们站在总结自己民族诗学体系的基点上，借用国外现代的一些研究方法作为探索的工具，这就好比用放大镜和超声波来考察一个古物的成分，往往能发现许多新的细节。这些细节并不是放大镜和超声波凭空捏造出来的，而是古物本身所固有的，只不过工具帮助我们发现了它们。同样，我国诗学理论的深层内涵，本来就蕴含于理论之中，只是由于我们过去在研究方法上的限制而没能发现它，用新的方法作为观测器，无疑会使我们对古代的理论内涵看得更深、更透。

---

① 中共中央马克思恩格斯列宁斯大林著作编译局编：《马克思恩格斯选集》（第二卷），人民出版社 1995 年版，第 43 页。

第二章　本体论

一

所谓本体论的问题，是一个哲学性的问题。可以说，在哲学的角度上所提出的问题大都是简单的，而简单的问题比复杂的问题更难以回答。因为简单的问题大都是抽象的，复杂的问题大都是具体的。一个概念，如果放在具体的问题中，我们对这个概念的含义可能十分清晰；一旦把它从具体的问题中抽出来单独进行考察，它却会突然一下子远离了我们，其含义会变得捉摸不定，扑朔迷离。比如，当我问你“首都北京站的空间有多大”，“春分到秋分的时间有多长”，你心中当然会非常清楚地懂得“空间”和“时间”的含义是什么。但是，当我把这两个概念单独抽出来，简单地问你“‘空间’是什么，‘时间’是什么”时，你就会发现原来对它们并不太清楚，于是陷入圣奥古斯丁曾经遇到过的奇怪的迷惘。“诗”这个概念也是如此，如果我问：“什么是古诗？什么是律诗？什么是抒情诗？什么是叙事诗？”恐怕稍微受过一点教育的人都会正确地回答我。但是我只问你一句：“诗是什么？”这个简单的问题，甚至会问哑了那些在讲台上大讲诗学理论的学者。笔者看过几本讲诗歌理论的书，作者为了解释“诗”的定义，往往是先把诗分成许多种类，然后再分别解释那些具体种类的诗。这使笔者想起了苏格拉底讽刺他的论敌美诺的一句话：“我问你什么是蜜蜂，它的本性是什么，而你回答说蜜蜂有许多不同的种类。”① 是的，用答非所问的经院式的喋喋不休，来回避对事物的哲学探讨，这是一种既狡狯又愚笨的花招。所谓哲学的探讨，即不满足于对事物现象的认知，而要弄清它的本质或者说本体。

本体是对现象而言的，它借现象显示自己，而又不等于现象。拿诗来说，人们在日常时时会看到诗、听到诗，但我们所看到、所听到的只不过是诗歌作品的物质性的文字符号与声音，它们只是传达本体的材料，而不是本体自身。正因为如此，尽管我们所看到、所听到的诗歌作品都是物质状态的存在，我们却把诗叫作观念形态的艺术。现象的物质性与本体的观念性的矛盾，这是文学艺术区分于自然物的基本特质。观念的东西本身是看不见、摸不着的，所以严格地讲，我们说看到了诗作品可以，说看到了诗本体则不行。几百年前，王阳明先生登台讲“良知”，一位愚人曾讯之曰：“请问，‘良知’这件东西是白的还是黑的?”这不高明的提问，理所当然地受到了阳明先生的奚落。同样，如果我问“诗的本体何在?”有人将白纸黑字的诗作品指给我看，或者我问“诗的本体是怎样的?”有人以“整齐的、精练的、押韵的”来回答我，那么他就与那位愚人同样不高明了。然而，只说诗的本体是一种看不见、摸不着的观念，这仍然是一个含糊的界定，因为它只把诗和自然物质区分开来，并没有把诗和其他观念形态的东西区分开来。社会上的观念形态很多，诸如道德、宗教、哲学、科学等。诗这种观念形态，显然又是与这些东西不同的。如果找不到诗本体在观念形态中的特殊性，也实在比那些弄不清诗与物质区别的人高明不了多少。

把诗的本体问题一提出来，笔者猜有一些读者已经在那里陷入困惑了。因为原来他们关于诗的表面的了解，不过是一种虚假的“明白”。这由“明白”转入的困惑，不是认识的退步，倒是认识的提高：他们发现了原来那个“明白”的虚假性，这是达到真明白的好兆头。笔者想，我们在这个新时代里，要想认真研究学问，在不少领域中都有把人们觉得似乎“明白”

---

① 〔古希腊〕柏拉图著，王晓朝译：《美诺篇》，《柏拉图全集》（第一卷），人民出版社 2002 年版，第 493 页。

了的问题重新弄得困惑起来的必要。在艺术研究中，许多人认不清艺术与自然物在本体上的区别，认不清艺术区分于其他意识形态的特质，一些肤浅的、谬误的理论，渐渐地在人们的头脑中生了根，变成了“常识”。谬误一旦取得常识的地位，也就披上了真理的外衣，使人们想不起来要怀疑它，这实在是人类认识的天大的不幸！其实，关于诗的本体问题，我们的古人经过世世代代的努力探索，已经给我们解决了，但是古人关于诗的本体论的解答，与其他精神遗产一样，大都被埋在尘垢之中，很少人想到要把它从尘垢中挖出来。而且即使有人把它挖了出来，也因为它与“常识”格格不入，肯定会被重新抛回去的。幸亏精神遗产有一点要比物质遗产优越，那就是埋藏多少年也不变质；否则的话，它也许早在尘垢中锈了、烂了、消失了。

然而，要把我们古人关于诗的本体论挖出来，又谈何容易！因为诗的本体论在历史中的产生，并不表现为一个偶然出现的孤立的命题，而是有着一个漫长的胚胎、发芽、开花、结果的过程。只有对这一过程进行细心的清理、梳剔，真正的认识才会被寻绎出来。而且，古人对诗本体最后形成的真正认识，也仍然不是一条明显的、现成的答案。说它是一枚果实，不假，但这是一枚像核桃一样的果实，外面包着坚硬的壳，必须用相当的力量把它敲开，才可能见到它的内涵。让我们再换一种说法：诗，好像是一个斯芬克斯之谜，而我们的古人对这个谜的解答，本身也是一条谜语。从前有个笑话，说一个人出了一个谜底是青蛙的谜语：“站也坐，坐也坐，行也坐，卧也坐。”另一个人解道：“我也给你出一个谜语，‘站也卧，坐也卧，行也卧，卧也卧’，我这个吞你那个！”（谜底是蛇）可以说，我们古人对于诗的解答，所采取的就是这种“以谜破谜”的办法，古人关于诗的一些似乎玄虚、神秘的说法，不正是这种方式的表现吗？当然，这倒不是我们古人故意卖关子、弄狡狯，实在是由于受当时的条件所限，对概念和理论的表述不可能很清晰、很明了。那么，要弄清古代诗本体论的来龙去脉，摆在我们面前的工作，除了寻绎，还有一个“破译”的任务。所以，只有把细心的历史考察和深入的理论剖析结合起来，才有可能完成这一工作。

二

首先，我们要谈一谈关于诗的本体问题，也就是诗歌作品到底表现什么的问题。提起我们祖先对于诗的表现对象的看法，人们立刻就会想到“诗言志”。是的，这三个字是我国古人对诗的本质的第一个自觉的理论命题，正如清人刘毓崧所说：“千古诗教之源，未有先于言志者矣。”① 朱自清先生也说过，“诗言志”是中国诗论的“开山的纲领”。但说它是“源”“开山纲领”，自然都是从相对意义上来讲的，正如无论多么遥远的祖先，其本身也必定有一个同样遥远的祖先一样，“诗言志”这个中国诗论之“源”，也自有其漫长的形成过程。让我们先追溯一下这个过程。

先秦时，“诗”字与“志”字本来可以互通。杨树达先生在《释诗》一文中曾举过两条例证。一条是《左传·昭公十六年》记载郑六卿为韩宣子赋诗，六卿所赋的都是《诗经·郑风》里面的诗句。韩宣子说：“二三君子以君命贶起，赋不出郑志。”所谓“郑志”，就是“郑诗”，这是以“志”代“诗”的例子。再一条是《吕氏春秋·慎大览》载商汤谓伊尹曰：“若告我旷夏尽如诗。”高诱训诗为志。这又是以“诗”代“志”的例子。②

后来闻一多先生进一步指出，在中国古代，“志”与“诗”原来是一个字。“志”，古写作“⿱㞢心”；“诗”，许慎《说文解字》引古文作“𧦥”。“⿱㞢心”与“𧦥”是同一个字，只不过是书写上的上下结构与左右结构的区别。金文中只有“志”字，还没有“诗”字，可见“诗”字产生在“志”字之后。最古的时候人们说到“诗”，都是写成“志”字的，所以《说文解字》中说：“诗，志也。”这是直接以志来训诗。关于“志”字的本义，闻一多先生在《歌与诗》中做过这样的考辨：

---

① ［清］杜文澜辑，周绍良校点：《古谣谚》，中华书局 1958 年版，第 1 页。

② 杨树达：《积微居小学金石论丛》（增订本），科学出版社 1955 年版，第 26 页。

> 志字从㞢。卜辞㞢作𡳿，从止下一，象人足停止在地上，所以㞢本训停止。卜辞“其雨庚㞢”犹言“将雨，至庚日而止”。志从㞢从心，本义是停止在心上。停在心上亦可说是藏在心里，故《荀子·解蔽篇》曰：“志也者，臧（藏）也。”注曰：“在心为志。”正谓藏在心。《诗序疏》曰“蕴藏在心谓之为志”，最为确诂。①

“诗”既然就是“志”，而“志”又是“蕴藏在心”的东西，这样看来，似乎可以说古人从很早的时候就已经认识到诗的本体的观念性，但这个认识实在是太原始了，太不自觉了。我们猜测：这种原始的看法恐怕是在文字产生之前，至少是在文字没有普遍应用之前形成的。在那个时候，人们交流观念的办法只能靠口头说话。观念在口头上的物质外化只是声音，这声音，在说话时它存在，话说完了，它也就消失了，它不像文字那样稳固，可以保存。同时，人们面对面的交谈，要比用文字传达观念更为直接，它所用的工具和材料只在人身上，而不像文字那样需要从身外去找材料，所以在口头言语中，作为本体的观念与传达观念所用的材料的距离，也就没有在文字中表现得那么突出、那么惹人注意。正因为如此，人们也就忽略了观念与媒材的区别，而把二者混淆在一起，看成是一回事了。所以在中国古代，人们说到“志”，既可以指诗之“体”——蕴藏在心的观念；也可指诗之“用”——发之在外的言语。直到文字应用以后，文字充当了观念的稳定载体，观念与材料的距离加大了、突出了，人们才开始注意到诗的“体”与“用”的区别。于是在“志”字之外，又造了个“诗”字，并以“志”来专指蕴藏在心的观念，以“诗”来专指发之在外的作品，这才有了后来的“在心为志，发言为诗”的说法。

再看古时所谓“志”的内涵，无论是从“体”上来说，还是从“用”上来说，都比真正意义上的诗要大得多。

从“体”上来讲，“志”字几乎包括了人心中的一切。首先，它可指人

① 闻一多：《神话与诗·歌与诗》，《闻一多全集》，生活·读书·新知三联书店1982年版，第185页。

心中对客观事物的记忆。《礼记·哀公问》："寡人蠢愚、冥烦，子志之心也。"《国语·楚语上》："闻一二之言，必诵志而纳之。"句中所谓的"志"，都是记忆的意思。其次，它又可以指理性的志向、思想。《论语·公冶长》载："颜渊、季路侍。子曰：'盍各言尔志?'子路曰：'愿车马衣轻裘与朋友共敝之而无憾。'颜渊曰：'愿无伐善，无施劳。'子路曰：'愿闻子之志。'子曰：'老者安之，朋友信之，少者怀之。'"这里的"志"，用的就是古"志"字的思想、志向这方面的含义。再次，"志"字又可指人心中的情感。《左传·昭公二十五年》："民有好、恶、喜、怒、哀、乐，生于六气，是故审则宜类，以制六志。"孔颖达《正义》云："此六志，《礼记》谓之六情。"这又是古"志"字情感意义的遗留。

再从"用"上来讲，古"志"字的含义也是同样宽泛。首先，与"志"字在"体"上的记忆之义相对应，它在"用"上可指人们对客观事物的记录，相当于后世的"史"。《周礼·外史》："掌四方之志。"郑玄注云："志，记也。谓若鲁之《春秋》、晋之《乘》、楚之《梼杌》。"《国语·楚语上》："教之故志。"韦昭注："故志，谓所记前世成败之书。"以上都是这方面的例子。其次，与"志"字在"体"上的志向、思想之含义相对应，它在"用"上也可指对人进行义理说教的言语。《国语·晋语九》："《志》有之曰：'高山峻原，不生草木；松柏之地，其土不肥。'"《孟子·滕文公下》："《志》曰：'枉尺而直寻。'宜若可为也。"《左传·襄公二十五年》："《志》有之：'言以足志，文以足言。'"这里所引古"志"中的话，都是道理说教。再次，与"志"字在"体"上的情感意义相对应，它在"用"上当然也可指真正意义的诗，前文所举《左传》中的"赋不出郑志"，便是这方面的一个显例。

也正因为如此，汉及以前的人对于诗的性质，除了"诗言志"这个总命题，还存在着三种具体的训义。第一是《管子·山权数》："诗者，所以记物也。"第二是贾谊《新书·道德说》："诗者，志德之理而明其指，令人缘之以自成也。"第三是刘歆《七略》："诗以言情。情者，性之符也。"①

---

① 张少康、卢永璘编选：《先秦两汉文论选》，人民文学出版社 1996 年版，第 457 页。

这说明，古代的诗（“志”）包含着记事、说理、言情的广泛内涵，这些内涵直到汉代还没有被人忘掉。可以说，与“志”在“体”上包含着人心中的一切观念相对应，它在“用”上也包含着后世的一切著作形态。这个概念，就好比胎儿在母体内刚刚孕育，其五官七窍、四体百骸还没有分化开，这就是“诗”的最原始的内容。

然而，与内容上广泛的规定性相反，最古时的“诗”在形式上有着一个严格的规定性，那就是“用韵比偶”。因为在文字产生之前，记载须靠心记，传达须靠口说，那么为了记忆和传达的准确、方便，便造就了古代记载的韵语形式。清人阮元说：“古人以简策传事者少，以口舌传事者多，以目治事者少，以口耳治事者多，故同为一言，转相告语，必有愆误，是必寡其词，协其音，以文其言，使人易于记诵，无能增改。”（《揅经室集》）古时常有所谓“诵诗”的说法，如《国语·周语上》载邵公云：“故天子听政，使公卿至于列士献诗，瞽献曲，史献书，师箴，瞍赋，蒙诵，百工谏，庶人传语。”《国语·晋语六》载范文子语：“吾闻古之王者，政德既成，又听于民，于是乎使工诵谏于朝，在列者献诗使勿兜……”所谓“诵”，都指以口舌传诗而言，而便于口诵的文体，只能是韵语的形式。

但值得注意的是，古代人对于诗，还不单单是“诵”而已。《墨子·公孟》中说到古诗的情况，有“诵诗三百，弦诗三百，歌诗三百，舞诗三百”的话。据郭绍虞先生说，墨子所讲的“三百”，并非指《诗经》三百篇，而是对一个庞大数目的虚指。[①] 也就是说，墨子所讲的是孔子删编成《诗经》以前的古诗的情况，在这些诗中，有很多的诗可以“诵”，但也有很多的诗可以“弦”、可以“歌”、可以“舞”。能弦、能歌、能舞的诗，就不仅仅需要用韵，而且还要入乐才行。在这三类诗中，诗都是作为音乐的歌词，即刘勰所谓的“诗为乐心”（《文心雕龙·乐府》）。空口唱出的叫“歌诗”，配乐唱出的叫“弦诗”，配合舞蹈动作唱出的叫“舞诗”。歌诗、弦诗、舞诗既然都离不开唱，故可用“歌诗”来代表。因此，墨子所说的四类诗，

---

① 郭绍虞：《“六义”说考辨》，《照隅室古典文学论集》（下编），上海古籍出版社 1983 年版，第 361 页。

大体上可分为不入乐的“诵诗”与入乐的“歌诗”两类。我们推测，古代的“诵诗”，恐怕多是那些记言、记事和说理一类的“诗”，而入乐的“歌诗”，才是真正意义上表现情感的诗。为什么这样说呢？因为情感与音乐有密切联系，古人早就认识到了这一点，所以与“言发于志”这个较为含混的命题相对，他们毫不含糊地强调“音发于情”。《荀子·乐论》：“夫乐者，乐也，人情之所必不免也。”《礼记·乐记》：“凡音者，生人心者也。情动于中，故形于声。声成文，谓之音。”闻一多先生认为，所谓“唱歌”的“歌”，在古代与今语“啊”的本音相同。① “啊”是由于情感的激荡而发生的讴咏，这便是声乐之所由生。所以，凡是唱出来的歌，都以表现情感为主。清人刘熙载在《艺概·诗概》中说，“《诗》，一种是歌……一种是诵”，“诵显而歌微”，“叙事诵，抒情歌”。刘氏正是看到了古诗中“歌”与“诵”的区别。以《诗经》为例，其中有的作者在诗中明言自己作的是“歌”，有的则明言自己作的是“诵”。属于第一种情况的有：

《魏风·园有桃》：“心之忧矣，我歌且谣。”
《陈风·墓门》：“夫也不良，歌以讯之。”
《小雅·四牡》：“是用作歌，将母来谂。”
《小雅·何人斯》：“作此好歌，以极反侧。”
《小雅·四月》：“君子作歌，维以告哀。”
《大雅·桑柔》：“虽曰匪予，既作尔歌。”
《大雅·卷阿》：“矢诗不多，维以遂歌。”

属于第二种情况的有：

《小雅·节南山》：“家父作诵，以究王讻。”
《大雅·烝民》：“吉甫作诵，穆如清风。”

---

① 闻一多：《神话与诗·什么是九歌》，《闻一多全集》，生活·读书·新知三联书店1982年版，第264页。

《大雅·嵩高》:“吉甫作诵，其诗孔硕，其风肆好。”

如果我们仔细地把上述这些“歌”诗与“诵”诗在全篇内容上对比一下，就不难发现前者重在一唱三叹地抒发情感，而后者都偏于径直地叙事阐理。再看《楚辞》，其中有《九歌》，也有《九章·惜诵》。两相比较，其“歌”与“诵”的这种区别也可以看得很清楚。正如刘熙载所说：“《九歌》纯是性灵语，《九章》兼多学问语。”(《艺概·赋概》)由此可以推知，古时以“歌诗”抒发情感，以“诵诗”记录事理。从现代意义上看，前者为真诗，而后者为假诗。在当时，真诗与假诗虽然都混在“诗”内，但是人们对它们的实际态度还是有所区分的，那就是只用“诵”的办法来传达那些假诗，而用“歌”的办法来传达真诗。

后来，文字产生并渐渐发达，以“口耳传事”的时代便结束了。有了文字这一保存观念的稳固的物质载体，人们也就用不着担心“同为一言，转相告语，必有愆误”了；另一方面，社会的发展，也提高了人们对记事言理的明晰性和准确性的要求，那原始的韵语形式显然是不能担负这一任务的。于是，那些记事言理一类的“诗”，便冲破了韵语的形式而走向散体。《孟子·离娄下》有这样几句话：

王者之迹熄而《诗》亡，《诗》亡然后《春秋》作。晋之《乘》、楚之《梼杌》、鲁之《春秋》，一也：其事则齐桓、晋文，其文则史。

所谓“《诗》亡然后《春秋》作”，不过是反映了这样一个历史事实：随着社会的发展和文字的广泛应用，原先那种专管记事记言的“诵诗”渐渐消亡，而代之以像《春秋》这样的散行文体的“史”了。①

记载性的东西从诗中逸出，于韵文之外另辟地盘，表现了社会意识形

① 钱谦益《有学集》卷一八《胡致果诗序》云：“孟子曰：‘《诗》亡然后《春秋》作。’《春秋》未作以前之诗，皆国史也。人知夫子之删《诗》，不知其为定史。人知夫子之作《春秋》，不知其为续《诗》。”钱氏约略地窥探出了这一层，只是说得有点绝对，如果把他话中的“诗”改成“诵诗”，那就非常正确了。

态的明显分化。后来孔子对六经的整理，便是这种分化的一个结果。自此以后，人们便把诗与其他记载性的著作分开来看了。比如《荀子·儒效》云：

《诗》言是，其志也；《书》言是，其事也；《礼》言是，其行也；《乐》言是，其和也；《春秋》言是，其微也。

《庄子·天下》云：

《诗》以道志，《书》以道事，《礼》以道行，《乐》以道和，《易》以道阴阳，《春秋》以道名分。

又，《意林》引《慎子》：

《诗》，往志也；《书》，往诰也；《春秋》，往事也。

在这里，虽然“诗言志”的“志”字表面上意思没有变，但是它已非过去那个“志”，而是与作为客观记录的“事”和义理说教的“名分”相对的“情志”了。

另外，也正因为过去那些只可“诵”而不可“歌”的假诗从诗中逸出，所以人们再探讨诗的本质，也就只从乐歌的角度上来着眼。成文于战国以后的《尚书·尧典》① 中说：

诗言志，歌永言，声依永，律和声。

---

① 据顾颉刚先生等考证，《尚书》中的《尧典》是战国以后的人写的。参见顾颉刚：《〈尧典〉著作时代考》，《中国现代学术经典·顾颉刚卷》，河北教育出版社 1996 年版，第 275~354 页。

“言、歌、声、律”被看作是一个密切相关的系列，可见这里所说的诗是排除了“诵诗”而单指“歌诗”而言。既然是“歌诗”，所以“诗言志”的“志”字的内涵也就偏于“情”了。① 这个意思虽然在《尧典》里面还没有明说，但在《诗大序》中得到了阐发：

> 诗者，志之所之也，在心为志，发言为诗。情动于中而形于言，言之不足，故嗟叹之，嗟叹之不足，故永歌之，永歌之不足，不知手之舞之、足之蹈之也。

这段话中的言、叹、歌、舞的系列，显然是对《尧典》中的言、歌、声、律系列的发挥，但说到诗之产生时是“志”“情”并提，“在心为志，发言为诗”与“情动于中而形于言”是一个意思，故“在心为志”即“情动于中”，“志”也就是“情动”的意思。唐人孔颖达《春秋左传正义》云：“在己为情，情动为志，情志一也。”这个理解是正确的。

总之，战国以后人们所提出的具有特定内涵的“诗言志”，是人们对于诗的本质的第一个自觉的认识。② 说它是自觉的，是因为它与古时人们关于“志”的混沌观念已有根本不同：首先，在混沌的“志”字中，社会上的意识形态并没有分化，而“诗言志”这个命题，是在社会意识形态达到相当程度的分化以后，随着诗歌在社会意识形态中独立地位的确立而产生的，它是真正意义上的对诗的认识；其次，在古代混沌的“志”字中，“体”与“用”并没有分化，而在“诗言志”这个命题中，“言”即诗之用，“志”即诗之体，“体”“用”分开而又把“体”强调出来，这才是真正自觉的本体论命题。

---

① 班固《汉书·艺文志》云：“《书》曰：‘诗言志，歌咏言。’故哀乐之心感，而歌咏之声发。”这就是说，“志”即“哀乐之心”，也就是情。关于这一点，后来的汤显祖在《董解元西厢题辞》中讲得更明确：“《书》曰：‘诗言志，歌永言，声依永，律和声。’志也者，情也。”

② 在这以前，《左传·襄公二十七年》中曾有“诗以言志”的说法，但那指的是士大夫在言语应对时引诗以表达己志，说的只是诗的用途，所以还算不上一个对诗的自身本质的认识。

三

我们说“诗言志”这个命题是自觉的，可没有说它是很清晰的。因为它虽然是站在“歌诗”即真诗的角度上来立论（故“诗言志”的“志”其实就是“情”），但正如某些商店老板总爱给新货贴上个老字号，以提高其销售量一样，古人的立论也总喜欢攀上古训，所以《尧典》中还是只讲“志”，不说“情”；《诗大序》中虽然说到了“情”，但作者宁可把“情”“志”并举，也舍不得径直丢掉古代那个模糊的“志”字。情、志并提，也就容易造成概念上的含混。再者，春秋以后，“聘问歌咏不行于列国”，以诗入乐的风习渐渐从历史上淡出，后来人们所作的诗，都是不入乐而只能读了，因此不少人对于诗的看法，也就容易与春秋以前的那些“诵诗”缠夹在一起，用古代“诵诗”中所表现的那种理智的、抽象的“志”来要求诗。

古人多用“意”字来训“诗言志”的“志”，如郑玄注《尧典》的“诗言志”，是“诗所以言人之志意也”，甚至《史记·五帝本纪》引《尧典》时，将“诗言志”径改为“诗言意”。又，《汉书·司马迁传》引董仲舒云，“《诗》以达意”，也用“意”字代替了“志”字。考“意”字，是“心”上加一个“音”字，古“音”“言”通，“心上之音”也就是“心中之言”，即我们现在常说的“心里的话”。很显然，它是指在心中经过思考的东西，这是理智的思想、意念，而不是情感。① 正因为如此，汉代经生在解释具体的诗时，也就抛掉了“情”，只是挖空心思地到诗中去寻找那个“微言大义”，这不啻是对诗的生命的扼杀。这种观点，对统治阶级把诗变成政治教化的直接工具很有利，所以一直颇为吃香。后来一些以正统自命的人，往往直接以“志”字对“情”字加以挞伐，如梁代的裴子野在《雕虫论》中，颂扬“古者四始六艺，总而为诗，既形四方之气，且彰君子之志”，攻击当时的诗是“罔不摈落六艺，吟咏情性”。宋代的道学先生邵雍，

① 孔颖达《大学》疏：“情所意念谓之意。”

强调“诗者人之志，非诗志莫传”，但他所说的“传志”是“明心见性”，而不是抒情。相反，他说“情之溺人也，甚于水”，主张写诗时“其间情累都忘去”（《伊川击壤集序》），所以他所写的“诗”多是一些抽象的义理说教，是“语录讲义之押韵者”。

当然，也有很多人并没有为这种“正统”的观念所左右，虽然拈“志”以说诗，但究其“志”字的底蕴还是指“情”。比如庄忌《哀时命》：“志憾恨而不逞兮，抒中情而属诗。”“志”“情”并提，而“志”实“情”也。沈约《宋书》：“夫志动于中，则歌咏外发。”“志动于中”即《毛诗序》的“情动于中”。刘勰《文心雕龙·明诗》：“人禀七情，应物斯感，感物吟志，莫非自然。”“志”即“应物斯感”的“七情”。孔颖达《毛诗正义》释“志”：“感物而动，乃呼为志。志之所适，外物感焉，言悦豫之志则和乐兴而颂声作，忧愁之志则哀伤起而怨刺生。《艺文志》云‘哀乐之情感，歌咏之声发’，此之谓也。”这里的“志”，显然也就是哀乐之情。

然而，正因为这些人论诗主情而又舍不得放弃那个含混宽泛的“志”字老牌号，所以在“言意派”的攻击面前，他们也就总显得不那么硬气、不那么理直气壮。这方面，清代的“性灵派”巨擘袁枚就是一个明显的例子。他于诗本来力主言情，但又不敢抛弃“言志”这个古训，所以在反驳“言意派”而为言情做辩护时只能这样说：“诗人有终身之志，有一日之志，有诗外之志，有事外之志，有偶然兴到，流连光景，即事成诗之志，志字不可看杀也。”① 所谓“终身之志”，指一个人长期形成的抽象的思想观点；而“偶然兴到，流连光景，即事成诗之志”，指情感、感受。这几句模棱两可的话，充其量只是为“情”在诗中争得一个与抽象义理平起平坐的地位而已。如果单从这段话来看，他甚至比《尧典》《诗大序》还退了一步：因为《尧典》和《诗大序》虽然表面上讲“志”，暗中把抽象的义理排除了，而袁枚又把它堂堂正正地“请”了进来。

看来，要使诗的本体论达到理论上的明晰，要想再深入一步，不抛掉

① 郭绍虞主编：《中国历代文论选》（第一册），上海古籍出版社 2001 年版，第 6 页。

那个含混的“志”字是不行的。在这方面最早的发难者便是陆机，他在魏晋以来五言诗取得长足发展的历史前提下，于《文赋》中提到诗的特点时，首次丢开了“志”字，而提出了一个具有深远影响的命题：

诗缘情而绮靡。

这一命题虽然曾被某些正统文人视为不经之谈，甚至直到清代，还有人骂它是“‘发乎情’而不必其‘止乎礼义’”，“其究乃至于绘画横陈”（纪昀《云林诗钞序》），但因为它符合诗歌独特的艺术规律，所以也就日益深入人心，渐渐地成为人们关于诗的比较普遍的认识了。魏晋以后，以情论诗的例子不胜枚举。其中有的是从创作论上讲，指出诗人创作的本源就是情，如：

张耒《上文潞公献所著诗书》：“夫诗之兴，出于人之情。”
戴表元《珣上人删诗序》：“惟夫诗，则一由性情以生。”
杨维桢《郯韶诗序》：“诗本情性，有性此有情，有情此有诗也。”
归有光《沈次谷先生诗序》：“夫诗者，出于情而已矣。”
汤显祖《耳伯麻姑游诗序》：“世总为情，情生诗歌。”

有的从作品角度上，指出情是诗歌的表现对象，如：

钟嵘《诗品序》：“至乎吟咏情性，亦何贵于用事？”
文天祥《罗主簿一鹗诗序》：“诗所以发性情之和也。”
周亮工：“诗以言我之情也。”（袁枚《随园诗话》引）
王夫之《古诗评选》：“诗以道情，道之为言路也。情之所至，诗无不至；诗之所至，情以之至。”

有的从本质论上，指出只有情才是诗之所以为诗的核心、灵魂，如：

何良俊《四友斋丛说》："诗以性情为主，《三百篇》亦只是性情。"

谢榛《四溟诗话》："情乃诗之胚。"

周容《与史立庵》："性情者，诗与文之枢与轴也。"

有的则从形而上的高度，指出只有言情才算是诗的正道、正理，如：

皎然《诗式》："但见情性，不睹文字，盖诣道之极也。"

王若虚《滹南诗话》："哀乐之真，发乎情性，此诗之正理也。"

钱谦益《定山堂诗集旧序》："性情之变穷，而诗之道尽矣。"

有的甚至直接提出诗就是情，如：

袁枚《随园诗话补遗》："诗者，人之性情也。"

方东树《昭昧詹言》："诗之为学，性情而已。"

以上所列，不过是从魏晋以后诗论中随便摘出的沧海一粟，但已足以使我们看到：诗的本体为情，已经是人们的普遍观念了。至于像裴子野、邵雍等人的观点，在魏晋后以情论诗的潮流中，只能算是例外，并不占主要地位。

这里有必要详细说一说的，是被古人视为诗之本体的"情"字的内涵。过去操"情"以论诗者很多，可未必人人都懂得"情"字的真正含义，正如叶燮在《原诗》中所说："'作诗者在抒写性情'，此语夫人能知之，夫人能言之，而未尽夫人能然之者矣。"近年来，"情"字也是人们在探讨诗歌乃至艺术本质时的一个热门词，但作为诗歌本质的"情"到底是一种什么样的情，似乎很少有人仔细地加以察辨。

首先，我们注意到，古人在提到诗歌表现的"情"时，总是强调它"感物而动"的性质。《礼记·乐记》云：

> 凡音之起，由人心生也。人心之动，物使之然也。感于物而动，故形于声。……乐者，音之所由生也，其本在人心之感于物也。

《文心雕龙》云：

> 人禀七情，应物斯感，感物吟志，莫非自然。（《明诗》）
> 物色之动，心亦摇焉。……情以物迁，辞以情发。（《物色》）
> 原夫“登高”之旨，盖睹物兴情。情以物兴……物以情观。（《诠赋》）

钟嵘《诗品序》云：

> 气之动物，物之感人，故摇荡性情，形诸舞咏。

孔颖达《毛诗正义》云：

> 诗者，人志意之所之适也。……志之所适，外物感焉。

白居易《策林》第六十九云：

> 大凡人之感于事，则必动于情，然后兴于嗟叹，发于吟咏，而形于歌诗矣。

从以上的论述可以看出，古人认为的诗所表现的“情”，实指主体受客体的偶然触发而产生的心灵感动。也正因为如此，他们在谈到诗歌的“情”时，又往往以“兴”字代之。“兴”，本来是古时所谓《诗》的“六义”之一，历代诗论家对它的诠解颇多分歧，但其中有一个基本一致的认识，那就是有感于外物而起发己情的意思①，如：

挚虞《文章流别论》：“兴者，有感之辞也。”

刘勰《文心雕龙·比兴》：“‘兴’者，起也。……起情故‘兴’体以立。”

孔颖达《毛诗正义》：“兴者，托事于物则兴者起也。取譬引类，起发己心。”

贾岛《二南密旨》：“感物曰兴……外感于物，内动于情，情不可遏，故曰兴。”

葛立方《韵语阳秋》：“自古工诗者，未尝无兴也。观物有感焉，则有兴。”

王应麟《困学纪闻》引李仲蒙语：“触物以起情，谓之兴，物动情也。”

吴渭《月泉吟社诗·诗评》：“凡阴阳寒暑、草木鸟兽、山川风景，得于适然之感而为诗者，皆兴也。”

袁黄《诗赋》：“感事触情，缘情生境……斯谓之兴。”

这里所讲的“兴”，与上述那种由主客相触而引发的心灵感动——“情”是一回事，故《二南密旨》云：“兴者，情也。”与强调“情”在诗中的本体地位相对，古人也认为“兴”是诗的精髓。宋人罗大经在《鹤林玉露》中说：“诗莫尚乎兴。”明人彭辂说：“夫神者，何物也？天壤之间，色声香味偶与吾触，而吾意适有所会，辄矢口肆笔而泄之，此所谓‘六义’

① “兴”字，甲骨文作“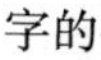”，分明是象征两个人用各自的双手抬一个东西，所以古训为“起”。古代与“兴”字的字义和字形差不多的还有一个（舁）字，这也是四只手抬东西的意思。不过“舁”字比“兴”字少了中间的一个“”，这是因为它所强调的只是“抬”这个动作，而“兴”字不同，它强调的是“”这个物被抬的状态，即一个东西从没有被抬时的“静”转入被抬时的“动”的那种由静入动的转变。换句话说，一个静物受外力作用的最初的那一动，就是“兴”字之本义。古诗论中所谓感兴的“兴”，正取的是这种含义。

之‘兴’，而经纬于赋比之间者也。赋实而兴虚，比有凭而兴无据，不离句字而有神存乎其间。神之在兴者什九，在赋比者半之，此《国风》《小雅》不传之秘，而灵均之骚所独濡染而淋漓者也。”（《诗集自序》）谢榛说：“凡作诗，悲欢皆由乎兴，非兴则造语弗工。……熟读李、杜全集，方知无处无时而非兴也。”（《四溟诗话》）李重华说：“兴之为义，是诗家大半得力处。……故有兴而诗之神理全具也。”（《贞一斋诗说》）方东树说，“兴，最诗之要用也”，“有魄无魂，言外无余味，取象而无兴也”（《昭昧詹言》）。刘熙载说：“重象尤宜重兴，兴不称象，虽纷披繁密而生意索然。”（《艺概·赋概》）以上都是这方面的论述。

总之，古人所谓“感物而动”的“情”即“感物造端”的“兴”。因为“兴”与“情”名二而实一，所以也就有人把它们连在一起，合成“情兴”这个词。如萧子显《南齐书》：“颜延图写情兴。”李善注《文选》：“兴会，情兴所会也。”许学夷《诗源辩体》：“汉魏人诗，本乎情兴。”“兴”，作为心物相触时的那一个“感动”，从创作论的角度上说，它是诗之源起。诗人触物而心动，于是就有了“诗兴”。杜甫《和裴迪登蜀州东亭送客逢早梅相忆见寄》：“东阁官梅动诗兴。”古人也叫它“兴感”。《北史·刘璠传》：“对雪兴感，乃作雪赋以遂志焉。”又叫“兴会”。《颜氏家训·文章》：“标举兴会，发引性灵。”还叫“发兴”。李白《庐山谣寄卢侍御虚舟》：“好为庐山谣，兴因庐山发。”杜甫《陪李北海宴历下亭》：“云山已发兴，玉佩仍当歌。”又，《题郑县亭子》：“户牖凭高发兴新。”

从本体论的角度上说，这个“兴”本身也就是诗所要表现的根本内容。因为诗人观物一旦有了“兴”，就意味着诗的本体已经在他的心灵中诞生。[①]他后来的构思、写作，都不过是把这个“兴”表现出来的手段。诗人固然要捕捉形象，追寻意念，但他的根本目的，就是把自己在观物时所产生的“兴”即心灵的感动传达给读者，好让读者心灵中也感动一下。古人在提到诗的灵魂时所谓的“兴寄”“兴致”“兴趣”“意兴”，无非都是指这个

① 李梦阳《空同集》卷五二《秦君饯送诗序》：“诗非感物造端者邪?”“感物造端”即诗人心中那个“兴”。说诗就是“兴”，实为探本之论。

"兴"。

再从欣赏论的角度上说，这个"兴"，也就是孔子所说的"诗，可以兴"的"兴"，亦即朱熹所谓的"感发志意"。王夫之说："诗言志，歌永言。非志即为诗，言即为歌也。或可以兴，或不可以兴，其枢机在此。"（《唐诗评选》）黄周星说："曲之妙无他，不过三字尽之，曰'能感人'而已。"（《制曲枝语》）正因为诗的本体就是"兴"，诗人通过诗作品想要传达的就是这个"兴"，故读者赏诗的极致，不过是在诗作品的引发下获得曾经发生在诗人心中的那一个感动而已。明人徐渭以"冷水浇背，陡然一惊"（《答许口北》）来描述赏诗的感受，是很得要领的一个比喻。

其次，我们还注意到：古人又很强调"情"或者"兴"这个心灵感动的不稳定性。[①] 陆机《文赋》云："若夫应感之会，通塞之纪，来不可遏，去不可止。"许学夷《诗源辩体》引他人的话云："诗在境会之偶谐，即作者亦不自知，先一刻迎之不来，后一刻追之已逝。"郎廷槐《师友诗传录》引张实居云："当其触物兴怀，情来神会，机括跃如，如兔起鹘落，稍纵则逝矣。有先一刻后一刻不能之妙。"徐增《而庵诗话》："好诗须在一刹那上揽取，迟则失之。"王国维《人间词话》附录："夫境界之呈于吾心而见于外物者，皆须臾之物。"以上都是这方面的论述。这也就是说，诗人的情兴，是其在接触外物之际所发生的一瞬间的心灵感触，这个感触在心灵中不可能长期存留，只能发生在主客相击的一刹那。西方有人将诗情比作雪花落入水中那一瞬间的白光闪烁，这与我们古人对诗情的看法是一致的。

综上所述，可以看出古人所谓的作为诗之本体的"情兴"，并不完全等于一般意义的感情。我们现在所常说的感情，多指人们对事物态度稳定的感性表现。人们的感情可分为先天的自然感情和后天的社会感情两种，前者如父母对孩子的爱，后者如公民对祖国的爱。一般来说，不管是先天的感情还是后天的感情，总"具有稳定性、长期性，可能不为任何严格确定

---

① 为了行文简便，以下借用萧子显等人的提法，称为"情兴"。

的情境所左右”①。换言之，它既不是在具体情境的触发下偶然生成的，也不是在短时间内可以消失的，而是长期保留在心中的一种心理状态。一个人总会有感情，没有感情就不能称其为人，但我们不能说每个人都是诗人；一位母亲，对自己的孩子无时无刻不怀着慈爱的感情，但我们不能说她心中每时每刻都有诗。对于诗人来说也是如此，诗人屈原对楚国执着的热爱之情也是无时或释的，但他只有在过江时才产生《涉江》的诗，只有在北望郢都之际才产生《哀郢》的诗。这也就是说，一般意义的感情还不能产生诗，只有在外境的触发下而形成“情兴”，才意味着诗之本体的生成。所以，应该说，用一般意义的感情来诠释古人所谓的“情兴”是不合适的，起码是不严密的，因为这种理解忽略了“情兴”的偶发性和不稳定性的特质。

另外，尽管古人在谈到诗中之情时也经常提到“喜怒哀乐”一类的话，但不能把“情兴”理解成单纯的喜怒哀乐的情绪。因为情绪虽具有偶发性和不稳定性的特质，但它只是机体对于外界进行反应的生理状态，而“情兴”是一种心灵现象。还有，生理情绪的内容并不系于主体的个性与客体的价值：一位天文科学家发现一颗星球时的喜悦，与一个烟鬼在犯烟瘾时猛然找到半支香烟的喜悦，在生理情绪上可能并无两样；一个有抱负的人在理想幻灭时的悲哀情绪，也可能与一个吝啬者丢失一个钱袋的悲哀情绪相等。但“情兴”就不同了，古人之所以强调心、物相触而得情兴，正意味着情兴的性质与主体的人格和客体的价值密切关联着：特定的主体与特定的客体相触，即铸成情兴的特定内容。② 主体与客体的差异，构成了情兴

---

① 〔苏联〕阿·阿·斯米尔诺夫等主编，朱智贤等译：《心理学》，人民教育出版社 1957 年版，第 408 页。

② 这里不妨引用三位古人的话来做比喻。一是韦应物的《听嘉陵江水声寄深上人》：“水性自云静，石中本无声。如何两相激，雷转空山惊。”二是苏轼的《琴诗》：“若言琴上有琴声，放在匣中何不鸣？若言声在指头上，何不于君指上听。”三是唐时的《与友》：“蚕不得桑，不能吐丝，然使执他虫而饭以桑，则其所变化，亦不过粪土焉尔已。”情兴系于特定的主客相接，正如涛声系于水石相击，琴音系于指弦相触，茧丝系于蚕桑相得。

的千差万别：一个人赏月的情兴，不等于他观水的情兴；同是一月，观赏的人不同，其情兴也不同；即使是同一个人，他此时赏月的情兴，也不等于他彼时赏月的情兴。清人庞垲论作诗："所谓新，在人心发动处及时中内，人心起灭不停，时景迁流不住，言当前之心，写当前之景，则前后际自己不同，况人得而同之耶?"（《诗义固说》）庞氏说的正是情兴的这种特质。当然，情兴作为心灵的感动，也会伴随着喜怒哀乐的情绪，但它是具体的喜怒哀乐，而非抽象的喜怒哀乐。以杜诗为例，"影静千官里，心苏七校前"的喜，并不是抽象的喜，而是历尽风险和磨难，在朝觐皇帝时，身立"千官""七校"的行列中所生的具体的喜，所以这两句所表达的喜，不等于"白日放歌须纵酒，青春作伴好还乡"中所表达的喜。同样，"一片花飞减却春，风飘万点正愁人"的愁，也不等于"思家步月清宵立，忆弟看云白日眠"的愁。

既然情兴不是一般意义上的感情，也不是单纯生理上的情绪，那么它是什么呢？是不是可以这样说：它作为特定的主客相接时所发生的"那一道火花"，既有对客观的反映意义，又有丰富的心理内容；但它既不等于纯粹的客观复写，又不等于单纯的主观宣泄，而是物与我、心与目相互触发而又融为一体的那一种感受。南朝宗炳说画家观物是"目亦同应，心亦俱会"；唐人张璪亦讲"外师造化，中得心源"；宋人曾无疑说画草虫时的情兴感受是"不知我之为草虫耶，草虫之为我也"；苏轼说画竹的感受是"其身与竹化，无穷出清新"；石涛说自己观山，是"山川脱胎于予也，予脱胎于山川也……山川与予神遇而迹化也"。这些都是画家情兴中物与我、心与目相互交融的情况。同样，这种论述在诗论中也有很多。《文心雕龙·物色》说作家、诗人观物是"目既往还，心亦吐纳"。《文心雕龙·诠赋》中亦云："情以物兴……物以情观。"王昌龄《诗格》："处身于境，视境于心。"谢榛《四溟诗话》："夫万景七情，合于登眺。"王夫之《姜斋诗话》："心中目中，与相融浃。"佚名《静居绪言》："天机道心，悠然冥会。"如此等等，说的都是诗人情兴中物我交融的情况。在这种感受中，主体与客体"打成了一片"，用司空图的话说叫"思与境偕"（《与王驾评诗书》）；用吴渭的话说叫"意与景融"（《诗评》）；用王世贞的话说叫"神与境合"

(《艺苑卮言》)；用王国维的话说叫“意与境浑”（《人间词话》附录)。这就是古人所谓“情兴”的内涵。如果用一个现代词语来概括它，那就是“体验”。是的，在我们古人看来，诗本体即体验。诗人作诗，是表达自己的体验；读者读诗，是领会诗人的体验。诗从创作到欣赏，不过是体验的转移而已。

在“情兴”这种体验中，一方面主体被对象化，另一方面客体也被人化了。金圣叹有一段话很能说明情兴体验的这两方面：“人看花，花看人。人看花，人销陨在花里边去；花看人，花销陨到人里边来。”（《唱经堂语录纂》）而更值得注意的是，金圣叹这段话无形中还涉及情兴体验的分类问题。我们说，情兴虽然从整体来讲是主与客、物与我相互触发、融合的一种体验，但在主客相触之中，由于主体与客体所占的地位不同，二者融合的方式不同，情兴的类别可分为二。第一类是“物入我中”：在这类诗情中，主体的地位是本质性、决定性的，它把客体主观化了，诗人以我观物，从而改变了客体本身的意义和存在，使“物”成为映照主体的镜子，这也就是王国维所谓的“有我之境”。比如王国维在《人间词话》中所举的“可堪孤馆闭春寒，杜鹃声里斜阳暮”，孤馆、春寒、杜鹃、斜阳，这些东西作为客观物本有自身的存在意义，但在诗人的情兴中它们失去了自身，只成为诗人心绪的反照。第二类是“我入物中”：在这类诗情中，客体的地位是本质性的，诗人把自己消融在客体之中，使自我融入天地自然的怀抱，这用道家的话来讲就是“物化”，就是“与天地精神往来”，就是“返自然”。[①] 这是道家所倡导的最高境界，而正如我们在第一章中已经指出的，它实质上是静观自然时所产生的一种审美体验。六朝以后，受道家的影响，

---

① 《庄子·大宗师》：“不知所以生，不知所以死，不知就先，不知就后，若化为物……”“化为物”，即消除人的主体身份，放弃将自然视为对象的主观心智作用，将主体身份只作为自然的一部分完全并入大化之中，用另一种说法来讲就是“堕肢体，黜聪明，离形去知，同于大通”。在这种境界中，由于人的主体地位被消除，故庄子往往用“忘我”来形容，《齐物论》中所谓“吾丧我”，《大宗师》中所谓“坐忘”“庸讵知吾所谓吾之乎”，《秋水》中所谓“大人无己”等，讲的都是这种境界。

表现这种审美之情的诗蔚为大观，从陶、谢到王、孟、韦、柳等皆属于这一类。此派到后来一直长盛不衰，足以和那些抒发社会人生遭际之情的诗分庭抗礼。这类诗情的特点，就是主体放弃了以自我为中心的“我执”，进而感受自然的“脉搏”。[①] 比如王维诗：“飒飒秋雨中，浅浅石溜泻。跳波自相溅，白鹭惊复下。”表面上写自然之景，实则传达的是诗人静观自然时使“我”融进大化生机之中的审美感受，这也就是王国维所谓的“无我之境”。无论是“物入我中”还是“我入物中”，总之都是在物的触发下所发生的物我相融的体验。

这种体验因为处在主客观的“切点”上，故非语言所能直接表述，也就是说，它是体验者深深沉浸在物我同一的氛围中而找不出语言来形容的那样一种状态。陶渊明《饮酒》诗云：“此中有真意，欲辨已忘言。”他所说的“真意”，即发生在他心灵中的情兴，这种情兴用语言是说不出来的。正如沈德潜在《说诗晬语》中说：“情到极深，每说不出。”清人况周颐在《蕙风词话》中也说：

> 吾苍茫独立于寂寞无人之区，忽有匪夷所思之一念，自沉冥杳霭中来，吾于是乎有词。洎吾词成，则于顷者之一念若相属若不相属也。而此一念，方绵邈引演于吾词之外，而吾词不能殚陈。

况氏更细致地说明了情兴的这种脱离语言的性质。古人认为，诗歌作品这种文学体裁存在的必要，也就在于它能传达别的体裁所不能传达的那种不可言宣的“情”。《汉书·礼乐志》云：“和亲之说难形，则发之于诗歌咏言、钟石管弦。”徐铉《萧庶子诗序》云：“人之所以灵者情也……其或情之深，思之远，郁积乎中，不可以言尽者，则发为诗。”方回《仇仁近百

---

① 黑格尔说：“它（真正的东方的泛神主义）更强调的是在一切现象里观照太一实体和抛舍主体自我。主体通过抛舍自我，意识就伸展得最广阔，通过摆脱尘世有限事物，就获得完全的自由，结果就达到自己消融在一切高尚优美事物中的福慧境界。”参见〔德〕黑格尔著，朱光潜译：《美学》（第二卷），商务印书馆 1979 年版，第 90 页。

诗序》：“气有所抑而难宣，意有所未易喻，时有所触，物有所感，事有所不可直指，形之为诗。”钱谦益《初学集·冯定远诗序》：“古之为诗者，必有独至之性，旁出之情，偏诣之学，轮困逼塞，偃蹇排奡，人不能解而已不自喻者，然后其人始能为诗。”叶燮《原诗》：“作诗者……惟不可名言之理，不可施见之事，不可径达之情，则幽渺以为理，想象以为事，惝恍以为情。”也正因为情兴这种美感体验是不可以言语直述的东西，故古人在谈到诗歌欣赏时，也就往往以“只可意会，不可言宣”来形容得到了诗之真髓的感受。皎然《诗式序》：“至如天真挺拔之句，与造化争衡，可以意冥，难以言状。”刘禹锡《赠别君素上人》：“夫悟不因人，在心而已。其证也，犹喑人之享太牢，信知其味而不能形于言以闻于耳也。”欧阳修《六一诗话》引梅尧臣语：“作者得于心，览者会以意，殆难指陈以言也。”龚相《学诗》诗：“欲识少陵奇绝处，初无言句与人传。”游潜《梦蕉诗话》：“学诗浑似学参禅，妙处难于口舌传。”黄子云《野鸿诗的》：“学古人诗，不在乎字句，而在乎臭味。字句，魄也，可记诵而得；臭味，魂也，不可以言宣。”以上说的都是这个意思。中国古代的诗论，往往被人视为“神秘”，就是由于我们古人对诗本体的这种独特的看法。

四

诗的本体是不可表述的东西，它是一个“沉默”。然而诗人的职责，并不是只在自己的心中获得这个“沉默”就够了，他还要把它传达出来，以让别人也获得这个“沉默”。沉默本身不能传达沉默，要传达沉默就离不开语言。以“言”来传达“不可言”，正如贝多芬用十六架定音鼓的声音来表现寂静，这是诗的一个奇妙的矛盾。①

那么诗人是怎样以语言来传达那不可言的情兴的呢？其办法不外乎以下两种途径。第一种途径，是捉住引发自己情兴的契机，攫住引起自己体

① 明人卓发之《漉篱集·与黄海岸公祖》谓佳诗文为“即文字相而空诸文字”，就是以“言”来传达“不可言”的意思。

验的形象。这种途径，即俄国评论家杜勃罗留波夫所说的“善于摄住其中有什么东西特别打动他的一瞬间”①，亦即英国诗人艾略特所讲的抓住引起诗情的“客观对应物”。第二种途径，是攫住美感体验在心灵中所转化成的意念活动。从心理学的角度上说，诗人无言的情兴体验是夹在对外物形象的感受与意念活动的缝隙中的：诗人见客观形象引发情兴体验，而情兴体验又转化为意念活动。如用图式来表示，就是：

形象感受——情兴体验——意念活动

第一种途径——抓住体验之前的形象，我国古人把它叫“借景言情”。诗人把引起自己情兴体验的物象交给读者，其目的并不是把这个物象本身交给他们，而是让他们通过这些物象，把曾经发生在诗人心灵中的情兴体验在自己的心灵中引申出来。第二种途径——抓住体验之后的意念，即我们现在常说的“直抒胸臆”，亦叫“专作情语”。其实，这种诗中所直述的“情语”和“胸臆”，也同样不是诗的本体——情兴体验本身，而是由体验所转化成的理智活动。诗人的目的，也并不是把自己理智活动的内容交给读者，而是让读者通过这一理智活动，把曾经发生在它之前的真正的情兴体验回溯出来。可以做这样一个比喻：如果作为诗之本体的情兴体验是一次燃烧，那么处在它之前的“形象”不过是干柴，而处在它之后的“意念”不过是灰烬。体验之不可以语言来表述，正如火焰之不可接触一样；可以用语言来表述的只是形象和意念，正如人们可以拾取的只是干柴和灰烬。但干柴也好，灰烬也好，毕竟一个是火焰之因，一个是火焰之果，它们都不是火焰本身。同样，诗中的“象”和“意”的作用，只在于诱发我们的体验而已，只有这体验才是诗人真正要交给我们的东西。再做一个比喻：情兴体验作为“无言区”，好比是一个深渊，诗中以语言来描述的“象”与“意”，不过是架设在这深渊两岸的指示标。深渊的空虚处不可能架设指示

---

① 〔俄〕杜勃罗留波夫著，辛未艾译：《杜勃罗留波夫文学论文选》，上海译文出版社 1984 年版，第 6 页。

标，指示标只能架设在虚空之外的实处，但实处的指示标究竟不等于空处的深渊，它们不过起着指示深渊的作用。同样，不可言宣的情兴体验是被言语所描述的“象”“意”所指示，但又是在“象”“意”之外的东西。换句话说，诗中的象与意只有指示性而没有实质性。读者赏诗，必须超越作者直接给予的意、象，才可能进入情兴，正如必须超越指示标方可能进入深渊一样。也正是由于上述的道理，所以我们古人讲诗，往往强调诗之精髓在“象外”“意外”，这说明古人对诗之本体有极精密的洞察。

先看“象外”说。刘禹锡说：“诗者，其文章之蕴邪！……境生于象外，故精而寡和。”（《董氏武陵集纪》）司空图论诗：“超以象外，得其环中。”（《二十四诗品》）屠隆论诗：“妙入玄中，理超象外。”（《鸿苞节录》）彭辂说：“盖诗之所以为诗者，其神在象外。”（《诗集自序》）游潜论诗：“象外精神言外意，曹溪诸派一灯传。”（《梦蕉诗话》）沈德潜说：“渊明诗胸次浩然，天真绝俗，当于语言意象外求之。”（《唐诗别裁集》）以上都是以“象外”论诗的例子。

以“象外”谈艺，最早见于画论。南齐谢赫评画云：“若拘以体物，则未见精粹；若取之象外，方厌膏腴。”（《古画品录》）高明的画家作画，虽有物象描绘，但其意并不在模仿物象本身，而在于借物象来寄托自己的精神人格和抒发主观襟怀，所以欣赏者只有追寻到实际画面的物象之外，方能真正得到画之精髓，从而得到审美享受。绘画中以色彩笔墨表现出来的“象”是如此，诗歌中以语言文字描述出来的“象”亦然，它本身并不是作者最终要交给我们的东西，只不过是使我们领受作者情兴的诱发物。《文心雕龙 · 物色》云：

> 物色之动，心亦摇焉。……是以献岁发春，悦豫之情畅；滔滔孟夏，郁陶之心凝；天高气清，阴沉之志远；霰雪无垠，矜肃之虑深。岁有其物，物有其容；情以物迁，辞以情发。

诗人的“心摇”是受“物动”的刺激而产生，故写“物动”能暗示“心摇”。刘勰指出，最好的描绘物象的诗应该是“物色尽而情有余”，可见诗人的目的不在于描绘物色，而在于通过物色暗示出“情”来。比如李白的《黄鹤楼送孟浩然之广陵》诗中的“孤帆远影碧空尽，唯见长江天际流”，诗中表面上所描绘的是诗人眼中之景，友人的孤帆渐渐远去，终于消失在水天相接的远方，但所传达的是诗人在友人的帆影消失的一刹那所产生的怅然若失的心灵感触。苏轼《澄迈驿通潮阁二首其一》诗中的“杳杳天低鹘没处，青山一发是中原”，写的是诗人居海南时北望中原的景象，但诗中所真正传达的并不是这景象本身，而是诗人望着这景象时所触发的思乡之情。《楚辞·九歌·湘夫人》：“帝子降兮北渚，目眇眇兮愁予。袅袅兮秋风，洞庭波兮木叶下。……沅有茝兮醴有兰，思公子兮未敢言。荒忽兮远望，观流水兮潺湲。”其中写湘夫人的眼中之景，目的是传达她见此景象时的心中所感。所以刘熙载在《艺概·赋概》中评道：“‘叙物以言情谓之赋’，余谓《楚辞·九歌》最得此诀。如‘袅袅兮秋风，洞庭波兮木叶下’，正是写出‘目眇眇兮愁予’来；‘荒忽兮远望，观流水兮潺湲’，正是写出‘思公子兮未敢言’来，俱有‘目击道存，不可容声’之意。”因为主人公心中的感触是随着对眼前之景的“目击”而发生的，所以诗人把主人公所目击的特定景物交给读者，读者受到景物的感发，即可以在自己心中实现主人公的“不可容声”的感触。总之，在这些例子中，诗中所描述的景，只是传达情的媒介。

关于诗中情与景的这种关系，宋人张戒有详细的论辩。他说：“诗者，志之所之也，情动于中而形于言，岂专意于咏物哉！子建‘明月照高楼，流光正徘徊’，本以言妇人清夜独居愁思之切，非以咏月也。……渊明‘狗吠深巷中，鸡鸣桑树颠’，本以言郊居闲适之趣，非以咏田园。”（《岁寒堂诗话》）明人谢榛说得更透彻：“景乃诗之媒，情乃诗之胚。”（《四溟诗话》）清人黄子云也说：“情志者，诗之根柢也；景物者，诗之枝叶也。根柢，本也；枝叶，末也。”（《野鸿诗的》）在借景言情的一类诗中，景的描写是实的，而情的表现是虚的。诗人的目的并不在就实写实，而在于以实表虚。范晞文《对床夜语》云“不以虚为虚，而以实为虚，化景物为情思”，正是此意。前人论诗，每赞“诗中有画”的作品，这当然无可非议，因为诗中对情兴的深切表达往往与对形象的鲜明描绘成正比，但如果因此就认为诗的目的不过就是给读者一幅“画”，那就无异于《韩非子·外储说》中所讲的那个“买椟还珠”的蠢人了。张岱《与包严介》云：“《香积寺》诗：‘泉声咽危石，日色冷青松。’泉声、危石、日色、青松，皆可描摹，而咽字、冷字，则决难画出。故诗以空灵才为妙诗，可以入画之诗，尚是眼中金银屑也。”所谓“空灵”，指诗中虚的情兴而言。如果读诗时只将注意力放在景物上，必将遮蔽读者的视线，从而得不到情兴这个本体，所以张岱称诗中可入画的景物为“眼中金银屑”。程正揆《青溪遗稿·题画》云：“‘洞庭湖西秋月辉，潇湘江北早鸿飞’，华亭爱诵此语，曰：‘说得出，画不就。’予曰：‘画也画得就，只不像诗。’”是的，能“画得就”的东西只是诗中所实际描述的形象，而这形象恰恰不是诗的最根本的东西。

再看“意外”说。殷璠《河岳英灵集》中评常建诗：“佳句辄来，唯论意表。”元人刘将孙说作诗：“今夫山川草木，风烟云月，皆有耳目所共知识。其入于吾语也，使人爽然而得其味于意外焉。”（《如禅集序》）揭曼硕论诗：“其妙者，意外生意。”（《诗法正宗》）彭辂云：“盖诗之所以为诗者……其言在意外。”（《诗集自序》）以上都是以“意外”论诗的例子。

在整个古代诗论中，关于“意”的概念，没有“象”那么清楚。“意”有时指意念，有时指命意，有时也指情兴，但单从“意外”说来讲，“意”字是指意念而言的。唐人论诗，有“情”格与“意”格之分。所谓“情”格，用皎然的话说，即“缘境不尽”（《诗式·辩体有一十九字》），也就是借景言情一类的诗。所谓“意”格，用贾岛《二南密旨》中的话说，即“取诗中之意，不形于物象”，也就是不靠物象描绘而直抒胸臆一类的诗。这里所谓的“意”，取的就是意念之义。譬如陈子昂的《登幽州台歌》：“前不见古人，后不见来者。念天地之悠悠，独怆然而涕下。”这便是一首专写意念的直抒胸臆的诗。从创作角度来说，诗人的意念，是对自己的情兴经过理智的反省之后所形成的理解，而这种理解已经不等于情兴本身。据说有一次，一些正在捉虱子的孩子对诗人荷马说：“我们看见了并且抓到了的，我们把它放了，我们没有看见也没有抓到的，我们把它带着。”① 同样，

① 北京大学哲学系外国哲学史教研室编译：《西方哲学原著选读》（上卷），商务印书馆 1981 年版，第 26 页。

诗人对自己情兴的理解也要以离开情兴作为前提。用释典《金刚经》的话说，即“说有我者，即非有我”，用西方学者雅克·拉康的话说，即“我思我不在，所以，我在我不思”[①]。诗人的情兴感受，就像那个最深层的“我”一样，它的状态是一个浑然不可分的整体，在纵向上无断裂，在横向上无隙罅。《庄子》中所谓“未始有封”，《六祖坛经》中所谓“犹如虚空，无有边畔”，皆可喻此。

徐祯卿《谈艺录》云：“朦胧萌坼，情之来也；汪洋漫衍，情之沛也；连翩络属，情之一也。”钱谦益《初学集·虞山诗约序》：“古之为诗者，必有深情畜积于内……轮囷结轖，朦胧萌坼。”马荣祖《文颂·神思》：“冥冥蒙蒙，忽忽梦梦。沉沉脉脉，洞洞空空。莫窥眹兆，伊谁与通。”以上说的都是情兴的浑然不可分的性质。这种一刹那的情兴感受极不稳定，有一种必然要转化为理解的趋向。然而情兴一旦转为理解，其生动的感受便被凝固了，浑然的感受便被分割了，燃烧的感受便被熄灭了，也就是说，情兴已经“离开了”。苏轼曾经说过几句佛偈：“譬如梦中人，未尝知是梦。既知是梦已，所梦即变灭。”（《胜相院经藏记》）此佛偈用在这里也很合适。以陈子昂的那首诗为例：诗人登台远望，于目击广袤而浩渺的景象的瞬间，感到自己在这个时空无限的大宇宙中的渺小，于是触发了一种无名的悲怆。这无名的悲怆即诗之本体，它是一种猛然冲荡于诗人心中的生动的直感，而不是一种理智的思维活动，它的状态是不能用语言来直述的。诗中的四句，尤其是前两句，是在诗人生动的直感发生以后，以理智来“回味”这个直感时所得到的理解。在这理解之中，情兴已转成意念，生动的心灵状态已经变为一个冷静的思维内容，二者虽有联系，但不是一回事。清人马荣祖云：“神游无端，思抽有绪。”（《文颂·神思》）“神游”指情兴，“思抽”指意念，一个“无端”，一个“有绪”，这就是二者的区别。企图在情兴之中来理解情兴是不可能的，借用威廉·詹姆斯的话来说，这种企图“就像停止一个正在旋转的陀螺以便观察它的运动，或者迅

① 转引自汪民安等主编：《后现代性的哲学话语——从福柯到赛义德》，浙江人民出版社2000年版，第200页。

速开大点燃的煤气以便观察黑暗是什么样子一样”①。

关于“理解情兴”即“离开情兴”，鲁迅在《三闲集·怎么写》中有一段话对这个道理说得很充分：

……我沉静下去了。寂静浓到如酒，令人微醺。望后窗外骨立的乱山中许多白点，是丛冢；一粒深黄色火，是南普陀寺的琉璃灯。前面则海天微茫，黑絮一般的夜色简直似乎要扑到心坎里。我靠了石栏远眺，听得自己的心音，四远还仿佛有无量悲哀，苦恼，零落，死灭，都杂入这寂静中，使它变成药酒，加色，加味，加香。这时，我曾经想要写，但是不能写，无从写。这也就是我所谓“当我沉默着的时候，我觉得充实，我将开口，同时感到空虚”。

莫非这就是一点“世界苦恼”么？我有时想。然而大约又不是的，这不过是淡淡的哀愁，中间还带些愉快。我想接近它，但我愈想，它却愈渺茫了，几乎就要发见仅只我独自倚着石栏，此外一无所有。必须待到我忘了努力，才又感到淡淡的哀愁。②

这里鲁迅所说的在静夜中触发的“淡淡的哀愁”，实际上就是情兴。鲁迅说，这种感受愈是以理智去“接近”它、探究它，它就反而“愈渺茫”。相反，必须放弃对它的探究，才可以“感到”它。这一段切己的经验之谈，使我们理解了几位古人关于诗的一些似乎玄妙的说法。司空图《二十四诗品》云，“遇之匪深，即之愈希”，“远引若至，临之已非”。李日华《六研斋笔记》云：“韵者，生动之趣，可以神游意会，陡然得之，不可以驻思而得也。”何良俊《四友斋丛说》云：“索之于近，则寄在冥邈；求之于远，则不下带衽。”以上说的不都是情兴这个诗之本体只可以体验去冥契，而不可以理智去接近的性质吗？《五灯会元》云：“只为分明极，翻令所得

① 转引自朱立元等主编：《二十世纪西方文论选》（上卷），高等教育出版社 2002 年版，第 51 页。

② 鲁迅：《鲁迅全集》第四卷，人民文学出版社 2005 年版，第 18~19 页。

迟。”曹元宠《卜算子》云：“着意闻时不肯香，香在无心处。”过去禅宗讲禅，常有“不可言说”“不可思议”的说法，情兴在这一点上的确很像“禅”，无怪乎古代有很多人以禅来喻诗了。

关于意念已非情兴的道理，明人陆时雍说得最清楚：“夫一往而至者，情也；苦摹而出者，意也。若有若无者，情也；必然必不然者，意也。意死而情活，意迹而情神，意近而情远，意伪而情真。”（《诗镜总论》）意念既然是已经“死了”的情兴，故我们不妨说它是情兴的“尸骸”。诗人将意念写出来，其目的并非只想交给读者一个“尸骸”，而是让读者把这个“尸骸”弄活，让它在自己的心灵中“还阳”，再借用宋葛天民的话来说，就是“死蛇解弄活泼泼”。西蜀范无隐云：“未成心，则真性混融，太虚同量。成心，则已离乎性，有善有恶矣。人处世间，应酬之际，有不免乎成心，即当思而求之于未成之前。”意念是已“成心”之后的东西，情兴是“未成心”之前的状态，但正因为意念是直接由情兴转化而来的，所以读者在欣赏那些直抒胸臆的诗时，理解了诗人的意念之后，再以自己的体验沿着意念而回溯，其生动的情兴即可获得。

再从诗作品的角度上讲，诗人的意念表现为诗句中所含的概念性意义，作为诗本体的情兴，却是诗句之外所传达的情感意味。情感意味与概念意义不同。譬如被人称为南音之始的那一句涂山氏歌“候人兮猗”，这句话的概念意义只是“等候人”的意思，但歌人所要真正传达的东西不在于此。因为她并不是向读者介绍自己等候丈夫这件事实，而是传达自己在等候丈夫时的心理感受：她的盼望、焦虑、担心，统统通过这一句感叹语被传达出来，这才是这句歌的情感意味。这情感意味是直接的概念意义中所没有的。美国诗人麦克利希说，真正的诗不但是“无声”的，而且是“无意义”的。他所说的“意义”，即指诗句的概念意义而言，因为诗之真髓只是情感意味，而情感意味是在概念意义之外，所以说是“无意义”。也正由于诗句的概念意义不等于情感意味，所以我们古人论赏诗，也就反对单纯用理解力去理解它。因为读诗时，凭理解力所能获得的只是诗句的概念意义，正如乌申斯基所说：“理解一个对象或一个现象，所指的不是别的，而是形成关于它们的概念。”①

当然，读诗时要得到诗的本体，对诗句概念意义的理解是必要的，但概念意义只不过是为读者提供了一个进入体验的前提，只有这个前提，不进入体验，还是停留在诗外。只有在领会了诗句的概念意义之后，再设身处地地进入体验，才能把情感意味在自己的心灵中寻绎出来。所以朱熹论赏诗曰：“这个有两重：晓得文义是一重，识得意思好处是一重。”（《朱子语类》）所谓“文义”，即指概念意义；所谓“好处”，即指情感意味。对于一首诗，“晓得文义”的过程只是阅读阶段，“识得好处”才是欣赏阶段。前者凭理解，后者凭体验。读诗只用理解力，就会死抱着诗句的概念意义不放，而得不到概念意义之外的情兴。陶渊明说自己欣赏作品是“好读书，不求甚解，每有会意，便欣然忘食”。他所说的“不求甚解”，即不单凭理解力去理解概念意义；所谓“会意”，则是通过体验而达到与作者的创作初衷——情兴相冥契。②《诗人玉屑》卷一三引朱熹云：“看诗不须着意去里面分解，但是平平地涵泳自好。”“不着意分解”即陶渊明的“不求甚解”；“涵泳”即设身处地、入乎其中的体验，亦即陶渊明的“会意”。

关于这个道理，清人张裕钊说得更详明：“夫作者之亡也久矣，而吾欲求至乎其域，则务通乎其微，以其无意为之，而莫不至也，故必讽诵之深且久，使吾之与古人䜣合于无间，然后能深契自然之妙，而究极其能事。若夫专以沉思力索为事者，固时亦可以得其意，然与夫心凝形释，冥合于言议之表者，则或有间矣。”（《濂亭文集》）“沉思力索”即用理解力去理解，这种方法只能“得其意”，而得不到诗的本体，因为诗之本体在“言议之表”。正如“词”不过是传达“意”的蹄筌，诗中的“意”也不过是传达“情”的蹄筌，当读者通过体验而从“意”返归于“情”时，“意”也就被抛弃了。所以宋人杨万里说，要得到诗之真髓，不但要“去词”，而且要“去意”：

---

① 〔俄〕康·德·乌申斯基著，郑文樾译：《人是教育的对象——教育人类学初探》（上卷），人民教育出版社 1989 年版，第 505 页。

② 陶渊明的这个欣赏论，与他的“此中有真意，欲辨已忘言”的本体论是一致的。

夫诗，何为者也？尚其词而已矣。曰善诗者去词，然则尚其意而已矣。曰善诗者去意，然则去词去意，则诗安在乎？曰去词去意而诗有在矣。然则诗果焉在？曰尝食夫饴与荼乎？人孰不饴之嗜也？初而甘，卒而酸。至于荼也，人病其苦也。然苦未既而不胜其甘，诗亦如是而已矣。(《颐庵诗集序》)

诗作中的语言只能描述“象”与“意”，而诗之本体又恰恰不是“象”与“意”，也就是说，诗人通过语言所直接给予我们的东西都不是诗之本体，因此，不少古人也就强调诗之精髓在“言外”。杨时云：“学诗者，不在语言文字，当想其气味，则诗之意得矣。”（《龟山集》）方以智云：“必越浮言者，始得其意；超文字者，乃解其宗。”（《文章薪火》）朱承爵云：“出音声之外，乃得真味。”（《存余堂诗话》）李重华论诗：“其蕴含只在言中，其妙会更在言外。”（《贞一斋诗说》）薛雪亦云：“格律声调，字法句法，固不可不讲，而诗却在字句之外。”（《一瓢诗话》）如此等等，说的都是这个道理。①

五

与古人认为诗的本体在“象外”“意外”或者“言外”的这些看法相联系的，是他们每拈“韵”“味”等语来说诗之真髓。

先看古人的以“韵”论诗。古人把有没有“韵”看成是诗的成败的标志：“有韵则生，无韵则死；有韵则雅，无韵则俗；有韵则响，无韵则沉；有韵则远，无韵则局。”（陆时雍《诗镜总论》）一首诗之所以感人，其核心的因素就是“韵”：“诗之可以兴人者，以其情也，以其言之韵也。”所以，“韵”是诗之精髓即本体：“然则神韵者，是乃所以君形者也。”（翁方纲

① 叶燮对诗之本体在象外、意外、言外的特点说得颇为全面。他论“诗之至处”：“言在此而意在彼，泯端倪而离形象，绝议论而穷思维。”（《原诗》）前句指本体在言外，中句指本体在象外，后句指本体在意外。

《神韵论》）古人之所以用"韵"来表示诗本体，正取的是它声外之音的含义。北宋的范温是首次拈"韵"字以论诗文的人。他说，"有余意之谓韵"，"盖尝闻之撞钟，大声已去，余音复来；悠扬宛转，声外之音，其是之谓矣"（《潜溪诗眼》）。他进而说到诗的"韵"："众善皆备而露才见长，亦不足以为韵。必也备众善而自韬晦，行于简易闲澹之中，而有深远无穷之味，观于世俗，若出寻常，至于识者遇之，则暗然心服，油然神会。测之而益深，究之而益来，其是之谓矣。……可以晓其辞，不可以名其美，皆自然有韵。"[①] 可见，"韵"是诗的直接的意、象之外而使读者"测之而益深，究之而益来"的东西。古人以绘画的笔简而意繁来比喻有"韵"的诗："笔简"是画面上直接给我们的形象；"意繁"，是我们在直接形象的诱发下而领会到的东西。换句话说，"繁"是直接的"简"中没有但被它所暗示出来的东西。诗的"韵"也正是这样。[②] 此后如方东树云："读古人诗，须观其气韵。气者，气味也；韵者，态度风致也。如对名花，其可爱处，必在形色之外。"（《昭昧詹言》）况周颐云："所谓神韵，即事外远致也。"（《蕙风词话》）对于"韵"的这个含义就说得更明确了。

再看古人的以"味"论诗。早在梁代，钟嵘在《诗品序》中就已经把有没有"滋味"作为品评诗歌的重要标准。后来韩愈曾用"沉浸酡郁，含英咀华"来说自己对作品的欣赏，也指对"味"的咀嚼；司空图更系统地提出了"辨于味而后可以言诗"的理论。苏轼说欣赏作品是"采剥其华实，而咀嚼其膏味"；陆时雍曾批评孟郊的诗读起来"如嚼木瓜，齿缺舌敝，不知味之所在"；而张镃赞杨万里的诗是"一朝三昧手，五字百

---

① 陆时雍也有同样的论述："一击而立尽者，瓦缶也。诗之饶韵者，其钲磬乎？……凡情无奇而自佳，景不丽而自妙者，韵使之也。"（《诗镜总论》）

② 古人也有以"韵"来直接论画的。秦祖永《桐阴画诀》："山谷老人云，凡书画当观韵。李伯时作李广夺马南驰状，引满以拟追骑，箭锋所值，人马应弦。伯时叹曰：'使俗子为之，当作中箭追骑矣。'"李公麟画李广射胡人，只画引弓欲发，让观画者在心中把胡人中箭这个结果引申出来，这叫有"韵"。可见绘画中所谓的"韵"，也是在直接的形象之外的东西，即《太平广记·张萱》所谓"意逾于象"。参见钱锺书：《管锥编》第二册，中华书局 1979 年版，第 719 页。

般香”。清人陆罗源给龚炜的诗文下过这样的断语：“笔墨间无非香气。”袁枚论诗有两句信条：“声凭宫徵都须脆，味尽酸咸只要鲜。”如此等等，都是以“味”论诗的例子。古人认为，“味”不但是评诗的标准，而且，真正称得上诗之精髓的就是这个“味”。钱谦益引他人的话说：“夫诗也者……天地间之香气也。”黄子云也说：“诗不难乎起而难乎气。”方东树说：“诗文者，生气也。”这些说法和法国诗人瓦莱里把诗之本体比作花香可谓不谋而合。古人之所以把诗的本体比作“味”，与以“韵”论诗一样，也取的是它在诗作品所直接给予读者的东西之外的意思。① 这一点，从上文我们已引的杨万里《颐庵诗集序》中的那一段话可以看得很清楚。他说，读诗要“去词”“去意”，而诗作品去词、去意之后，剩下的就是那“不胜其甘”的“味”，只有这个“味”才是诗的真正的核儿。“味”既须去词、去意而后得，当然在词、意之外。元人揭傒斯《诗法正宗》云：“人之饮食，为有滋味，若无滋味之物，谁复饮食之为？……句穷篇尽，目中恍然，别有一境界意思，而其妙者，意外生意，境外见境，风味之美，悠然辛甘酸咸之表，使千载隽永，常在颊舌。”此也可见诗的“味”存在于“意外”“境外”。汪师韩《诗学纂闻》云：“切而无味，则象外之境穷。”无“味”即无“象外之境”，则“味”为“象外之境”的同义语。钱谦益论赏诗曾说过这样一段有意思的话：“今子之观诗以目，青黄赤白，烟云尘雾之色，杂陈于吾前。目之用有时而穷，而其香与否，目固不得而嗅之也。吾废目而用鼻，不以视而以嗅，诗之品第，略与香等。……以嗅映香，触鼻即了。……此观诗方便法也。”（《有学集·香观说书徐元叹诗后》）在这里，他反对只用眼睛“看”诗而主张用鼻子“嗅”，就是因为眼睛所看到的只是诗中的直接的“色”，但诗的真髓恰恰不是这直接的色，而是色之外的“味”。要得到“味”，当然非靠“嗅”不可。而他所说的“嗅”，其实是对读者在欣赏时超越诗中直接的形象而运用心灵体验

① 对食物的形质而言，是吃掉食物而后得味，故味在形质之外。正因为“味”与“韵”在意义上相通，故在用法上也就可以互相替代。唐人崔道融《梅花》诗中“香中别有韵，清极不知寒”一句，即其例。

的一个比喻而已。

除了“韵”和“味”，古人还有一些含义相同的论诗词语，比如说“趣”。严羽在《沧浪诗话》中把“兴趣”作为诗之精髓，他是这样论述“兴趣”的：“盛唐诸人惟在兴趣，羚羊挂角，无迹可求。故其妙处透彻玲珑，不可凑泊，如空中之音，相中之色，水中之月，镜中之象，言有尽而意无穷。”这一段历来被人视为神秘莫测、扑朔迷离的话，不过是说，作为诗本体的“兴趣”，因为它是在诗中的直接描写的意、象之外，故不是直接可以把捉的。所谓“无迹可求”“不可凑泊”，都是这个意思。读者读诗，能在诗直接描写的东西的诱发下受到感动，而在诗中找不到这“兴趣”本身，故严羽将兴趣喻之为只可听到而看不见的“空中之音”，又喻之为只可看到而不可拾取的“相中之色，水中之月，镜中之象”。[①] 美国意象派诗人麦克利什说：“一首诗应该具体而沉默，像一只球形的水果。”[②] 与严羽取譬虽异，意蕴却同。再比如，古人也喜欢拈“神”字来比喻诗之本体，同样是取它那种只可感受而不可以直接把握的含义。揭傒斯《诗法正宗》：“刘宾客谓诗者，人之神明……如林间月影，见影不见月；如水中盐味，知味不知盐。”正说的是

---

① 张芸叟评王安石的诗：“如空中之音，相中之色，人皆闻见，难可着摸。”（《诗人玉屑》）黄子肃《诗法》论诗：“是以妙悟者，意在所向，透彻玲珑，如空中之音，虽有所闻，不可仿佛；如象外之色，虽有所见，不可描摹；如水中之珠，虽有所知，不可求索。”以上都可视作对严羽关于兴趣的比喻之含义的发明。又，“兴趣”，严羽《沧浪诗话》中又叫“意兴”“兴致”。“兴趣”“意兴”“兴致”都带一个“兴”字，可见它们都指的是诗所表达的那个本体——情兴。所以后人在祖述严羽关于兴趣的观点时，有的就干脆去掉“趣”字，直接说成“兴”。如明人袁黄《诗赋》：“飘然若羚羊之挂角，悠然若天马之行径，寻之无踪，斯谓之兴。”王士禛《带经堂诗话》：“镜中之象，水中之月，相中之色，羚羊挂角，无迹可求，此兴会也。”清人冯班在谈到严羽诗论时说：“盛唐之诗，如空中之色，水中之月，镜中之象，种种比喻，殊不如刘梦得云‘兴在象外’一语妙绝。”（《钝吟杂录·严氏纠谬》）冯氏虽是对严羽诗论批评最激烈的人，但他把严羽的“水月镜象”之喻理解为“兴在象外”，是深得它的精髓的。

② 转引自李文俊：《美国现代诗歌 1912—1945（续完）》，载《外国文学》1982年第10期。

这个意思。①

诗的本体不在诗作品所直接给予读者的东西上，而是在它们之外。换言之，诗之真髓不在诗作品的实处，而是在它的虚处，所以古人又常常以“虚”“空”等语来说诗的特质。袁枚《随园诗话》卷四：“诗之灵在空不在巧。”又卷一三：“凡诗文妙处，全在于空。”翁方纲《石洲诗话》：“唐诗妙境在虚处。”张谦宜《茧斋诗谈》：“诗品贵清，运众妙而行于虚者也。”黄子云《野鸿诗的》：“空灵而后物情得。”田同之《西圃诗说》：“诗之妙处无他，清空而已。……‘神’者，清空之谓也。”以上都是这方面的例子。明人胡应麟在《诗薮》中谈到诗与文的区别时说：“诗与文体迥不类：文尚典实，诗贵清空；诗主风神，文先理道。”他所谓文，指议论之文。议论文的精髓是“理道”，这“理道”直接蕴含在文的言辞之中，所以是“实”；而诗的精髓“风神”，存在于言辞之外，所以是“空”。佚名《静居绪言》：“虚之以生其韵，实之以固其理。”此语把这个意思说得更简明。正因为如此，也就不能用作“文”的办法来作诗，把诗弄得很“实”。陆时雍《诗镜总论》云：“诗之佳，拂拂如风，洋洋如水，一往神韵，行乎其间。班固《明堂》诸篇，则质而鬼矣。鬼者，无生气之谓也。”“质”即质实，诗一旦“实”，即止于意、象，不是成了议论文，就是成了说明文，当然也就不是诗了。

我们总结古人对诗的看法，或许也可以这样说：就诗来说，它里面所说的一切，就是什么也没有说。不是吗？诗之本体既然原是一个无言的沉默，诗人是为了表达这个沉默才说话的，诗作品中的意也好，象也好，尽管描写得再热闹，都不过是为了表达这个沉默的手段。那么，诗歌创作的极致，不正是说出了那个“不说”吗？用道家的话来讲，这就叫“言无

① 古人所谓“神”，除了“不可以形诘”的特点，还有一个“阴阳不测”的特点，故拈“神”以喻诗本体，也有只可冥会不可言说的意思。其实上文讲到的那个“味”字也是这样，《吕氏春秋·本味》载伊尹论鼎中至味：“鼎中之变，精妙微纤，口弗能言，志弗能喻。”故刘勰《文心雕龙·神思》以“伊挚不能言鼎”来比附“思表纤旨，文外曲致”之不可表述；刘禹锡以“喑人之享太牢”来比喻欣赏中的难以言传的体验；王士禛以“世尊拈花，迦叶微笑”来形容对诗味的无言领受。

言”；用禅家的话来讲，这就叫“说是不说”。

在此章之末，或许可以用一句带有禅味的话来结尾：在诗中，诗人所真正要说的，并不是他所说出来的东西；反过来讲，诗人在诗中始终没有说也不可能说的，才是他真正要说的东西。[①] ——太玄了是不是？有不玄的表述：诗所传达的根本对象是无言的情兴体验。换句话说，情兴体验是诗之本体。

① 维特根斯坦在《逻辑哲学论》中说：“语言不能描述本身反映在语言中的东西。”（参见〔奥〕维特根斯坦著，郭英译：《逻辑哲学论》，商务印书馆 1962 年版，第 45 页。）这个貌似古怪的命题，用在诗上尤为合适。

第三章　生成论

一

本章所要叙述的是古人关于诗的生成的理论，按照现在人们的习惯称谓，该叫它“创作论”。但我们不使用“创作论”，是因为“创作”一词不太符合我们古人关于诗的传统见解。

“创作”（Creation）是一个外来词，其本义为“创造”。[①] 根据我们古人的诗论观点，无论是从本体的角度上还是作品的角度上，说诗是创造出来的产物都不合适。首先从本体上看：诗的本体是情兴，这是一种自然感发的体验，诗人不可能有意地通过思维“创造”出情兴来。如果有谁起意要造一个情兴，那就成了刘勰所批评的“为文而造情”（《文心雕龙·情采》），亦即徐渭所说的“本无是情，而设情以为之”（《肖甫诗序》）。这是极令人讨厌的无病呻吟，并不是真正的情兴。古人认为，情兴之所以为情兴，就在于它生于自然而不造作。李梦阳说：“天下未有不实之情也，故虚假为不情。”（《空同集》）对于情兴来说，“造作”正是“虚假”的同义语。当然，表现造作之情的“诗”，也就算不上是真正的诗。朱彝尊说：“于心本无欲言……故其辞多近于强勉……以是而称之曰诗，未见其可矣。”（《曝书亭集》）另外古人还认

① 在古希腊文中，“诗人”的本义就是“创造者”，可见西方人于诗歌主创造的观念由来已久。

为，作为诗之本体的情兴，是人人心中都会有的东西，绝不是诗人创造出来的“专利品”，“诗者，人之心头忽然之一声耳。不问妇人孺子，晨朝夜半，莫不有之”（金圣叹《与许青屿之渐》），“夫诗……若其原本，不过只是人人心头舌尖万不获已，而必欲说出之一句说话，则固非儒者之所得矜为独能也”（《与家伯长文昌》）。诗人之所以可贵，并不在于他能创造出别人所没有的情兴，而只在于他能够表达出这个“人人心中所有，人人口中所无”的东西。薛所蕴《桴庵稿·与某》引文信国云：“凡吾意所欲言，子美先代为言之，乃知子美非能自为诗也，自是人性情中语，烦子美道耳。”也正因为诗人所表达的是“人人心中所有”的东西，所以他的诗才能得到广大读者的欣赏。天下只有文盲，没有诗盲，原因也就在这儿。如果诗人的情兴是凭空创造出来的与众不同的东西，读者也就会看不懂他的诗。

再从诗作品的角度上说，诗人心中有了情兴，通过词语把它外化出来，而词语又是社会上既存的公用材料，诗人不可能自己创造出这些材料来。苏珊·朗格说，“诗人创造不出词语”，正像“画家们创造不出油彩和画布”一样。① 当然，材料是共同的，并不妨碍诗人用它来说出自己的话，此清人郑珍所谓“言必是我言，字是古人字”（《论诗示诸生，时代者将至》）。但问题在于，诗人所讲出来的“我言”，只不过是“我情”这个既有内容的外化。诗人在构思时固然要冥思苦索地捕捉意念和形象，绞尽脑汁地选炼词句，但是词句也好，意念、形象也好，在诗中并没有独立性和实质性，它们都不过是把那已经自然地发生于诗人心中的诗本体——情兴传达出来的手段。也就是说，诗人不是因为构思、写作之后才有诗本体，恰恰相反，他是因为心中有了诗本体之后才去构思、写作的。他的构思、写作只是表达了诗本体，而没有创造出它来。正如哥伦布历尽辛苦所干的业绩，只是发现了南美洲大陆并把它公之于众，而并没有创造出南美洲来一样。也正因为如此，我们古人在谈到诗作品的产生时也并不讲“造”，而强调的是“达”。“造”重存在，“达”重表现，“造”是一个事物的由无入有，而

---

① 〔美〕苏珊·朗格著，滕守尧、朱疆源译：《艺术问题》，中国社会科学出版社1983年版，第3页。

"达"是一个既有事物的由暗入明。古人认为，好诗都不是创造出来的，而是表达、抒写出来的。宋人袁燮《洁斋集》卷八《题魏丞相诗》引苏轼云："渊明不为诗，写其胸中之妙尔。""为"是"有为"的"为"，即有意造作的意思。说诗人只是"写"诗①，而不"为"诗，这使我们想起郭沫若的一句话："诗不是'做'出来的，只是'写'出来的。"② 这遥相呼应的两句相同的话，颇能代表我们民族对于诗之生成的传统观点。

也正是由于上述的原因，本着古人的"名不正则言不顺"的遗训，我们不用"创作论"，而换成"生成论"。诗的生成过程，就是情兴的感发和表达过程。它包括三个阶段：诗人触物造端，由心物交融而得情兴，这是感兴阶段；诗人追寻与自己心灵感动有密切联系的"意"与"象"，并使它们在心中取得准物质的形式，这是构思阶段，亦即表现阶段；诗人把心中准物质的形式变成实在的物质形式，即把它"诉"于纸笔，这是写作阶段。这三个阶段缺一不可。虽然如此，但因为最后那个写作步骤只是一个简单的制作过程，它是附丽于前两个阶段的一个必然的结果，故在理论上可以略而不谈。③ 我国古人关于写诗的论述，正是集中在感兴和构思这前两个阶段上。我们之所以把古人的论述叫作"生成论"，理由也在于此。"生成"

---

① "写"，在古时是"泻"的本字，其含义是此器注于彼器。《说文解字》段注："谓去此注彼也。……凡倾吐曰写。"《诗经·小雅·蓼萧》："我心写兮。"《邶风·泉水》："以写我忧。""写"皆为倾吐、抒发之意。《战国策·赵策》："忠可以写意。"注："写犹宣。"义亦同。"写"字作"书字"讲是汉代以后的事，作"写作"讲，时间还要晚。书写、写作之所以都叫"写"，是由"倾吐心中所有"的意义上衍化来的。古人说绘画也叫"写"，也取的是绘画的主旨并非创造物象，而是抒发画家胸中意气的意思。因此，一个"写"字，可以看出我国古人于艺术主"达"而不主"造"的传统看法。

② 郭沫若：《郭沫若致宗白华》，《郭沫若全集》文学编第十五卷，人民文学出版社 1990 年版，第 14 页。

③ 别林斯基把创作过程分为三个阶段：一是取得感受，二是感受的逐渐明晰，最后一个阶段是"把一切人都能看见并了解的形式赋予创作"。他说，"这一步不十分重要，因为它是前两步的结果"。参见〔俄〕别林斯基著，满涛译：《论俄国中篇小说和果戈理君的中篇小说》，《别林斯基选集》第一卷，上海文艺出版社 1963 年版，第 178 页。

一词，包括“生”与“成”两方面，感兴是本体的产生，属于“生”的过程；构思是表达本体的作品之形成，属于“成”的过程。对于这两个阶段中的许多问题，古人都进行了相当精到的探讨，本章只能摭其要旨加以评述。

二

诗本体的产生，在诗的整个生成过程中具有根本意义。由于我们古人认为诗的本体是观念形态的情兴，而观念形态的东西是只能以主观的形式直接存在于人们的心中的，正如萨特所说，真正的文学对象“确实在读者的主观之外没有别的实体”①。所以我国最早提到诗歌之产生的《乐记》中说：“乐者，心之动也。”它正确地指出了诗歌本体产生和存在的主观形式。而十分可贵的是，古人注意到：诗本体虽属主观感受，却源自客观世界②，所以《乐记》中说：

> 人心之动，物使之然也。感于物而动，故形于声。

这显然是一个唯物主义的见解，但需要指出，这里所谓“感于物而动”，其含义并不仅是在认识论的角度上一般地强调物质的第一性，还有更深一层的美学意蕴。上一章我们已经讲过，被古人视为诗歌本体的情兴，本是一种物我相融的情兴体验，而这种情兴体验，只有在诗人心灵与客观外物相接的那个“瞬间”才可发生，所以《乐记》才说“感于物”，而不说成“赖于物”或者“得于物”。从大的方面来讲，一切意识形态作为客观世界的反映，其产生都有赖于外物。但一种观点的产生与一个诗情的产生大不一样：观点的产生是缓慢的，它非产生于人们接触外物的瞬间，是经

① 〔法〕萨特著，施康强选译：《什么是文学?》，《萨特文集》第七卷，人民文学出版社2000年版，第126页。

② 法国诗人勒韦尔迪说：“诗歌是人的产儿，并且只能存在于人的本身之中，但是人却到大自然中去找它。”参见〔法〕彼埃尔·勒韦尔迪著，王忠琪译：《关于诗的思考》，《二十世纪外国重要诗人如是说》，河南人民出版社1992年版，第98页。

过长期总结经验，反复思索、实践的结果，而诗情激发于诗人感物的一瞬；观点的最后形成要淘汰具体的、生动的感受，诗情不但不淘汰感受，而且它不是别的，正是那现时的、生动的感受本身。因此，应该说，《乐记》中这个极易被人忽略的“感”字，用得是非常精细而准确的。“感”与“情”有密切联系，或者说，它们简直就是同一个东西的两面，只不过“情”是从诗的静态的本体论上说，而“感”是从动态的生成论上讲。有“感”必有“情”，有“情”必有“感”，正如有热必有光，有光必有热一样。因此，与“情”字贯穿着我国古代的诗歌本体论相对应，“感”字也贯穿着我们古代的诗歌生成论。历代人谈到诗的生成，总是首先讲“感”，诸如：

刘勰《文心雕龙·明诗》：“人禀七情，应物斯感，感物吟志，莫非自然。”

钟嵘《诗品序》：“气之动物，物之感人，故摇荡性情，形诸舞咏。”

杜甫《上韦左相二十韵》：“感激时将晚，苍茫兴有神。”

元稹《进诗状》：“凡所为文，多因感激。”

权德舆《右谏议大夫韦君集序》：“感物造端，发为人文。”

杨万里《答建康府大军库监门徐达书》：“触先焉，感随焉，而是诗出焉。”

李梦阳《梅月先生诗序》：“天下无不根之萌，君子无不根之情，忧乐潜之中，而后感触应之外。”

古人于诗之生成既然强调“感”，而“感”又只能发生于诗人触物的当时，所以他们也就特别强调诗人以“身历目到”的方式去直接接触客观外物，而反对暗中摸索、闭门造诗。[①] 李峤《楚望赋序》云：“夫情以物感，

---

① 歌德曾经说过：“但是写出来的必须全是应景即兴的诗，也就是说，现实生活必须既提供诗的机缘，又提供诗的材料。”（参见〔德〕爱克曼辑录，朱光潜译：《歌德谈话录》，人民文学出版社 1978 年版，第 6 页。）这位赞赏过中国艺术的大诗人，其写诗信条也正与我国的传统诗论相吻合。

而心由目畅，非历览无以寄杼轴之怀，非高远无以开沉郁之绪。”“杼轴之怀”指诗情，它是诗人在“历览”“望远”之际的当下所感，故没有对外物的实际接触，诗情也就无从谈起。曾敏行《独醒杂志》云：“汪彦章为豫章幕官。一日，会徐师川于南楼，问师川曰：‘作诗法门当如何入?’师川答曰：‘……以至目力所及，皆诗也。……切不可闭门合目，作镌空妄实之想也。’”诗情虽生于心上，却直接源自“目及”，所以不可“合目”妄想。他如陆游所谓“法不孤生自古同，痴人乃欲镂虚空”（《题庐陵萧彦毓秀才诗卷后》），元好问所谓“眼处心生句自神，暗中摸索总非真”（《论诗三十首》），说的都是同样的意思。把这个道理讲得最透彻的是王夫之。他认为，对于写诗来说，“身之所历，目之所见，是铁门限”，之所以如此，是诗情本身就是诗人在接触外物之际“心中目中，与相融浃”的产物。他说：

> “僧敲月下门”，只是妄想揣摩，如说他人梦，纵令形容酷似，何尝毫发关心？知然者，以其沉吟“推敲”二字，就他作想也。若即景会心，则或“推”或“敲”，必居其一，因景因情，自然灵妙，何劳拟议哉？“长河落日圆”，初无定景；“隔水问樵夫”，初非想得。则禅家所谓“现量”也。（《姜斋诗话》）

这里，王夫之批评贾岛“妄想揣摩”的作诗方法，推重王维“即景会心”的写诗路径。所谓“妄想揣摩”，是自己毫无所感而通过凭空的悬想而造诗。这种诗因为没有诗本体可言，所以不管作得多工巧，终究与诗人自己无关。所谓“即景会心”，是情兴这个诗本体激发于主客相触之际，诗人写诗是抒发既得的情兴，故能“自然灵妙”。王夫之以禅家的“现量”来比喻诗本体的产生，可以说是很精到的看法。“现量”是佛家认识论中所谓“三量”之一，指以目触物的一瞬间所发生的直感，极似现代西方所说的“直觉”。它不是主体思维的结果，而发生在思维之前。诗本体的生成也正是这样，它“初非想得”，即不是诗人用意思索出来的，而是在即景会心之际自然产生的；诗人的思维、构想产生在它之后，而一切思维、构想都不过是表现这个“现量”的手段。因此，从本体意义上来说，诗人并不是先构想然后才有诗，而是心中先有诗然后才构想。这个道理，正像我们并不是先笑而后高兴，而是先高兴而后笑一样。不少人认为，诗中那最本质的灵魂是诗人思索的结果，这正好是颠倒了次序。用闻一多先生的话说，这是“车子放在马前面”了，用奥地利诗人彼德·汉德克的话说，这好比谋杀“等有了见证人才发生”。

我国古人论写诗，不像西方那样强调虚构，相反，他们强调的是“真”“诚”。早在先秦，儒家就强调“修辞立其诚”（《周易·乾》），强调“情欲信”（《礼记·表记》），道家也强调“真者，精诚之至也。不精不诚，不能动人”（《庄子·渔父》），从而定下了要求文艺表现人的真诚内心的民族基调。后来如王充云：“精诚由中，故其文语感动人深。”（《论衡·超奇》）刘勰云：“真宰弗存，翩其反矣。”（《文心雕龙·情采》）张耒云：“夫诗之兴……要之必发于诚而后作。”（《上文潞公献所著诗书》）王若虚云：“哀乐之真，发乎情性，此诗之正理也。”（《滹南诗话》）元好问云：“唐诗所以绝出于三百篇之后者，知本焉尔矣。何谓本？诚是也。”（《杨叔能小亨集引》）明人邓云霄云：“真者，音之发而情之原。”（《重刻空同先生集叙》）李贽云：“夫童心者，真心也。……天下之至文，未有不出于童心焉者也。”（《童心说》）袁宏道云：“古之为文者……唯恐真之不极也。”（《行素园存稿引》）钱谦益云：“文章途辙，千途万方，符印古今、浩劫不变者，惟真与伪二者而已。……真则朝日夕月，伪则朝华夕槿也；真则精金美玉，伪则瓦砾粪土也。”（《有学集·复李叔则书》）尤侗云：“诗无古今，惟其真尔。”（《吴虞升诗序》）刘熙载云：“诗可数年不作，不可一作不真。”（《艺概·诗概》）以上都是这方面的论述。所谓的“真”，皆指情兴的真，而称得上“真”的情兴，并不是人为的、意志的产物，不是预先思索的结果，而是自然而然、不由自主地发生在心灵中的。因此，我国古人在从本体意义上来论述诗的产生时，总是特别强调它发于无意的这个特点。苏洵有一段话论“至文”之产生：

且兄尝见夫水之与风乎？油然而行，渊然而留，渟洄汪洋，满而上浮者，是水也，而风实起之。蓬蓬然而发乎大空，不终日而行乎四方，荡乎其无形，飘乎其远来，既往而不知其迹之所存者，是风也，

> 而水实形之。……然而此二物者岂有求乎文哉？无意乎相求，不期而相遭，而文生焉。是其为文也，非水之文也，非风之文也，二物者非能为文，而不能不为文也。物之相使而文出于其间也，故曰：此天下之至文也。（《嘉祐集》卷一五《仲兄字文甫说》）

苏洵所说的“风”和“水”，实际上是对主体与客体、心与物的比喻。纪昀《清艳堂诗序》云：“凡物色之感于外，与喜怒哀乐之动于中者，两相薄而发为歌咏，如风水相遭自然成文。”这可看作是对苏洵的风水之喻的深有会心的发明。风、水二者并非“有求于文”，而是“无意乎相求，不期而相遭”，“不能不为文”，形象地说明了诗人的情兴产生于主客之偶触，而并非用意求索的结果。除了这个比喻，古人还有一些别的说法，如包恢《答曾子华论诗》：“盖天机自动，天籁自鸣，鼓以雷霆，豫顺以动……此诗之至也。”贝琼《陇上白云诗稿序》说诗之产生是“蓄于中而泄于外，如天风之振，不能不为之声，而不知声之所出；海涛之涌，不能不为之文，而不知文之所成”。张民表《原圃集·与秦京》：“夫天籁迫于自谐，物情极其所发，风蓬雷殷，谷响林振，鸟鸣虫啸，花落水流，无动不韵，则无声而不诗者矣。”钱谦益《有学集》：“如土膏之发，如候虫之鸣，欢欣噍杀，纡缓促数，穷于时，迫于境，旁薄曲折而不知其使然者，古今之真诗也。”以上都是对诗之本体发于自然、无意的比喻。钟惺《钟惺集》云：“古诗人曰风人，风之为言，无意也。”把这个意思说得更明确。

诗的本体既是“情”，而“情”不是诗人有意能够寻得来的，所以古人也就反对诗人抱着故意要写一首诗的企图去苦索它。萧子显谈自己的写作经验：“每有制作，特寡思功，须其自来，不以力构。”（《梁书》）又云：“应思悱来，勿先构聚。”（《南齐书》）刘勰说至文之生成：“并思合而自逢，非研虑之所课也。”（《文心雕龙·隐秀》）杨万里说诗之缘起是“我初无意于作是诗，而是物是事适然触乎我，我之意亦适然感乎是物是事，触先焉，感随焉，而是诗出焉，我何与哉？天也”（《答建康府大军库监门徐达书》）。谢榛也说过：“诗有天机，待时而发，触物而成，虽幽寻苦索，不易得也。”他夸赞杜甫的诗是“情景适会，与造物同其妙，非沉思苦索而得之也”（《四溟诗话》）。清人吴雷发说得更简切：“故有意作诗，不若诗来寻我，方觉下笔有神。”（《说诗菅蒯》）在这类说法中，苏轼有一段话最有影响：

> 夫昔之为文者，非能为之为工，乃不能不为之为工也。山川之有云雾，草木之有华实，充满勃郁，而见于外，夫虽欲无有，其可得耶！自少闻家君之论文，以为古之圣人有所不能自已而作者。故轼与弟辙为文至多，而未尝敢有作文之意。（《南行前集叙》）

所谓“未尝敢有作文之意”，就是不抱着故意写作的意图和目的。苏轼的这个见解，显然是在苏洵以风水相遭来论文的影响下提出的。既然作为本体的“至文”是主体与客体相触的自然产物，故非诗人的主观意志可以求得，它只能生于不自觉，意志对它的形成是无能为力的。换句话说，一个人心中忽然产生了诗本体，并不是他想不想产生的问题，而是不能不产生。[①] 从苏轼

---

① 英国现代诗论家莫锐在他的《论诗》中说：“它（美）是不能直接地追求。……我们大家知道，若是你直接地追求快乐——快乐本身是在一种真空里——你就不会快乐。这是同样地真实，若你直接追求道德，你就不会变成有道德的人，你只是变成一个可厌的人。我想一个诗人或艺术家，若是直接地去追求美，也不会没有同样的危险。若你表现你不得不表现的一切……结果美是会显现出来的。”（参见〔英〕莫锐著，曹葆华译：《论诗》，《西方现代诗论》，花城出版社1988年版，第285页。）莫锐的观点与我国古人的诗论相合。古人认为，诗本体这种情感体验，并不是一个理智性的目的的实现，不是一个有意追求来的结果，对于这种情感体验，我们只能谈它的原因，不能谈它的目的；要说明它的发生，只能用“因为”，不能用“为了”。正如天工化物，草木贲华，乃出于自然，并无一个意志为了某种目的在指挥它，所以苏轼以“草木之有华实”来比喻“未尝敢有作文之意”。南宋魏庆之《诗人玉屑》卷一引《赵章泉诗法》：“问诗端合如何作？……眼前草树聊渠若，子结成阴花自落。”又卷十引《漫斋语录》：“诗……如化工生物，千花万草。”以上两句话都是这类比喻。当然，诗本体的产生与自然物的生长毕竟不能完全等同，因为自然物的生长谈不到理性，而诗人的感兴虽然生于不自觉，但它归根结底是诗人理性的反映，只不过诗人在感兴时理性存在于潜意识之中，理性在感兴中不是通过自觉的目的性的活动实现出来，而是通过不自觉的体验活动表现出来。我们古人对这一点也有足够的认识，这在本书的第四章还要详细谈到。

的“未尝敢有作文之意”，我们想起了几位西方人所说的话。雪莱在《为诗辩护》中曾经说过：“诗不像推理那种凭意志决定而发挥的力量。人不能说：‘我要作诗。’即使是最伟大的诗人也不能说这类话。”① 瓦莱里说诗情：“至于谈到感情世界，那么只有梦有时才能使我们了解它，而我们的意志既无权擅自干涉它，也无力自行离弃它。”② 黑格尔把这个道理说得最详到：“单靠存心要创作的意愿也召唤不出灵感来。谁要是胸中本来还没有什么内容在活跃鼓动，还要东张西望地搜求材料，只是下定决心要得到灵感，好写一首诗，画一幅画或是发明一个乐曲，那么，不管他有多大才能，他也决不能单凭这种意愿就可以抓住一个美好的意思或是产生一部有价值的作品。”③ 据说萧伯纳成名以后，记者问他：“您是从什么时候开始想写作的呢？”萧伯纳回答：“我从来不曾想写过什么，犹如我不曾想呼吸一样。”他说得尤其妙：人人都得呼吸，但并不是人们想呼吸，而是因为不呼吸不行，它是人生命的一种自然的、不自觉的活动。这些外国人的说法，与我国古代苏轼等人的见解是完全一致的。

清人章学诚说：“无心偶会，则收点金之功；有意更张，必多画墁之诮。”（《文史通义》）因为真正的诗情都起于无意，那么反过来说，胸中本无诗情而出于有意寻索来的东西就必定是下劣的赝品。这种“有意更张”的诗，因为无本体可言，所以就没有韵味：“文之为物，自然灵气，惚恍而来，不思而至；杼轴得之，淡而无味。”（李德裕《文章论》）这种诗因为是凭空撰述出来的，所以是假诗：“有是志，则有是诗，勉强为之，皆假诗也。”（王文禄《诗的》）假诗与诗人的真情无关，故好比是疯话、胡话：“吾志未尝有所之也，何有于言？吾言未尝有所发也，何有于诗？于是其诗之出，一如医家所谓狂惑谵语。”（吴宽《中园四兴诗集序》）英国 19 世纪

---

① 〔英〕雪莱著，缪灵珠译：《为诗辩护》，《雪莱全集》第五卷，河北教育出版社 2000 年版，第 483~484 页。

② 〔法〕瓦莱里著，王忠琪译：《纯诗》，《西方现代诗论》，花城出版社 1988 年版，第 218 页。

③ 〔德〕黑格尔著，朱光潜译：《美学》（第一卷），商务印书馆 1979 年版，第 364 页。

批评家卡莱尔曾把诗分为无意识产生的和有意识产生的两种，认为只有无意识产生的诗才是“有生气的”，而有意识产生的诗充其量也只不过是机械的、粗制滥造的标记而已。[①] 这也正与我们古人的上述见解相通。

古人反对事先抱着写诗的意愿去找诗，当然也就更反对诗人本着一个先入为主的抽象旨意和主题，以诗来做图解的恶劣倾向。这种倾向，古人叫它“以意为诗”。明人许学夷说：“汉魏人诗，本乎情兴，学者专习凝领，而神与境会，即情兴之所至。否则不失之袭，又未免苦思，以意见为诗耳。”又说：“汉魏同者，情兴所至，以情为诗，故于古为近。魏人异者，情兴未至，以意为诗，故于古为远。”（《诗源辩体》）谢榛说，“宋人必先命意，涉于理路，殊无思致”，“诗有不立意造句，以兴为主，漫然成篇，此诗之入化也”（《四溟诗话》）。王夫之说：“唐人以意为古诗，宋人以意为律诗、绝句，而诗遂亡。如以意，则直须赞《易》、陈《书》，无待诗也。”（《明诗评选》）又说：“故知‘以意为主’之说，真腐儒也。”（《古诗评选》）这里所谓“以意为诗”的“意”，即指诗人事先抱定的抽象的思想意图而言。按照先入为主的“意”想出来的诗，尽管写得天花乱坠，它所表现的不过是“意”，而不是“情”，这样也就失去了诗之所以为诗的最本质的灵魂。[②]

从古人对诗本体之产生的感发性和无意性的论述，人们会想到一个来自西方的诗学概念：灵感（Inspiration）。这是一个既为人们所熟识，同时又使人们感到陌生的东西。说它为人们所熟识，是因为从古希腊的柏拉图以来，几乎每一个诗论家都把它当作重要的探讨对象；说它使人感到陌生，则因为它的真正底蕴至今还有待于揭示。人们在对它的研究中各执一说，见仁见智，迄今没有形成一个人所共认的结论。譬如对灵感的生成，就有

---

① 转引自〔英〕H. 奥斯本著，朱狄译：《论灵感》，载《国外社会科学》1979 年第 2 期。

② “情”固然与诗人的思想有关，但并非思想。G. 博厄斯在《哲学和诗歌》中说：“诗歌中的思想往往是陈腐的、虚假的，没有一个十六岁以上的人会仅仅为了诗歌所讲的意思去读诗。”转引自〔美〕雷·韦勒克、奥·沃伦著，刘象愚等译：《文学理论》，生活·读书·新知三联书店 1984 年版，第 113 页。

这样截然相反的看法：一种认为灵感起于无意识，它是超意志、超智力的；一种却认为灵感产生于思索、探求之后，它是对诗人殚精竭虑的劳动的一个报偿。笔者以为，产生这种尖锐分歧的原因，是人们对诗之生成过程中的两种灵感未做区别。上文我们已经谈到，诗的生成包括本体的产生和作品的形成。诗本体的产生起于主体与客体的偶触，它是在特定的情境中突然地、自然而然地勃动于诗人心灵之中，而不是在意志的主宰下自觉地运用思维的结果。这种灵感，我们称之为“原生灵感”。诗本体在诗人心灵中产生后，诗人需要通过有意的思索来追寻它、表现它，在冥思苦索之后思路顿通，突然抓住了形式，从而使本体获得了相应的物质媒介，这种灵感，我们称之为“再生灵感”。① 这两种灵感在表现形态上都有突发性，所以人们极易把它们混淆在一起，实际上二者的内容是有本质区别的。因为原生灵感属于感受性质，而再生灵感则属于认识性质。原生灵感的出现，表明诗人由理智陷入了感受，或者说是由明白陷入了“迷惘”；再生灵感的出现，则表明诗人由感性上升到理性，由“迷惘”变为明白。原生灵感表现为“忘言”；再生灵感恰恰相反，它表现为“得言”。两种灵感虽然都伴随着惊喜和满足，但原生灵感是情感上的怡悦，再生灵感是理智上的满足。原生灵感作为情兴活动，它是由“静”入“动”，如同风乍起吹皱一池春水，它的出现使诗人心灵的平衡状态被打破，所以可以说是释放型的；再生灵感则不然，思维在经过艰苦的探索活动，经历了无数次的冲刺尝试之后，终于找到了它找寻已久的目标。这目标的获得，标志着诗人思维活动

① 黑格尔在《美学》（第一卷）中说“灵感”：“这一方面是就主体的内在的创作活动来说，另一方面也是就客观的完成作品的活动来说，因为这两种活动都必须有灵感。”（参见〔德〕黑格尔著，朱光潜译：《美学》（第一卷），商务印书馆 1979 年版，第 364 页。）黑格尔所说的前一种灵感即我们所说的“原生灵感”，后一种灵感即“再生灵感”。又，英人科尔里奇曾把人的想象力分成两大类：一类是“无生命的”的想象力（Fancy），即平常人的回忆、设想等，一类是“有生命的”想象力（Imagination），即诗人创造性的想象。有生命的想象力又分两种：一种是“原始性的”（Primary），一种是“辅助性的”（Secondary）。前者是在机缘的偶触下不自觉生成的，近似我们所说的原生灵感，后者是为了实现前者而把它化为具体作品的手段，近似我们所说的再生灵感。

的完成，好像一个东西终于放稳了，又好像一个长途跋涉者找到了歇脚的地方，所以它是由动入静，是完成型的。

一首好诗的生成，这两种灵感固然缺一不可，但二者之中原生灵感是最根本的。我们这样说，第一是因为原生灵感产生了诗的最本质的灵魂，再生灵感只是在表现诗本体时所派生出来的现象。第二，再生灵感不是诗人所专有的，它也可以发生在科学家、理论家的思维过程中，阿基米德在浴盆中突然得到了浮沉定律，笛卡尔在被窝里突然得到了“我思故我在”的著名命题，都是这类例子。实际上，这种被心理学家称为“尤瑞卡经验”（Eureka）的灵感，也并不仅是理论家、科学家才有，一般人考虑问题时也会碰到。因此，确切地说：唯有原生灵感才是真正诗的灵感。

现在，我们再回过头来看看我们古人对于诗本体产生的论述，实际上就是相当精密的原生灵感论。而且，在我们古人那里，这种原生灵感不仅仅是诗本体产生的条件，它作为主客相触时心灵所生的感动，实际上就是诗本体自身。因为在中国诗论中，“感”即“情”，“情”即“兴”，三字相互组合，有时称“感兴”，有时称“情兴”，总体意蕴都是一样的。只不过“感兴”是从诗之产生的角度上说，“情兴”是从诗的表现对象的角度上说。然而在古人看来：诗之产生与表现对象是合而为一的，也就是说，诗所表现的根本对象，不是别的，正是作为诗之产生的那个心灵初动本身，也就是我们所说的原生灵感。

三

既然原生灵感就是诗本体，所以灵感的发生也就标志着诗本体的形成。这一刹那闪现在诗人心中的火花，既是一次“受孕”，同时也是一种“诞生”。诗本体这个产儿是没有孕育期的，其受孕过程也就是它的诞生过程。然而对于一个诗人来说，仅仅在自己的心灵中产生诗本体还不行，诗人之所以是诗人，就在于他具有一种双重身份：他既是诗情的获得者，又是诗情的施与者。也就是说，他必须把自己所得到的情感体验传达给别人，同时，也唯因诗人传达了自己的诗情，才使诗真正成为一种艺术。克罗齐认为诗人的感受是完满的，它无赖于传达，这种论调正是“取消”了艺术。实际上，诗本体作为心灵的感动，在它本身之中就已经包含着要求传达的趋向。明人胡翰《童中洲和陶诗后跋》云：“古之比兴，非以能言为妙，以不能不言者之为妙也，此所谓发乎情也。”他说只有“不能不言”才可谓“发乎情”，正说明“情”本身就包含着“不能不言”的要求。诗人有了情兴，必然要求体现。情兴的体验和要求体现情兴的冲动在原生灵感中是不可分的。黑格尔对灵感中的这两方面说得很清楚，他说，灵感“不是别的，就是完全沉浸在主题里，不到把它表现为完满的艺术形象时决不肯罢休的那种情况”①。所谓“完全沉浸在主题里”，即体验活动；所谓“不到把它表现为完满的艺术形象时决不肯罢休”，即体现的要求。

对于原生灵感中的这两方面，我们古人很早就认识到了，这从“兴”字上可以看得很清楚：上一章我们已经指出，“兴”即古人所认为的诗本体，亦即原生灵感。但“兴”字在古代包含两种意义：它既指在外物感发下的心灵勃动，同时也指诗人表现自己心灵勃动的欲望、冲动。古人向来提倡乘兴而作，论书法，是“乘兴之后，方肆其笔”（蔡希综《法书论》）；论绘画，也是“乘兴遣画沧洲趣”（杜甫《奉先刘少府新画山水障歌》）。诗论中这类说法更多。帛道猷有诗名曰《陵峰采药触兴为诗》。《文心雕龙·诠赋》：“触兴致情，因变取会。”皎然《诗式》：“语与兴驱，势逐情起。”许学夷《诗源辩体》：“直是兴到，方始下笔耳。”归庄《吴门唱和诗序》：“诗……本以娱性情，将有待于兴会。”张谦宜《茧斋诗谈》：“无兴致不必做诗。”这里所谓乘兴而作，既指等有了感动再写，也指等有了表现冲动、不得不写时再写，而这两个意思只不过是同一个心灵事实的两面。

“兴”作为一种表现冲动，与单纯的写诗意图完全不同。后者是诗人在心中没有诗本体时要凭空造诗的空洞意志，前者是诗人心中那个诗本体自身的外向力，它有如婴儿躁动于母腹，有如涨水之思决，拍击着诗人的心扉，迫使诗人不得不为了释放它而去寻找通路，这是一种表现之前的危机。

---

① 〔德〕黑格尔著，朱光潜译：《美学》（第一卷），商务印书馆1979年版，第365页。

清人钱谦益《初学集·虞山诗约序》云：“古之为诗者，必有深情畜积于内，奇遇薄射于外，轮囷结轖，朦胧萌坼，如所谓惊澜奔湍，郁闭而不得流；长鲸苍虬，偃蹇而不得伸；浑金璞玉，泥沙掩匿而不得用；明星皓月，云阴蔽蒙而不得出。于是乎不能不发之为诗。”钱氏的话很形象地描述了诗人在诗兴袭来时的表现冲动。①

也正因为诗兴这种表现冲动是诗本体以自身的活力在诗人心中跃动的表征，那么这种冲动出现与否，也就成了诗人心中是不是获得了诗本体的标识。所以古人认为，一个诗人如果没有表现冲动，或者冲动已经消失，就不可勉强写诗。《世说新语·任诞》有一则故事：“王子猷居山阴，夜大雪……四望皎然。因起彷徨。咏左思《招隐诗》，忽忆戴安道。时戴在剡，即便夜乘小船就之。……造门不前而返。人问其故，王曰：‘吾本乘兴而行，兴尽而返，何必见戴！’”故事讲的虽然不是作诗，但“乘兴而行，兴尽而返”的态度成了诗人的写诗信条。苏轼说写作是“常行于所当行，常止于所不可不止”（《与谢民师推官书》）；王世贞说作诗要“遇境即际，兴穷即止”（《艺苑卮言》），都是这个意思。宋大樽《茗香诗论》云：“不伫兴而就，皆迹也。”诗人没有不得不发的冲动，意味着他没有诗兴，在这种

---

① 其实古人注意到诗人的这种表现冲动由来已久，比如古代谈写诗有“发愤”一词。《楚辞·惜诵》：“发愤以抒情。”司马迁《史记·太史公自序》：“诗三百篇，大抵贤圣发愤之所为作也。”《后汉书·冯衍列传》：“聊发愤而扬情。”陆机《思归赋》：“怀归之思，愤而成篇。”刘勰《文心雕龙·情采》：“风雅之兴，志思蓄愤。”孔颖达《毛诗正义》：“作诗者，所以舒心志愤懑而卒成于歌咏，故《虞书》谓之诗言志也。”这里的“愤”，后世有不少人理解为怨愤、愤怒，今人也径直地把“发愤而作”与古罗马诗人尤维纳利斯所谓的“愤怒出诗人”等同起来，这恐怕属于过窄的理解。按“愤”字在古时的意思是中心积满而欲发。《论语·述而》云：“不愤不启，不悱不发。”朱熹《四书集注》释云：“愤者，心求通而未得之意。”草木无情，当然不会愤怒，说它发愤，是说它在良好的自然条件下，抒发出自己郁积于内、蓬勃欲出的生命力，也就是苏轼所说的“草木之有华实，充满勃郁，而见于外，夫虽欲无有，其可得耶”的意思。古“愤”“懑”通。王逸注《楚辞章句》：“愤，懑也。”“懑”是思满欲溢之意。刘向《说苑·贵德》谓作诗：“夫诗，思然后积，积然后满，满然后发。”方东树《昭昧詹言》亦云：“思积而满，乃有异观，溢出为奇。”以上都可以说是“发愤而作”的注脚。如此看来，“愤”作为蓄积于内心之情感的外现势能，实与后世“兴会”的含义相合。

情况下写的诗，尽管镂金错彩，也只是没有灵魂的空壳。刘宋时代的两位诗人，一位是谢灵运，一位是颜延之。汤惠休对他们的诗做了一个形象的对比："谢诗如芙蓉出水，颜如错彩镂金。"这个有趣的对比，历来被看作是对颜、谢二人诗歌风格的权威性的评定。其实，这两句话不仅讲的是诗的外在风格，更重要的是讲二人的写作风格，"芙蓉出水"，"出"得自然；"错彩镂金"，"镂"得勉强。为什么说谢诗出得自然？是因为他写诗是发于兴会。沈约在《宋书》中说谢灵运"兴会标举"，正是此意。乘兴而作诗，正像芙蓉之生长，它发于莲子本身的生命力，所以它是一朵有生命的真花，正如王国维所谓的"生香真色"；而没有诗兴，只凭着学问勉强"镂"出来的"花"，尽管光彩炫目，但终究是无生命的假货。袁枚《答何水部》云："若夫诗者，心之声也，性情所流露者也。从性情而得者，如出水芙蓉，天然可爱；从学问而来者，如玄黄错采，绚染始成。"说的正是这个道理。

对诗兴的这种表现冲动，莱蒙托夫曾喻之为"灵魂的痛苦"，他说诗兴袭来的感受："唯一的——但却是火一般的热情：它，像一条小虫，住在我的心中，咬透了我的心，烧干了我的心。"① 然而，如果允许用一个粗鄙的形容词的话，则诗兴的冲动与其说是"痛"，不如说它是"痒"。笔者不是生理学家，不知道"痛"与"痒"这两种感觉是否可以合并成一种（如说"痒"只是一种程度轻微的"痛"），但从笔者自己的切身体会来讲，"痒"与"痛"的区别并不仅在程度上，因为就其程度而言，奇痒所达到的剧烈程度，并不亚于剧痛。然而"痛"是一种压抑性的感觉，"痒"却是引诱性的感觉。在疼痛中的人完全是沮丧的，它给人一种压力，人的行为在这个压力面前完全被压倒，而"痒"则相反，它给你的与其说是一个压力，不如说是一个动力，因为它总引诱你通过一个行为（抓痒）来把它释放出去。诗兴的表现冲动正近似这后一种感觉。所以，与莱蒙托夫的比喻相比较，我们更赞赏我国的一位古人对于"兴"这种表现冲动的说法，那就是清人王昱论画兴的两句："胸中有得，技痒兴发。"

---

① 〔俄〕莱蒙托夫著，余振选译：《莱蒙托夫诗选》，时代出版社 1951 年版，第 438 页。

(《东庄论画》)

但是，诗人对情兴的释放毕竟不能像抓痒那么简单。因为诗人释放情兴的目的，不仅是为了抒发自己，更重要的是为了昭示他人。诗人要把自己情兴的内容完整地传达给读者，好让读者也获得自己的感受。因此，他必须通过表现来释放情兴。这就使诗人从感兴阶段进入了表现阶段。

诗的表现阶段与感兴阶段不同。首先从产物上讲，感兴阶段产生了诗本体，而表现阶段则形成了诗作品。诗本体作为一种潜意识的感受，它是不可名言、没有物质规定性的体验，用道家的话来说，它是一个“混沌”“惚恍”，一个“无”，而诗作品好比是从“无”中创化出来的“有”。在“无”中一切还孕而未化，“混而为一”，此道家所谓“玄同”；到了“有”，混沌开辟，始有形质的区分。也可作如是观：在诗的表现阶段中，诗本体这种浑一的原始信息分化成了不同的意、象和语言的爆炸信息。所以，古代有很多人就借用道家的所谓“无中生有”的说法来比喻诗作品从本体中的产生。《淮南子·原道训》：“无声而五音鸣焉，无味而五味形焉。”曹植《七启》：“画形于无象，造响于无声。”陆机《文赋》：“课虚无以责有，叩寂寞而求音。”张说《洛州张司马集序》：“万象鼓舞，入有名之地；五音繁杂，出无声之境。”谢榛《四溟诗话》：“着形于绝迹，振响于无声。”又云：“求声于寂寥，写真于无象。”叶燮《原诗》：“其意、其辞、其句劈空而起，皆自无而有。”所有这些论述，不外乎是说：在表现阶段，诗人头脑中产生的由意、象、言所组成的准物质的作品，都是从诗人那无形无质无名的情兴中来的。蒋鸣玉《怡曝堂集·与李孝廉宾斯》云：“若自己胸襟流出……其游思必从未有至有。”庞垲《诗义固说》云：“三百篇能言当下之心……于无字中生字，无句中生句。”所谓“胸襟”，所谓“当下之心”，正指情兴而言。当然，称情兴为“无”，只是就它无物质规定性这一点而说的。如果从它是诗所表现的根本对象的意义上来看，它又可以说是诗中真正的“有”、唯一的“有”；相反，那从情兴中生发出来的作品，因为它们只不过是传达情兴的载体，是没有实质性的东西，故又可以说是“无”。禅家有一句话：“有是无有，无有是有。”正可移以论此。不过，情兴作为未分化的原始信息，虽然是“有”，但表现为“无端”；作品作为分化了的爆炸信息系统，虽然是“无”，但表现为“有序”。“有序”固然不同于“无端”，然而没有“有序”，就不能传达“无端”。这就好比把一个瓶子里的水注入另一个瓶子，总得一点一点地往里倒，即把不可分割的水变成一条有序的细流。但这细流毕竟不过是“倒”的手段，因为最终交给受体的还是满满一瓶不可分割的水。同样，有序的诗作品与无端的诗本体之间的关系也是如此，“有序”最终所要传达的正是那个“无端”。德国诗人诺瓦理斯说诗作品：“混沌的眼，透过秩序的网幕，闪闪地发光。”① 他说的就是这个意思。我国清人石涛题画亦云：“天地氤氲秀结，四时朝暮垂垂。透过鸿蒙之理，堪留百代之奇。”石涛虽然具体讲的是绘画，但以有形有序的笔墨表现无形无端的“鸿蒙”，其道理与诗是相通的。

再从主体活动方面来说，表现阶段与感兴阶段的区别在于：后者是无意的感受过程，而前者是自觉的思维过程。西方有一句隽语：要把梦变为现实，你就得醒来。诗人也是这样，他要想把情兴表现出来，就必须从情兴的状态中走出来，用清醒的、理智的眼光来审视自己的感受，并细心地捕捉表现感受的契机，熔炼生动的语言，而这些都是经过诗人自觉的思维活动来进行的。古人对这一点看得很清楚，徐祯卿说：“情实眑眇，必因思以穷其奥。”（《谈艺录》）“情”指情兴，它是一种幽渺的、恍惚而来的感受，但诗人为了表现它，必须以理智的思索来穷究它的奥妙。胡应麟在谈到学诗与学禅的区别时说：“禅则一悟之后，万法皆空……诗虽悟后，仍须深造。”（《诗薮》）“悟”指体验，对诗来讲就是情兴。禅家倡“不立文字”，取消表现，故对禅髓的体验只求自证；而诗家意在表现体验，所以取得体验之后，还要以理智来进行深入钩索、探求，此胡氏所谓“深造”。“情兴”是自然而生的感受，可以说是一种“天籁”，但表现“天籁”须要人功，所以袁枚说诗的生成云：“虽云天籁，亦须从人功求之。”（《随园诗话》）又说：“人功不竭，天巧不

---

① 转引自宗白华：《中国艺术意境之诞生》，《美学散步》，上海人民出版社 2005 年版，第 134 页。

传。”（《续诗品》）[1] 所有这些，都指出诗人对情兴的表现必须通过自觉的思维。黑格尔说：“没有深思熟虑，人就不能把在他身心以内的东西搬到意识领域来。”[2] 黑格尔的论述，与我们古人的见解是相通的。

西方有一句话：“在快乐中怀了胎，等到分娩时就痛苦了。”这不无轻薄的俏皮话，用来比喻诗的表现阶段与感兴阶段的区别非常合适。感兴是从容率情的过程，而构思则是冥思苦想的过程。古人对构思之艰苦的论述很多，诸如“已知仙客意相亲，更觉良工心独苦”（杜甫《题李尊师松树障子歌》）；“名高折人爵，思苦减天年”（白居易《江楼夜吟元九律诗成三十韵》）；“险觅天应闷，狂搜海亦枯”（卢延让《苦吟》）；“积思游沧海，冥搜入洞天”（廖融《谢翁宏以诗百篇见示》）；“篇成敢道怀金璞，吟苦唯应似岭猿”（杜牧《酬许十三秀才兼依来韵》）；“欲识为诗苦，秋霜若在心”（姚合《心怀霜》）；“蟾蜍影里清吟苦，舴艋舟中白发生”（方干《赠钱塘湖上唐处士》）等。古传孟浩然因用思而眉毛尽落，裴祐因袖手苦吟而衣袖至穿，王维因冥思苦索而误入醋瓮，李贺因苦思几欲呕出心肝，王实甫因思竭而扑地暴死……这类传言虽然未必都可信，但它反映了古人对诗的构思是一种艰苦的智力劳动的正确看法。[3]

瓦莱里曾经讲过画家德加与马拉美的一次对话。有一天德加对马拉美说：“您的职业真可怕。我想要的东西得不到，然而我却满脑子都是思想……”马拉美回答说：“亲爱的德加，写诗用的根本不是思想，而是词语。”[4] 这个意

---

① 清人何绍基《与汪菊士论诗》云：“作诗文自有多少法度，多少工夫，方能将真性情般（搬）运到笔墨上。”参见［清］何绍基：《与汪菊士论诗》，《中国历代文论选》（第四册），上海古籍出版社 2001 年版，第 35 页。

② 〔德〕黑格尔著，朱光潜译：《美学》（第一卷），商务印书馆 1979 年版，第 358 页。

③ 表面上看起来，古人这里对艰苦思索的强调，与前文所说的强调无意似乎矛盾，所以不少人也就把它们看成是关于诗的生成的两派观点，这是一种误解。因为它们所指的其实是诗的生成过程中的两个不同的环节。说诗生于无意，其“诗”指诗本体；说诗成于苦思，其“诗”指诗作品。关于这一点，我们只能说古人在本体与作品的概念上欠明晰，却不可说他们在理论上有矛盾。

④ 〔法〕保罗·瓦莱里著，段映虹译：《诗与抽象思维》，《文艺杂谈》，生活·读书·新知三联书店 2017 年版，第 325 页。

思，我国古人早有表述。西晋王济云："未知文生于情，情生于文，览之凄然，增伉俪之重。"王夫之亦云："诗言志，歌永言。非志即为诗，言即为歌也。"他们都是说要想把诗本体传达出来，必须使它获得语言的形式。用瓦莱里的话说，就是把心中的"诗"变成"一首诗"。而必须指出的是，正如我们在上一章所说的，作为诗本体的体验，因夹在思维和表象的缝隙之中，故它不会有直接的词语形式，要想用词语来传达它，还必须首先捕捉与体验有紧密联系的"意"与"象"，找不到"意"与"象"，诗的外在的词语形式就不能获得。所以古人在谈到构思时所讲的上天入海的冥搜苦索，首先指诗人根据本体来搜寻、捕捉"意"与"象"。王夫之《古诗评选》谓写诗："言情则于往来动止、缥渺有无之中……取景则于击目经心、丝分缕合之际。"前句"言情"云云，指诗人对意念活动的捕捉，后句"取景"云云，指诗人对引起诗情的契机——形象的捕捉。

先说对"象"的捕捉。中国古诗大都是抒情诗，或直抒胸臆，或借景言情。一般来讲，六朝以前的诗较多直抒胸臆，六朝以后，借景言情的诗日益增多，并逐渐成为诗人们抒情方式的主流。与此相对应，不少诗论家就认为写景是抒情最好的甚至是不可或缺的方法，如"景无情不发，情无景不生"（范晞文《对床夜语》），"作诗本乎情景，孤不自成，两不相背"（《四溟诗话》），"善诗者，就景中写意"（《昭昧詹言》），"雅人深致，正在借景言情"（《艺概·诗概》）。这里所说的"景"，即引起诗人情兴体验的形象。形象是引起情兴的契机，但从心理学的角度上说，某种特定的形象在引发了情兴体验之后，人们对这个契机本身的印象极易被情兴这种心灵的"优势兴奋"所冲淡甚至吞噬，以至于当情兴过后，我们往往不易弄清楚到底是什么东西打动了我们。这颇像我们用一根小棍来捅锁孔，碰巧锁开了，但我们弄不清楚是因为碰到什么地方锁才开的。一位高明的诗人，却有能力在情兴发生之后，通过对自己感受的内省、辨察、追索，把那个契机捕捉住。这个契机，曾打开过诗人自己的心扉，诗人把它写出来，也就等于交给读者一把开启心扉的钥匙。所以准确地捕捉形象，是有才能的诗人的重要本领。

法国诗人勒那在《博物小志》中曾自称为“捕捉形象的猎人”①，我国古代的大诗人也往往是这样的“猎人”。他们捕捉的形象有时是阔大的场面，如“秦山忽破碎，泾渭不可求”，将诗人登高鸟瞰时激动振奋的感受传达出来；“雾失楼台，月迷津渡”，将词人在月夜远眺时的怅惘之情传达出来。诗人也有时捕捉的是微小的细节，“细雨鱼儿出，微风燕子斜”，“花褪残红青杏小”，都准确地传达出诗人所触发的特定的美感情趣。他们有时捕捉的是事物发端的一瞬，“微月初三夜，新蝉第一声”，诗人在第一声蝉鸣之中，感到夏季到来的最早信息，于是“捕”入诗中，令人读来有神清骨爽之感。诗人也有时捕捉的是事物结尾的一瞬，“夕阳无限好，只是近黄昏”，捉住夕阳如烧、欲暮未暮的特定时刻，从而传达出一种好景不长的怅惘。在这些诗句中，诗人所捉到的都是真正打动过自己的、引发自己情兴体验的契机。正像一个摄影师的准确抢拍，他只要把焦距对得过长一些，或过短一些；把快门按得过早一些，或过迟一些，那最生动的一瞬就会失掉。金圣叹说：“文章最妙，是此一刻被灵眼觑见，便于此一刻放灵手捉住。盖于略前一刻亦不见，略后一刻便亦不见。……若不捉住，便更寻不出。”（《西厢记》批语）梅曾亮说：“文在天地，如云物烟景焉。一默存之间，而遁乎万里之外。故善为文者，无失其机。”（《钵山余霞阁记》）他们说的都是这个道理。要做到对“象”的准确捕捉，就要求诗人在构思中对自己的形象感受进行审辨和追索。诗人的审辨，要“抱景者咸叩，怀响者毕弹”（陆机《文赋》）；诗人的追索，要“驱心若游丝之罥飞英”（周济《宋四家词选序论》）。只有如此，才能真正捉到那感发了自己情兴的契机。

再谈诗人对“意”的捕捉。我国古代，尤其是唐以后，直抒胸臆的诗虽然较前代减少，但这类诗毕竟是诗人抒发情兴的重要途径。况且即使是借景言情的诗，也不是只写“景语”没有“情语”，而往往是景语、情语相结合。王昌龄《诗格》谓写诗“事须景与意相兼始好”即此意。薛道衡

---

① 转引自钱锺书：《宋诗选注·序》，《钱锺书集》，生活·读书·新知三联书店2002年版，第15页。

《昔昔盐》："暗牖悬蛛网，空梁落燕泥。前年过代北，今岁往辽西。"前两句写思妇这个抒情主人公的眼中所见，亦即触发她情兴的契机；后二句是情语，写抒情者的心中所想，亦即随着情兴所产生的意念。这一"象"一"意"，前后夹攻，把夹在二者之间的情兴"逼"了出来。这首诗中，如果只有景语而没有情语，那就好比是夹菜时少了一根筷子，抬物时缺了一个帮手。要写好情语，就要求诗人对自己的心灵感动进行细心的省察。石涛《画语录》中有一句话叫"先受而后识也"。"受"，指艺术家在接触客体的一瞬间所获得的内心感受亦即情兴，而"识"，即指艺术家以理智的眼睛对情兴之起因的省察。画画是这样，写诗更是如此。宋释惠洪说过："诗者，妙观逸想之所寓也。"（《冷斋夜话》）可以把"妙观"理解为观物起兴，即诗本体的产生；"逸想"则是对"妙观"的产物进行思索。在"逸想"中，诗人把情兴作为一个对象，从中煎炼出意念这个结晶。法国诗人彼埃尔·勒韦尔迪说："诗人是潜泳者，他潜入自己思想的最隐秘的深处，去寻找那些高尚的因素，当诗人的手把它们捧到阳光下的时候，它们就结晶了。"[①]他说的就是这种情况。在一定意义上说，诗人对"意"的搜抉比对"象"的捕捉更为困难。陆时雍《诗镜总论》云："盛唐人工于缀景，惟杜子美长于言情。人情向外，见物易而自见难也。"袁枚《随园诗话》亦云："凡作诗，写景易，言情难。何也？景从外来，目之所触，留心便得；情从心出，非有一种芬芳悱恻之怀，便不能哀感顽艳。"

然而"意"也好，"象"也好，毕竟还是观念形态的东西，诗人必须将它们纳入语言形式，即把第一信号系统纳入第二信号系统，才能谈得上是真正的表现。刘勰说："物沿耳目，而辞令管其枢机。"（《文心雕龙·神思》）正说的是语言在表现中的关键作用，正如法国诗人保尔·克洛代尔所说："（诗人）首先需要找到'词'——具有魔力的'词'。这是一切的关键。"[②] 实际上，没有获得语言外衣的"意"与"象"，在诗人的脑海里总

① 〔法〕彼埃尔·勒韦尔迪著，王忠琪译：《关于诗的思考》，《二十世纪外国重要诗人如是说》，河南人民出版社 1992 年版，第 98 页。

② 〔法〕保尔·克洛代尔著，王忠琪译：《诗歌是艺术》，《法国作家论文学》，生活·读书·新知三联书店 1984 年版，第 125 页。

是游移的、模糊的，诗人要真正达到对它们的捕获，使它们“了然于心”，就必须使它们落入“言筌”。如果把意与象比作猎物的话，那么语言就是捕获猎物的套索，因此，诗人构思中对意、象的省察和捕捉，总是与对词句的思索和选炼分不开的。陆机《文赋》论构思：

> 其致也，情曈昽而弥鲜，物昭晰而互进。倾群言之沥液，漱六艺之芳润，浮天渊以安流，濯下泉而潜浸。于是沈辞怫悦，若游鱼衔钩而出重渊之深，浮藻联翩，若翰鸟缨缴而坠曾云之峻。

陆氏说的就是作家为了表现心中的“情”（意）和“物”（象）而搜寻词句的情况。要达到语言与观念的意、象的高度吻合很不容易，正如刘勰所说：“是以意授于思，言授于意，密则无际，疏则千里。或理在方寸而求之域表，或义在咫尺而思隔山河。”（《文心雕龙·神思》）诗人要找到合适的词句，往往需要殚精竭虑，艰苦搜求。古人所谓“研之而后精”（陆机《文赋》），“放意须险，定句须难”（皎然《诗式序》），“不深入溟渤，焉得骊颔之珠”（谢榛《四溟诗话》），“欲求工到，必借冥搜”（薛雪《一瓢诗话》）等，都指此而言。诗人中流传着许多描写作诗选词造句之难的句子，诸如杜甫“语不惊人死不休”，卢延让“吟安一个字，捻断数茎须”，裴说“莫怪苦吟迟，诗成鬓亦丝”，刘昭禹“句向夜深得，心从天外归”，贾岛“两句三年得，一吟双泪流”，潘阆“发任茎茎白，诗须字字清”等，都是这方面的例子。

古人在对诗的表现阶段的论述中，也每每提到我们前文所说的再生灵感问题。最早对这种现象做详细描述的是陆机。他在《文赋》中讲了两种灵感：一是“应感之会”，其特点是“来不可遏，去不可止。藏若景灭，行犹响起”，这实际上说的是原生灵感，即诗人于感物的一瞬间不期然而然地获得情兴的情况。二是“通塞之纪”，其中述文思忽通的情形：“方天机之骏利，夫何纷而不理。思风发于胸臆，言泉流于唇齿。纷葳蕤以馺遝，唯毫素之所拟。文徽徽以溢目，音泠泠而盈耳。”这讲的就是再生灵感。它是诗人通过思维活动而突然获得了传达本体的途径，从而顺利地把它纳入

“言”“文”“音”之中，通过“毫素”表现出来。这种再生灵感虽非诗人所特有，但它作为诗人构思中的一个重要现象，一直是历代谈诗者感兴趣的话题。人们注意到，这种再生灵感也与原生灵感一样，具有一种突发性。诗人构思时，往往在骤然之间获得诗句，“有时忽得惊人句，费尽心机做不成”（戴复古），“奇句忽来魂魄动，真如天上落将军”（张问陶）。因此，有人便把它比作“神授”。皎然《诗式序》：“其作用也……虽取由我衷，而得若神授。”也有人把它比作偶然“拾得”，欧阳修赞文同写诗“世间元有此句，与可拾得耳”（《王直方诗话》引）。“神授”与“偶得”的说法，表面上看来很像瓦莱里所批评的古希腊人和十九世纪浪漫主义者对灵感的两种误解①，然而我国古人说“神授”“偶得”，只不过是对再生灵感的突发性的形象比喻，并不是完全意义上的理论命题。在理论上，他们总是从诗人自身的理性上为灵感寻找答案，从而正确地将灵感看作是思维的结果，是诗人在思维中由量的积累所达到的质的突然飞跃。比如，曾将灵感比作“神授”的皎然在理论上这样解释灵感的实际意义：“夫不入虎穴，焉得虎子？取境之时，须至难至险，始见奇句。……有时意静神王，佳句纵横，若不可遏，宛若神助。不然，盖由先积精思，因神王而得乎。”他指出，诗人的“奇句”是经过“至难至险”的搜寻而得到的，构思中出现的“佳句纵横，若不可遏”的状态，也并不是什么“神助”，而是“先积精思”的结果。欧阳修《感二子》诗云：“二子精思极搜抉，天地鬼神无遁情。及其放笔骋豪俊，笔下万物生光荣。”其中也指出“放笔骋豪俊”的灵感状态，是建筑在“精思极搜抉”的前提之上的，并不真是“偶拾”的结果。

刘勰《文心雕龙·明诗》中在谈到诗人的构思时有一句话：“若妙识所难，其易也将至。”谢榛《四溟诗话》发明刘勰的意思说：“凡构思当于难处用工，艰涩一通，新奇迭出。”元人刘秉忠《藏春集·读遗山诗十首其六》亦云：“青云高兴入冥搜，一字非工未肯休。直到雪消冰泮后，百川春

① 法国诗人瓦莱里说，古希腊人往往把诗人看成是“一个转车台，被一种精灵推逐着”，而近代浪漫主义者又往往将诗人看成“一种圆瓶子，里面放着数千万小圆球摇摇晃晃直到摇出一个为止”。参见〔法〕瓦莱里著，曹葆华译：《诗》，《西方现代诗论》，花城出版社 1988 年版，第 212 页。

水自东流。”郑板桥《山中夜坐再陪起上人作》：“未得如抽茧，针尖隐毛褐。既得如尸解，蜣螂忽蝉脱。”他们都指出诗人构思必须经过冥思苦想，最后才能达到文思忽畅、信手拈来、头头是道的境界。

同样的道理，也有一些别的说法。比如葛洪《西京杂记》中说司马相如作赋的构思是“忽然如睡，焕然而兴”。“忽然如睡”，写作家深思之状；“焕然而兴”，指深思之后文思忽畅。裴说诗：“苦吟僧入定，得句将成功。”“僧入定”，即葛洪所谓的“忽然如睡”，言其思维之沉潜、缓慢；“将成功”（如大将之取功名），即“焕然而兴”，谓其得句之骤然、畅利。明人陈继儒说书家写字：“磨墨如病夫，执笔如壮士。”“如病夫”，讲的是构思的艰苦；“如壮士”，讲的是下笔的快当。从这些话中可以看出：没有“忽然如睡”“僧入定”“如病夫”的深思苦索，是不可能有“焕然而兴”“将成功”“如壮士”的灵感状态的。

当然，我们也应该看到，因为从艰苦的思索到灵感忽得是量变到质变的飞跃，所以再生灵感爆发的前奏，往往表现为思维渐进过程的暂时中断。在中断之时，思维活动转入“地下潜流”，在暗中发展，这在现代心理学中叫作“孵育期”。“孵育期”过后，思维突然跃向结论。中断前的思维过程是渐进的、一步一步走的，所以思维者能陈述它的路径；从中断到灵感的出现，这是思维的跳跃，它的路径没有在意识之上，所以思维者往往不易陈述它的路径，这也就是灵感突然来临好像是不思而至的原因。古人谓好的诗句是“尽日觅不得，有时还自来”，“千招不来，仓猝忽至”，说的就是这种情况。对于这种情况，我们古人虽未做出科学的解释，但他们没有像有些西方人那样归结为神灵的启示，而是聪明地看到了“不思”与“思”的必然联系。元人方回《桐江集》云：“竟日思诗，思之又思，或无所得，而佳句惊人，不以思得之也。极天下之用力，而后自然无所容其力，眼中纵横短长，所见无非是物，梦寐食息不忘，则其所出有不约而合者矣。”清人黄百家亦云：“深思之久，方能于无思无虑忽然撞着。”（《宋元学案》卷一五按语）他们都正确地指出，那仿佛是不思而至的东西，正是深思至久的产物。

还有，再生灵感的出现虽建筑在苦思的基础上，但还受思维者的生活阅历、艺术素养和心理状态等因素的制约，所以并不是所有的苦思都能获得灵感。陆机《文赋》说文思“塞”时的情况：“揽营魂以探赜，顿精爽于自求。理翳翳而愈伏，思乙乙其若抽。”陆氏说的即构思者虽绞尽脑汁而不能获致灵感的状况。但我们古人并不因此就认为再生灵感非人力可致，从而像柏拉图那样断定它与人为的努力无关，而是清醒地看到了灵感出现的各种主客观因素，并充分重视作家能动的力量，主张从生活的充实、知识的积累和构思时精神状态的自我调节等方面来为灵感创造条件。如刘勰在《文心雕龙·神思》中说：“枢机方通，则物无隐貌；关键将塞，则神有遁心。是以陶钧文思，贵在虚静，疏瀹五脏，澡雪精神。积学以储宝，酌理以富才，研阅以穷照，驯致以绎辞。然后使玄解之宰，寻声律而定墨；独照之匠，窥意象而运斤：此盖驭文之首术，谋篇之大端。”清人袁守定《占毕丛谈》也说：“得之在俄顷，积之在平日，昌黎所谓有诸其中是也。舍是虽刓精竭虑，不能益其胸之所本无，犹探珠于渊而渊本无珠，采玉于山而山本无玉，虽竭渊夷山以求之，无益也。”这些卓越的见解，比起西方古人在写诗前对诗神缪斯的可怜的乞灵，以及西方近人靠吞吸药物来求致灵感，真不知要高明多少倍。

四

综上所述，我们可以说：古人论诗之生成，其全部过程的关键即在于两种灵感的获得。因为真正的诗本体产生的标志是原生灵感的出现，而好的诗作品产生的标志又是再生灵感的到来。那么，如何为这两种灵感创造条件，便是诗人写诗的至关重要的问题。上文我们已经说过，古人注意到灵感产生的各种客观因素，所以十分注意从作家生活的充实、艺术素养的提高和主观精神的自我调节等方面来为灵感的产生创造条件。关于古人对作家生活的充实和艺术素养的提高的论述，我们在第四章还会详加评介，这里笔者只想着重谈一谈古人关于作家主观精神的自我调节的见解。古人的这个见解就是“虚静”说。“虚静”说是我国古代艺术生成理论中带有突出特色的内容。

“虚静”，是主体通过自我调节而获致的一种精神状态。大体来说，“虚”，空虚，指心灵摒绝外扰而言；“静”，宁静，指心灵平息内动而言。古人将“虚静”看作是得道致知的心灵前提。最早提到“虚静”的是《老子》。其论云：“致虚极，守静笃，万物并作，吾以观其复。”这就是说，只有使精神达到虚静状态，才能洞察宇宙万物之所归。战国后期，随着中国古代原始的认识论明显地分化为唯心、唯物二垒，人们对“虚静”也形成了两种不同的理解，代表着这两种理解的人物就是庄子与荀子。《庄子》中反复谈到虚静，把它看成是得道的前提，“唯道集虚，虚者，心斋也”（《人间世》），“万物无足以铙心者，故静也。……水静犹明，而况精神？……虚则静，静则动，动则得矣”（《天道》）。庄子所谓的“虚静”，是“死生、存亡、穷达、贫富、贤与不肖、毁誉、饥渴、寒暑……不可入于灵府”（《德充符》），是“堕肢体，黜聪明，离形去知，同于大通”（《大宗师》）。也就是说，它是一种超功利、超心智的精神状态。再看荀子，他与庄子一样，认为“虚静”是以心知道的条件：“人何以知道？曰：心。心何以知？曰：虚壹而静。……未得道而求道者，谓之虚壹而静。作之，则将须道者之虚则入，将事道者之壹则尽，尽将思道者静则察。”（《荀子·解蔽》）但荀子所谓的“虚静”，并非像庄子那样排斥心智活动，而指的是主体在思维中理智的、专致的、冷静的态度：“心，卧则梦，偷则自行，使之则谋。故心未尝不动也，然而有所谓静，不以梦剧乱知谓之静。”（《解蔽》）这里就有一个问题：庄、荀既将“虚静”同视为得道的条件，何以对“虚静”做出如此相反的解释？其原因在于：他们所讲的“道”的内涵与致道的途径是完全不同的。庄子是唯心主义者，他所讲的“道”，是一种抽象的、超现实的精神本体。在他看来，要想得到这个“道”，必须靠直觉体验，使个体精神与宇宙精神相融合，以达到“天地与我并生，而万物与我为一”的“天和”（《齐物论》）。荀子是唯物主义者，他所说的“道”，是具体的、现实世界知识的总和。他认为要想掌握这个世界，必须靠知性认识，所以他强调“心”的作用，主张以心之“察”、以心之“思”来“求物之理”，从而达到“疏观万物而知其情，参稽治乱而通其度”的境界（《解蔽》）。总之，庄子式的虚静是直觉体验的条件，荀子式的虚静是思维认识的条件。

这两种虚静说，虽然在认识论上是针锋相对的，但在诗歌生成论这个特定范畴中，它们从仇敌变成了兄弟，从相斥变成了互补。我们在前面说过，诗的生成包括本体的产生和作品的形成，前者是感兴阶段，后者是表现阶段。感兴阶段是体验过程，表现阶段是思维过程。庄子的“虚静”，在相当的意义上说，较适合作为诗人获得诗本体即原生灵感的精神前提，而荀子的“虚静”，则是促使再生灵感发生以形成诗作品的心理条件。魏晋以后，虚静说被引入诗论，后来应用越来越普遍。在这些论述中，人们或将庄子式的虚静应用于感兴，或将荀子式的虚静应用于构思，从而在不同的角度上深刻揭示了诗歌生成的心理规律。

先看以“虚静”论感兴的例子。陆机《文赋》开篇说作家从生活中获得感兴的途径是“伫中区以玄览”。所谓“玄览”，即“心居玄冥之处，览知万物”（《文选》李善注），正指庄子式的虚静而言。[①] 陆机认为，作家只有以虚静的精神状态来观察景物，方能获得“遵四时以叹逝，瞻万物而思纷”的感兴。杜甫《寄张十二山人彪三十韵》：“静者心多妙，先生艺绝伦。草书何太古，诗兴不无神。”意谓只有虚静，方能达到心灵的妙悟，从而使兴会勃发，如有神助。刘禹锡《和仆射牛相公见示长句》：“静得天和兴自浓。”他也指出只有虚静才能达到“物我同一”的“天和”，从而获得浓厚的诗兴。刘禹锡曾夸赞一位诗人写的诗是“因定而得境，故翛然以清”（《秋日过鸿举法师寺院便送归江陵》），说他因为内心的虚静才获得诗的境界即美感体验。程颢《秋日偶成》：“万物静观皆自得，四时佳兴与人同。”这也是说只有以虚静之心观万物，才能领会其真正意趣而获致佳兴。对这个问题说得最详细的是清人况周颐，他在《蕙风词话》中说词人对情兴的获得：

---

① 陆机《演连珠》云：“镜无畜影，故触形则照。是以虚己应物，必究千变之容；挟情适事，不观万殊之妙。”这是对庄子所谓“虚而待物”的发挥，与此处“玄览”是一个意思。

> 人静帘垂，灯昏香直，窗外芙蓉残叶，飒飒作秋声，与砌鼎相和答。据梧暝坐，湛怀息机，每一念起，辄设理想排遣之，乃至万缘俱寂。吾心忽莹然开朗如满月，肌骨清凉，不知斯世何世也。斯时若有无端哀怨，枨触于万不得已，即而察之，一切境象全失，唯有小窗虚幌，笔床砚匣，一一在吾目前，此词境也。

这里况周颐指出，词人面对秋夜之景，必须排除杂念，调节自己的精神，使之“湛怀息机”达到“万缘俱寂”“不知斯世何世”的虚静，才会触发那“无端哀怨”的情兴。

可以说，在以上这些论述中，被人们作为感兴前提的虚静，其内涵都偏于庄子式的虚静。具体来讲，这种虚静至少有下面两方面的含义。

第一，它指诗人在所观察的对象面前的超功利态度。我们知道，古代有大量的诗所传达的是一种审美体验，而诗人要获得审美体验，主体对客体就必须持有一种审美态度。当然，“美作为人的自由的表现，是必须以维持人类生存的物质生产活动为前提的，所以它在根本上离不开功利。但美既然是人的自由表现，它就已经超出了功利，不同于功利欲望的直接满足了。……如果人处处用功利的眼光去看世界，以功利为尺度去评定一切事物的价值，那就不会有什么美的欣赏”①。正因如此，庄子所谓“无物累……乃合天德”“澹然无极而众美从之”（《庄子·刻意》）等说法，从审美角度上看就有它的合理性。一个艺术家对外物的观照，并不是把外物看成是满足自己物欲的对象，而是把它看作是映照自己本质的镜子，所以艺术家不是“与物相刃相靡”（《庄子·齐物论》），而是“与物为春”（《庄子·德充符》）、“与之为娱”（《庄子·则阳》）、“乘物以游心”（《庄子·人间世》），即与物达到精神的交融而得到美感怡悦，此苏轼所谓“寓意于物，虽微物足以为乐……留意于物，虽微物足以为病”（《宝绘堂记》）。南朝宗炳说画家观山是“澄怀味象”（《画山水序》），《宣和画谱》说画家观

① 李泽厚、刘纲纪著：《中国美学史：先秦两汉编》，安徽文艺出版社 1999 年版，第 250 页。

飞禽是“每澄思寂虑，玩心其间，偶得意即命笔”。所谓“澄怀”“澄思”，主要是指超功利态度而言。如果画家抱着狭隘的功利态度，把山川飞禽看成是自己意欲占有的对象，就不能得画意。宋人说画家看景不能临之以“骄侈之目”，而须临之以“林泉之心”，说的也是这个意思。画家观物是如此，诗人观物亦然。刘禹锡说：“能离欲则方寸地虚，虚而万景入，入必有所泄，乃形乎词。”（《秋日过鸿举法师寺院便送归江陵》）“欲”，指功利欲望，只有能离欲，才能对外物有深切的审美感触，从而产生情兴，发为诗歌，这也正是“因定而得境”的注脚。

另外，就写诗本身而言，诗人也要超出狭隘的功利考虑，不能抱着邀名求利的念头去写诗。《庄子·达生》中讲过一个“梓庆削鐻”的虚静例子，说技工梓庆削出的鐻之所以巧如神造，是他“将为鐻，未尝敢以耗气也，必齐以静心。齐三日，而不敢怀庆赏爵禄；齐五日，不敢怀非誉巧拙……然后成见鐻”。如果说，“庆赏爵禄”“非誉巧拙”这些狭隘的功利考虑对技艺操作的影响还不是很明显的话，那么它们对诗这种艺术的影响可是致命的：因为诗的本体——情兴，本是诗人触物而自然产生的。出于急功近利的爵禄、声誉目的去为文造情，所作必然与真诗无干。正如钟惺《陪郎草序》所云：“以为事之所不可无，而必欲有言者，声誉之言也。不得已而有言，言其心之所不能不有者，性情之言也。……今之言诗者，始以为事之所不可无，无故而诗以之兴；终诎于心之所未必有，无故而诗以之自废。其兴其废，不出于性情而出于声誉，于诗何与哉?”故要想产生好诗，必须打消名利的念头。清人张问陶《论诗十二绝句》：“名心退尽道心生，如梦如仙句偶成。”张氏说的就是这个意思。

第二，被人们作为感兴前提的虚静，又在很大程度上指诗人获致原生灵感的无意性、不自觉性。庄子的“虚静”讲“离形去知”，讲“堕肢体，黜聪明”，甚至主张成为“槁木死灰”，当然是很极端的见解，但是他主张在感受外物时使精神平静，涵虚待物而不去用意求索，“感而后应，迫而后动”（《庄子·刻意》），“用心若镜，不将不迎”（《庄子·应帝王》），这些论述用来说明诗人在获致感兴之前的精神状态是有相对的合理性的。前文我们说过，诗之感兴并不是诗人预先抱定一个要写诗的意图，通过思维而求索来的，而是主客击发于不自觉。无感兴而以意向求诗，即如南辕北辙，愈骛愈远。至于抱着一个先入为主的宗旨、主题去编排作品，更是一种下劣的作诗习气。所以，要想获得感兴而写出好诗，预先的意图和刻意求索就必须打消①，这也就是萧子显所谓的“不以力构”，苏轼所谓的“未尝敢有作文之意”。

关于感兴须以虚静为前提的道理，古人除了直接的理论表述，还有一些不太显眼的说法。比如韩愈以“物不平则鸣”来讲诗人的感兴。既然他说当诗人的心灵失去平静的状态时才有“鸣”，也就等于告诉我们“鸣”的前提正是平静，这一点在他对“物不平则鸣”的举例中可以看得更清楚：“草木之无声，风挠之鸣；水之无声，风荡之鸣。……金石之无声，或击之鸣。”所谓挠之、荡之、击之，喻感兴之发生，而作为“鸣”的前提的“无声”，正是诗人在感兴之前平和虚静的心灵状态的写照。后来苏洵对这一点说得就更具体了，他以风水相遭喻至文之产生，而对未被风挠之前的水面的描绘是：“油然而行，渊然而留，渟洄汪洋，满而上浮。”这正是对作家虚静心境的生动形容。其实，诗之感兴是心灵的由静入动，这在我国诗论中已经是一个很古老的观念了。《礼记·乐记》说“情”的产生是“人生而静……感于物而动”，即此意。“感兴”的“兴”字，本身也包含着由静入动的意义。这就是说，在我们古人看来，情兴这种心灵的感动，并不是一般的动，而是与静对比的动，可以这样说：静作为动的必要前提，它和动一样是诗本体的不可或缺的组成部分。美国心理学家威廉·詹姆斯在论及人们对惊雷的心理感知时说过：“因为在雷声发作时，我们听到的并不是纯粹的雷声，而是打破安静并且与安静相对照的雷声。”② 这句很有深度的话，用到我们古人对感兴的见解上刚好合适。

再看以“虚静”论构思的例子。古人将虚静状态看成是构思的重要精神条件，如“罄澄心以凝思，眇众虑而为言”（陆机《文赋》），“陶钧文

---

① 《管子·内业》：“思莫若勿致。节适之齐，彼将自至。”《管子》中的这句话，用在写诗上也很合适。

② 〔美〕威廉·詹姆斯著，田平译：《心理学原理》，中国城市出版社 2012 年版，第 155 页。

思，贵在虚静，疏瀹五脏，澡雪精神”（刘勰《文心雕龙·神思》）。他们认为只有在构思时保持虚静，方能获致再生灵感，如“有时意静神王，佳句纵横，若不可遏，宛若神助”（皎然《诗式·取境》），“养气之法，宜澄心静虑……则此气油然自生，当有乐处，文思自然流动充满而不可遏矣”（陈绎曾《文说》）。这里所讲的虚静，取的都是荀子所谓“虚壹而静”的含义。

首先，它指的是一种理智的思维状态。黄侃《文心雕龙札记》对刘勰的“陶钧文思，贵在虚静”有这样的诠释：“为文之术，首在治心，迟速纵殊，而心未尝不静，大小或异，而气未尝不虚。执璇机以运大象，处户牖而得天倪，惟虚与静之故也。”所谓“璇机”“户牖”，指在思维中起主宰、统摄作用的理智而言。他的解释是符合刘勰的原意的，因为刘勰在《文心雕龙·神思》中谈到构思活动特点时曾明确说过：“神居胸臆，而志气统其关键。”所谓统帅神思的“志气”，即荀子所说的“心”。荀子说：“心者，形之君也，而神明之主也。”（《荀子·解蔽》）主宰“神明”之“心”，即统摄思维活动的理智。“神”“神明”是动的，而“志”“心”是静的。《老子》中有一句话叫作“重为轻根，静为躁君”。王弼注云：“不行者使行，不动者制动。是以重必为轻根，静必为躁君也。”[①] 清人魏禧把这个说法应用于诗的构思：“诗之为物，触于境，感于事，而勃然发诸言，是动物也，然非有静气以为之根，则嚣然杂出，不能自成其文理。”（《许士重诗叙》）他所谓“以静为根”，即以“志”统“神”，这也就是刘勰所谓“虚静”的含义。我们知道，构思阶段不同于感兴阶段，后者是无意的体验，而前者是有意的求索、思维。既然是有意的求索、思维，就必然要以理智为主宰。诗人之所以要构思，是为了表现自己的情兴以求打动别人，而“单是想象的任意活动而没有内在的实质，是无法打动人的心的，因为只有理智才能

---

① 古人不但以神明有主宰来释“虚静”之“静”，亦同样来解释“虚静”之“虚”。《宋元学案》引陈器之《潜室语》：“明道言：‘中有主则实，实则患不能入。’伊川言：‘心有主则虚，虚则邪不能入。’其所主不同，何也？盖‘有主则实’，谓有主人在内，先实其屋，外客不能入，故谓之实。‘有主则虚’，谓外客不能入，只有主人自在，故又谓之虚。”

打动人的心”[①]。诗人在构思中对自己情兴的冷静考察，对意与象的深入追索，对词句的搜寻和缜密组织，所有这一切，没有理智的主宰是不可想象的。

其次，古人所说的构思中的虚静还指精神的专注。《庄子·达生》中讲过一个“痀偻承蜩”的故事以说明虚静。一位老人捉蝉，百发百中，问他有何诀窍，答云：“吾处身也，若厥株拘；吾执臂也，若槁木之枝。虽天地之大，万物之多，而唯蜩翼之知。吾不反不侧，不以万物易蜩之翼，何为而不得!”这个故事讲得很好，只可惜它并不能证明庄子式的虚静观点，反而一个失脚滑到荀子那里去了。因为所谓“天地之大，万物之多，而唯蜩翼之知”，说的是排除干扰而达到意向的专注，这已是对心智能力积极调动的结果。荀子云：“心枝则无知，倾则不精，贰则疑惑。”他主张认识事物时要“无两心”，要使心达到“壹”的状态，正指的是思维过程中积极的专注，这是荀子虚静说的一个很重要的方面。佛典中也有从这个角度来说虚静的例子，如《五灯会元》所载黄龙祖心禅师以猫儿捕鼠的专致来讲“静”：“子见猫儿捕鼠乎？目睛不瞬，四足踞地，诸根顺向，首尾一直，拟无不中。子诚能如是，心无异缘，六根自静，默然而究，万无失一也。”《成唯识论》卷五云：“云何为定？于所观境令心专注不散为性……依斯便有决择智生。”慧远《念佛三昧诗集序》亦云：“夫称三昧者何？专思寂想之谓也。思专则志一不分，想寂则气虚神朗；气虚则智恬其照，神朗则无幽不彻。”如此等等，都是这方面的例子。专心致志这种“虚静”状态，是思维效能的重要保证，这对于诗的构思也是如此。车尔尼雪夫斯基说：“对每一个有才能的人，不管他的特殊癖好怎么样，不管这个人的性格如何，一种把他控制起来的、顺利活动的最根本条件，就是在创造的时刻，他完全沉潜到自己的思想的涌泉里去，什么东西都不能把他抑制，什么东西都不能扰乱他。”[②] 他把专心致志作为作家构思活动的“最根本条件”来强调，

① 〔德〕席勒著，曹葆华译：《论素朴的诗与感伤的诗》，《西方古典作家谈文艺创作》，春风文艺出版社 1983 年版，第 164 页。

② 〔苏联〕车尔尼雪夫斯基著，辛未艾译：《车尔尼雪夫斯基论文学》（中卷），上海译文出版社 1979 年版，第 231 页。

与我们古人的见解正合。

诗人的构思，是一种内向的思维活动。《史记·商君列传》云：“反听之谓聪，内视之谓明。”《庄子·骈拇》云：“吾所谓聪者，非谓其闻彼也，自闻而已矣；吾所谓明者，非谓其见彼也，自见而已矣。”又《庄子·徐无鬼》：“以目视目，以耳听耳，以心复心。”以上皆可移以论此。陆机在《文赋》中说作家构思是“收视反听”，正是对上述这些说法的借用。所谓“收视反听”，即将意向翻转过来向内寻求，听自己的心音，观自己的心象。换句话说，也就是对与情兴联系密切的意念和形象感受进行反省和捕捉，而要做到这一点，就必须达到精神的专注。《文镜秘府论·论文意》：“夫置意作诗，即须凝心，目击其物，便以心击之，深穿其境。如登高山绝顶，下临万象，如在掌中。”这就是说，诗人在构思中，只有做到“凝心”即专致，方能使形象清晰地呈现于目前。《二十四诗品·冲淡》云：“素处以默，妙机其微。”“素”，空也；“默”，静也。“素处以默”，即虚静，这里指专注而言。诗人只有专注，才能接触到自己内心微妙的感受。又，《形容》云：“绝伫灵素，少回清真。如觅水影，如写阳春。”“灵素”指心，“绝”指摈绝外扰，“伫”指平息内扰，故“绝伫灵素”也就是凝神专致之意。这里指出，诗人构思只有凝神专致，才能复寻到自己“清真”的本心，正如觅水之影，只有水静才能觅得；又如潭水泻照春景，只有潭定才能照出。①

构思时精神的专注，从积极方面来说是对意向的调动和集中，从消极方面来讲，就是对干扰的排除，这也就是庄子所谓的“不以万物易蜩之翼”的意思。葛洪《西京杂记》载司马相如在构思辞赋时是“意思萧散，不复与外事相关”；郭熙说画家作画时是“万事俱忘，及事汩志挠，外物有一，则亦委而不顾”（《林泉高致》）。胡应麟自述其构思情况：“当其为诗歌，冥搜极索，抉肾呕心，宇宙都忘，耳目咸废。”（《少室山房集·石羊生小传》）这些都是艺术家在构思时排除外界干扰

---

① 《二十四诗品·洗炼》：“空潭泻春，古镜照神。”《二十四诗品·形容》中的“如写阳春”与“空潭泻春”意同。

的例子。[1] 古人指出，只有排除干扰，才能对内心中的意、象有明晰的审辨。欧阳修《非非堂记》："处身者不为外物眩晃而动，则其心静，心静则智识明。"曾季狸《艇斋诗话》："盖中心无蔽于外物，然后有见于理。"当然，心智所受的干扰并非仅来自外部，还有内部主观因素的干扰，譬如精神的负担、患得患失的考虑等。周亮工在《因树屋书影》中曾举过一个例子：

> 汉郭玉善医，遇贫贱厮养，应手立愈；然治贵人或不验。和帝问之，对曰："贵者处尊高以临臣，臣怀怖惧以承之；况针有分寸，时有破漏，重以恐惧之心，臣意且有不尽，何有于病哉！"悟此，可广文心。

治病下针，怀"怖惧"之心，必然顾虑重重，不能得心应手。写作构思也是这样，它既是艰苦的，同时又是自由的活动。古人讲"气盛则言宜"，如构思时怀着精神负担，战战兢兢，如履薄冰，先自少了那个要紧的"气"，这就必然使文思僵化甚至枯竭。西方有一句谚语"猫爪子下的夜莺唱不出美丽的歌"，说的就是这个道理。因此，要想构思出好的作品，必须扫除精神压力和桎梏，保持一种自由自在、无拘无束的精神状态。梁简文帝萧纲说："立身先须谨重，文章且须放荡。"（《诫当阳公大心书》）"放荡"，并非淫佚之意，而是相对于"谨重"的放胆、自由、无精神压力的意思。王昌龄《诗格》谓诗人构思，"必须忘身，不可拘束"，"傍若无人，不

---

① 排除外部干扰，并非只指消极地避开外扰。我国古人向来坚信人类精神有自我控制的能力，所以他们所谓排除干扰的虚静专致状态，主要是通过主体在精神上能动的自我调节来达到。为了使自己思维专一而避开外扰，南朝有一位画家作画时"登楼去梯"，宋诗人陈师道作诗时赶走家人及猫犬，闭门卧床苦吟，但这些毕竟是消极的办法，《旧唐书》载令狐楚在白刃加颈的威逼之下，搦管草表，顷刻而成，读示三军，无不感泣。焦循《剧说》引《旷园杂志》云："钱唐周通政诗……门外呼'周解元'者声百沸，周若弗闻。"身居危险、纷嚣之境而心超其外，这就是精神的自我控制所达到的专致虚静。用陶渊明的话来说，就是"结庐在人境，而无车马喧。问君何能尔，心远地自偏"，用权德舆的话说，就是"其心不待境静而静"。

须怖惧”。清人吴仲伦也说：“文章不可不放胆做。”（《初月楼古文绪论》）以上都是这方面的论述。

此外，构思中太刻意关心技巧的成败，从而患得患失，也会使作者背上精神包袱而形成对思维的干扰。车尔尼雪夫斯基说：“我们认为，每一个有才能的人假使能够不受外来不相干的想象所拘束，而完全沉潜在他的天性里，他就会挣得许多东西。关心用语的美，也是属于这一类不相干想象之列的：在写作的时候，应该忘记这种美，达到这种用语的美的最可靠手段，在这样的时候，就是尽我们的才华之力进行写作。一个人只有在不想到效能的时候，他才会产生真正的效能。”[①] 其实这种见解我国古代很早就有，《庄子 · 达生》中说，工匠徒手画圆而赛过规和矩，是因为他“指与物化而不以心稽”，即在画时顺其自然，不以苦心的计算刻意要画好，故能使心“一而不桎”。苏轼说：“口必至于忘声而后能言，手必至于忘笔而后能书，此吾之所知也。口不能忘声，则语言难于属文；手不能忘笔，则字画难于刻雕。”（《虔州崇庆禅院新经藏记》）王士禛也说，写诗文“当笔忘手，手忘心，乃可”（《居易录》）。所谓忘声、忘笔，皆指打消刻意关心技巧的精神包袱而言。张彦远《历代名画记》云，“夫运思挥毫，自以为画，则愈失于画矣”，而须“不凝于心”，方能“得于画”。话虽然说得夸张一些，但其含义也就是只有忘掉技巧才能赢得技巧的意思。王夫之《姜斋诗话》云：“含情而能达，会景而生心，体物而得神，则自有灵通之句，参化工之妙。若但于句求巧，则性情先为外荡，生意索然矣。”诗人的注意力放在“达情”“体物”上，则虽不求技巧而“自有灵通之句”；相反，如果死死盯着技巧，就会使诗“生意索然”。以上这些见解，都预先说出了车尔尼雪夫斯基所说的道理。

在结束对我国古代诗歌生成论的评述的时候，笔者想起了西方诗歌理论史上的一桩公案，那就是在诗歌创作问题上的浪漫主义与古典主义之争。古典主义者崇尚“理”，只承认诗歌是理智的产物，贬低甚至排斥“情”在

---

① 〔苏联〕车尔尼雪夫斯基著，辛未艾译：《车尔尼雪夫斯基论文学》（中卷），上海译文出版社 1979 年版，第 231 页。

诗中的地位；浪漫主义者则反其道而行之，他们往往把“情”视为创作过程中唯一起作用的因素，而否定理智的作用（这种倾向在近世的很多现代主义派别中被发展得更为极端）。如果站在我国传统的诗歌生成论的高度上来看待这场争论，就颇像笑话中讲的那站在同一块盾牌两边的将军，一个说盾有花纹，一个说盾没有花纹。因为在西方古典主义者和浪漫主义者看来水火不能相容的情感与理智，在我国传统的诗歌生成论中，却像一个盒子的底与盖那样相反相成地扣合为一个整体：情兴是理智所表现的对象，而理智是表现情兴的手段。在这里，感性与理性、体验与思维、无意与自觉、天籁与人功，密切地统一在一个理论体系之中。它固然是表现主义的，但同时又是理性主义的。这样一个诗歌生成论体系，是在我国几千年丰富的诗歌创作实践中所形成的理论结晶，相比西方那些片面的见解，它无疑是更全面、更明达、更中正的，也更符合诗歌生成的实际规律。

第四章　主体论

一

关于诗人的资质和修养的论述，在我国古代诗论中是很重要的一部分内容。古人历来重视诗人在诗中的本质地位和主体地位，这是与他们对诗歌本体的性质和诗歌生成过程的看法分不开的。在第二章我们已经说过，古人认为诗的本体并不是外在的诗作品，而是诗人的情兴；在第三章我们也说过，诗人写诗并不是一个“创造”过程，而是一个“传达”过程，也就是说，诗人写诗的目的并不是把作品作为一个本质性的实体交给我们，只是给我们提供了一个表现自己情兴的凭借。用萨特的话来说，诗人给我们的只是一个“召唤”，一个邀请我们进入诗人自己心灵的召唤；或者说，诗人给我们的是一条“道路”，一条把我们引向诗人自己心灵的道路。刘勰说：“夫缀文者情动而辞发，观文者披文以入情，沿波讨源，虽幽必显。世远莫见其面，觇文辄见其心。”（《文心雕龙·知音》）作品的文、辞只是“波”，作者的情、心才是“源”。作者之所以给予我们作品，是让我们“沿波讨源”，既凭借作品又超越作品，从而入其“情”而见其“心”。总之，只有作者的情与心才是真正本质性的东西。

如果从表面上来看，诗人确实是“制造”诗作品的人，但是我们需要知道，诗人对作品的制造，既不等于发明家的创造，也不等于手工匠的制作。发明家通过自己的脑力劳动，为人们提供的是一个科学模式；手工匠通过自己的体力劳动，为人们提供的是一个实际用品。模式也好，用品也好，它们都是客观的、实质性的东西。因为从制造者来说，他们想交给我们的就是这模式和用品本身，而不是将它们作为传达自己精神个性的寄托；从使用者来讲，也是通过直接使用模式和物品，而达到它们本身价值的实现。具体地说，对于瓦特所改良的蒸汽机，我们用就是了；对于工匠所做的鞋子，我们穿就是了。我们不会通过蒸汽机和鞋子去体察瓦特和工匠的精神个性。即使有一个蠢人想那么干，他也准会一无所获。

然而艺术家所“制造”出来的作品完全不一样，艺术作品作为实在的物质实体，当然有它自己本身的性质，但作品在艺术中的价值不在于它的实在性，而只在于它的指示性，它像一个路标一样指示着艺术家的心灵。这正像一个舞台上的演员，虽然有“自己”，但是要显示给人们的恰恰不是自己，而是自己之外的角色，自己只是角色的代用品。艺术品也正是这样，它除了指示作者的心灵，没有自身的价值。除非你像对待工匠所做的鞋子那样去使用它们，譬如用一篇诗作去糊窗户，用一座雕像来当帽架，但糊纸和帽架的价值已经不是艺术价值了。正如货币真正价值的实现是在人们把它花掉之时，艺术品真正价值的实现，即在于对自己本身物质价值的否定。基于此，我们不能同意现代西方新批评派的那种把“文本”（作品）视为独立自主的存在、视为艺术的本体的见解。他们割断了作品与作者的联系，认为作品的价值和意义与作者的思想意图无必然关系，似乎作者对于作品，其地位只不过是一枚产珠蚌、一个试管婴儿的暂借母体、一段孳育银耳的朽木，它充其量只起一个培养基的作用，是一个用后即可抛弃的东西。在新批评派看来，读者只有把眼睛盯在孤立的、实在的作品本身上，考察它的意象、文体、音韵等形式，才算是“内在的批评”，而考察作者的思想、心理、意图，不过是一种“外在的批评”。

站在我国传统的文学理论立场上来看，新批评派把“内”与“外”的关系正好弄颠倒了。我们古人认为，艺术作品的实在形式，不过是作者表情达意的暂借物，它们是像“筌”“蹄”一样，于得“鱼”得“兔”之后即当抛弃的东西，所以是外在的；真正内在的、本体性的是作者的心。换句话说：诗人并不是为我们提供作品的工具，恰恰相反，作品是为我们展示诗人的工具。也正因为诗人是本质性的主体，那么一首诗的好坏，当然首先取决于诗人自身的邪正、高卑。诚然，诗人通过作品所直接展示给我们的只是自己的“情兴”，但古人认为，“情兴”归根结底是诗人人格的自然表现（这个问题，我们在下文还要详细论述）。于是，诗人的人格修养，便成了写诗的首要问题。

然而从另外一方面来看，虽然与诗人相比，诗作品不带本质性，但它究竟是必不可少的。孔子说：“《志》有之：‘言以足志，文以足言。’不言，谁知其志。言之无文，行而不远。”（《左传·襄公二十五年》）人人都会有“志”，但只有能通过诗作品把“志”传达给我们的才可称为诗人。因此，我们对于诗人，不但要求他能“得之于内”，而且还要求他能“见诸于外”。宋人孙复《答张洞书》云：“文之作也，必得之于心而成之于言。得之于心者，明诸内者也；成之于言者，见诸外者也。”刘熙载《艺概》谓真正作家“其过人处在能说得出，不但见得到已也”。他们讲的都是这个道理。这也就是说，诗人不仅需要良好的人格资质，还需要同样良好的表现能力。歌德对诗人曾下过这样的定义：“对情境的生动情感加上把它表现出来的本领，这就形成诗人了。”① 如果说，诗人的人格基质是产生情兴的基础，那么他的表现能力就是传达情兴的条件。

从心理学的角度上说，诗人的心灵结构应该具有两个相辅相成的系统：一是基质系统，二是智能系统。这二者是缺一不可的。对于诗人心灵的这两个系统，我们古人有着清晰的认识：诗人的人格基质系统，古人叫它“气”②；诗人的智能系统，古人则名之为“才”。“才”与“气”这两个概

① 〔德〕爱克曼辑录，朱光潜译：《歌德谈话录》，人民文学出版社 1978 年版，第 90 页。

② 关于古文论中“气”的概念，在历史嬗变中，由于人们的认识角度不同，对其含义辗转引申，所以较为复杂。本章笔者只从作家人格基质这个主要意义上谈“气”，不打算全面涉及它的别的含义。郭绍虞先生曾对这一问题做过详明的剖说。参见郭绍虞：《文气的辨析》，《照隅室古典文学论集》（上编），上海古籍出版社 1983 年版，第 115~123 页。

念，很早就已出现，但把它们作为作家心理结构中相互联系的两方面被明确提出来，则始于刘勰。《文心雕龙 · 体性》云：“才有庸俊，气有刚柔，学有浅深，习有雅郑，并情性所铄，陶染所凝。”“才”指才能，“气”指资质，“学”指学问，“习”指习染。这里刘勰虽然将才、气、学、习四字并列，但在他看来，“学”与“习”只是成就、陶练“才”与“气”的条件，只有“才”与“气”才是作家心理的基本因素，所以他在概括地提到作家体性时每每只以“才”“气”二字并举。如《文心雕龙》中，《体性》云：“自然之恒资，才气之大略。”《明诗》云：“慷慨以任气，磊落以使才。”《乐府》云：“魏之三祖，气爽才丽。”在《体性》中，刘勰谓作家写作是“才力居中，肇自血气”，正指出前者是起统摄作用的主动能力，后者是作为基础的资质条件。在刘勰看来，作家的才与气的形成，固有其先天性的一面，但他主要强调的是后天的培养，而培养的途径便是通过“学”和“习”。对于“气”这种人格基质，他一方面主张通过“蓄素以弸中”，以达到“楩楠其质，豫章其干”(《程器》)，另一方面，也主张通过主动的“节宣”以达到“清和”“调畅”(《养气》)。对于“才”这种表现能力，刘勰更强调“将赡才力，务在博见”(《事类》)，“才为盟主，学为辅佐”(《事类》)，主张“积学以储宝，酌理以富才”(《神思》)。刘勰对作家心理结构及其修养的这些看法，在我国古代文论中具有代表性。其后如唐人提出的“器识”与“文艺”，明清诗家提出的“性情”与“才学”，叶燮提出的“胸襟”与“才识胆力”等，虽称谓有异，侧重不同，但在范畴上大抵不离刘勰所说的“气”“才”二端。后世对诗人的人格与才能的修养的种种论述，也在主要论点上与刘勰的见解相呼应。基于此，我们在本章中将以刘勰提出的“气”与“才”作为两个支点，对古人有关诗人的修养理论做一番粗浅的叙述和剖析。

二

“气”是我国古代哲学中最常见的概念之一。在古代，它是人们所假想出来的构成宇宙万物的原始基质。《管子 · 内业》云：“凡物之精，此则为生。下生五谷，上为列星，流于天地之间，谓之鬼神，藏于胸中，谓之圣人。是故民气，杲乎如登于天，杳乎如入于渊，淖乎如在于海。”《淮南子·天文训》亦云：“宇宙生气，气有汉垠。清阳者薄靡而为天，重浊者凝滞而为地。……天地之袭精为阴阳，阴阳之专精为四时，四时之散精为万物。”文中指出世界万物是由气生成的，人这个万物之灵也不例外。《淮南子·精神训》云：“刚柔相成，万物乃形；烦气为虫，精气为人。”王充《论衡·无形》云：“人禀气于天，气成而形立。”又《论死》云：“人未生，在元气之中；既死，复归元气。”

古人用“气”来解释万物的基质和本源，首先反映了他们对宇宙本体思考的直观性。我们可以推测，原始的初民们因屡次看到水受热而化成汽，木受火而变为烟，看到人有气则活，无气则死，于是推而广之，就直观认为世界上的一切实体都是由气生成的。但即使在这种朴素、直观的见解里面，也已经鲜明地表现出我们古人在认识世界时所持的是一种整体性和统一性的观念。“气”的特点是混一不可分、流动贯穿的。古人认为，气在没有生成万物之前，它是混一的。《管子·内业》中说气的原态：“杲乎如登于天，杳乎如入于渊，淖乎如在于海。”《淮南子·精神训》中说天地未生之前的元气，“窈窈冥冥，芒芠漠闵；鸿蒙鸿洞，莫知其门”，指出气这种原质的混一不可分的性质。当万物生成之后，气又流动贯穿于万物之中，使之成为统一的整体。叶燮讲宇宙万物云：“有总而持之、条而贯之者，曰气。”（《原诗》）叶氏即此意。另外，个别形体之所以有生命，也是有气流动贯穿于形体的各部分。归庄说：“人之气，人所赖以生者也，一肢不贯，则成死肌，全体不贯，形神离矣。”（《玉山诗集序》）概而言之，古人所谓的“气”具有两个特征：一是它的基质性、本源性，二是它的整体性、贯通性。①

在相当意义上来说，人的精神领域也是一个世界，所以古人不但用

---

①《老子》云：“道生一，一生二。”根据近代注家释证，所谓“一”就是元气，“二”是阴阳二气。这里，老子之所以用“一”来代称元气，是古时“一”这个概念本身就包含着两方面的含义：它是初始的“一”，又是整体的“一”。《广韵》中释“一”，“数之始也，物之极也”，正是此意。“一”的这两方面含义也正好概括了气的基质性和整体性两个特征。

“气”来解释物质世界，而且也用它来解释精神世界的构成和活动。孟子是较早用“气”来说明主观世界的人。他把人的精神领域分为“志”和“气”两个范畴。《孟子·公孙丑上》云：“夫志，气之帅也；气，体之充也。”他所谓的“志”，指的是理智的思想、意志，所谓“气”，指的是构成并充满于主体之中的精神基质。“气”是产生“志”的基础，而“志”是“气”的集中表现和统帅。《淮南子·原道训》云：“气者，生之充也，神者，生之制也……察能分白黑、视丑美，而知能别同异、明是非者，何也？气为之充，而神为之使也。”这显然是对孟子观点的发挥。后来刘勰所谓“气以实志”（《文心雕龙·体性》），白居易所谓“气，凝为性，发为志”（《故京兆元少尹文集序》），都是同样的意思。

从古人对“气”与“志”关系的论述，我们自然会想到西方近代心理学家对人的精神领域的分析。他们认为：人的精神世界大体来讲分为两个层面，处于表现层面上的是意识，它包括知觉和思想、意志等，处在基础层面上的则是主体的整个精神人格（Personality）。人格，是人的先天气质与后天的各种习惯的“沉积”，包括过去和现时的所有精神素质，它往往表现为一种潜在的心理系统，时时刻刻在制约甚至决定着主体的表层意识，决定着主体的行为。因此，只有人格才是主体的完整“自我”，而理智的思想、意志只不过是“自我”的一种强化的、概括的表现。①

反过来看我们古人所谓与“志”相对的“气”，则不难看出它正是对“人格”这个概念的朴素表述。应该说，古人以“气”这个类概念来称谓人格，是相当贴切的，因为与自然界中的“气”一样，人格在人的精神领域中也正好具有基质性和整体性的特征。第一，正如“气”在自然界中是亭毒万物的生成基质，人格这种“气”也是主体一切意识活动的基础，主体的感受、思维、意志都要在人格这块“底布”上来进行，这就是人格的基质性。第二，人格作为气质和习惯的长期“沉积”，它在结构上又是混一

① 英国人华兹华斯在《抒情歌谣集》1800 年版序言中说：“我们的思想事实上是我们已往一切情感的代表。”（参见童庆炳主编：《文学理论新编》，北京师范大学出版社 2010 年版，第 125 页。）华兹华斯所说的“已往一切情感”，恐怕就是长期“沉积”下来的整体人格的代称。

的，所有的精神因素，不管是先天的还是后天的，过去的还是现时的，在人格中都融为一体。它对人的思想行为的支配，也总是作为一个不可分割的整体而起作用，这一点和自然界中的“气”的混一性也是相似的。诚然，人格不是固定的，它虽包含着先天的因素，但主要是后天形成的。一个人所在环境的习染、知识的积累、观点的确立，都会影响其人格的变化。然而，人格要接纳经验、知识、观点，并不允许它们以原有的形式外在地堆砌在自己之中，而必须使之溶解。这种溶解，在相当意义上说，就是把意识之上的东西渗入意识之下，使之变成构成主体下意识的“第二本能”的内在因素。是的，如果说人在肉体生理上的机制和需要属于第一本能，那么人格这种精神基质就是第二本能。①

人格作为长期积存在内心的一种稳固的习惯系统，在表现上有它的自发性。如果一个人培养出了好的人格，那么这种人格就会成为他精神中的一种潜在的内驱力，他的思想与行事，往往不用事先考虑，自然体现出美好的志趣和品德。孔子说过这样的话：“吾未见好德如好色者也。”孔子是古代第一个将人的第二本能与第一本能联系起来的人，感叹“未见”，实际上正反映了他要把“好德”这种高尚的精神志趣变为像“好色”那样一种生理本能的设想。如果说这种见解在孔子那里还只是朦胧设想的话，那么到了孟子那里就变成一种清晰的理论了。《孟子·离娄下》讲人品的修养，“君子深造之以道，欲其自得之也。自得之，则居之安；居之安，则资之深；资之深，则取之左右逢其原，故君子欲其自得之也”。这里孟子指出，君子学道，应该达到“自得”的境界。所谓“自得”，即“若己所自有也”（赵岐《孟子注疏》）。换句话说，就是要使学来的道变成像自己生而有之的本能那样，只有如此，道才能牢固地扎根在自我之中，其立言行事，自然不违于道；而使道成为“己所自有”的本能，也就是把道融进主体深层的、整体的人格的意思。正是与这种重视人格修养的见解相呼应，孟子提出了著名的“养气说”：

① 在弗洛伊德的心理学中，认为 id（即原始的本能冲动，主要指性冲动）是人的一切意识及行动的出发点，是“自我”的基础，是人的心理中最具实质性、最真诚的东西。他把第一本能作为人的最核心的东西，是抹杀了人和动物的本质区别。实际上，人作为社会性的精神个体，最本质的东西，应该是人的精神基质，也就是人格。

> 敢问夫子恶乎长？曰："我知言，我善养吾浩然之气。""敢问何谓浩然之气？"曰："难言也。其为气也，至大至刚，以直养而无害，则塞于天地之间。其为气也，配义与道；无是，馁也。是集义所生者，非义袭而取之也。"（《孟子·公孙丑上》）

这里所谓的"气"，指的就是精神人格。曰"浩然"，是强调人格的混一性，曰"塞于天地之间"，是对人格强盛的决定作用的夸大说法。孟子指出：人格这种"气"的形成，要靠"义"与"道"的培养，它是"集义所生"，即通过平素正义行为的逐渐积累以养成一种心理的习惯系统。反过来讲，良好的人格形成以后，主体的行为就自然符合正义，而不靠从外部勉强的袭取、效仿，此所谓"非义袭而取之"。孟子的"养气说"，虽然是建筑在他的主观唯心主义的立场上，而且是为他保守的政治伦理观点服务的，但他窥出了"人格"这个范畴，并且重视整体人格的修养，就这一点来说，无疑是有开创意义的。孟子的观点在后世产生了深远的影响，对文学理论中的作家论、主体论影响尤著。

魏晋之际，在颇重人的个性人格的社会背景下，"气"被引入文学理论领域，自此以后，"养气"就逐渐成为人们论述作家修养的重要内容。曹丕首先看到了"气"对作家写作的决定作用，所以在《典论·论文》中提出"文以气为主"的见解。后来如唐人令狐德棻谓文学曰："撮其指要，举其大抵，莫若以气为主，以文传意。"（《周书》）刘禹锡谓作家写作是"气为干，文为支"（《答柳子厚书》）。他们所言都是这个意思。古人认为，有好的"气"是写出好作品的首要条件。刘勰《文心雕龙·檄移》云："气盛而辞断。"唐人梁肃《补阙李君前集序》说作家"乃其气全"，方能产生"驰骛古今之际，高步天地之间"的作品。明人王文禄《文脉》亦云："有塞天地之气，而后有垂世之文。"正因为如此，对"气"的修养就成为一个作家的根本修养。古代文论中关于作家养气的论述不胜枚举。《文心雕龙·风骨》："是以缀虑裁篇，务盈守气。"陆游诗《次韵和杨伯子主簿见赠》："谁能养气塞天地，吐出自足成虹霓。"宋人王十朋《蔡端明文集序》："学之者宜先涵养吾胸中之浩然，则发而为文章事业。"明人宋濂《文原》："为文必在养气……气得其养，无所不周，无所不极也；揽而为文，无所不参，无所不包也。”王文禄《诗的》：“诗文之妙……惟养浩然之气，塞乎天地之间，始能驱一世而命之也。”清人宋大樽《茗香诗论》：“诗之铸炼云何？……周知天下之故而养心气，其本乎！”清人邵长蘅在《与魏叔子论文书》中也说：“学文者必先浚文之源……浚文之源者何？……在养气。”

以上所举古人的论述中，所谓“养气”，大抵指作家对自己精神人格的修养而言。作家是自己思想感受的表现者，如果其写论文，直接表达的是自己的思想观点；如果其写诗，直接表达的是自己的情兴感受。但是，作家总是在自己既定人格的基础上去思想、去感受，所以思想也好、感受也好，都反映着作家的人格。由于本书主要是讲诗论，所以这里想着重谈一下诗人的感受与人格的关系。

西方的心理学家往往把单纯的、被动的感觉当成人们反映外物的最初心理事实，仿佛在客体面前的人只是一块“白板”，这是一种形而上学的看法。事实上，人在任何时候感受外物，其感受的主体都不会是一块“白板”，而有它既定的内容。威廉·詹姆斯说：“大部分书籍从作为最简单心理事实的感觉开始，然后综合地向前进展，从下面的阶段建构起每一个更高级的阶段。但这是在弃绝经验的研究方法。没有人拥有过简单感觉自身。”① 人必须从既定的精神人格出发去感受外物。正因为这样，人对外物的感受总带有很大的能动性。第一，既定人格对外物有同化作用，在感受外物时主体将自己的人格“放射”到外物中去，使之成为映照自己人格的镜子。第二，既定的人格对外物又有选择作用，主体总是乐于接受那些符合自己既定的人格倾向和心理结构的事物，对它们的感受特别敏感，并与之发生强烈的共鸣。我们在本书第三章说过，诗情这种感受分为两种类型，一是“物入我中”，二是“我入物中”。“物入我中”，即所感受的外物被“我”同化，这实际上就是人格对外物的同化作用；“我入物中”，是“我”与既定的外物发生共鸣，实际上就是人格对外物的选择作用。因此，无论

① 〔美〕威廉·詹姆斯著，田平译：《心理学原理》，中国城市出版社 2012 年版，第 146 页。

是哪一种类型的诗情，都必然反映诗人的人格，只不过这种反映不像思想观点那样有意识，它是一种自然的反映、无意的反映。

如果说，一个人的思想观点是他的精神人格的强化表现，那么，他的感受和体验就是人格的泛化表现，所以我们古人历来强调诗情与人格、诗品与人品的联系。陆游说过："夫心之所养，发而为言……爝火不能为日月之明，瓦釜不能为金石之声，潢污不能为江海之涛澜，犬羊不能为虎豹之炳蔚。"（《上辛给事书》）宋濂说："诗，心之声也。声因于气，皆随其人而著形焉。"（《林伯恭诗集序》）屠隆说："神仙为一诗，见神仙本色；英雄为一诗，见英雄本色。"（《论诗文》）徐增说："人高则诗亦高，人俗则诗亦俗。"（《而庵诗话》）如此等等，都是这方面的论述。因为诗反映人格，故读其诗可以知其人。白居易读张籍诗有两句评语："所以读君诗，亦知君为人。"（《读张籍古乐府》）张耒《上文潞公献所著诗书》云："欲观人者，莫如诗。"李梦阳《林公诗序》云："诗者，人之鉴也。"也正因诗情是诗人人格的反映，所以要想在触物之际获得纯正、高洁的情，那就必须先修养自己的人格。用韩愈的话来讲，就是"养其根而俟其实"（《答李翊书》）；用清人吴雷发的话说，就是"欲治其诗，先治其心"（《说诗菅蒯》）。养根、治心，皆指养气而言。

作家、诗人如何养气？古人提出的途径有二，一是读书，二是阅历，这也就是刘勰所谓的"学"与"习"。比如韩愈主张养气，其途径主要是强调读书。他认为只有"游之乎《诗》《书》之源"，方能使胸中之气达到"浩乎其沛然"的境界（《答李翊书》），只有"口不绝吟于六艺之文，手不停披于百家之编"，才能做到"闳其中而肆其外"（《进学解》）。宋人吕本中也强调以读书来养气。他说："读三苏进策涵养吾气。"（《童蒙诗训》）其他如元人戴良云："气之所充，非本于学不可也。"（《密庵文集序》）清人李重华云，"胸多卷轴，蕴成真气"，"凡多读书为诗家最要事，而胸有万卷，徒欲助我神与气耳"（《贞一斋诗说》）。他们说的都是这种见解。明确提出以实践阅历来养气的是苏辙。他在《上枢密韩太尉书》中说："文不可以学而能，气可以养而致。……太史公行天下，周览四海名山大川，与燕、赵间豪俊交游，故其文疏荡，颇有奇气。"他介绍自己的养气经验："百氏之书虽无所不读，然皆古人之陈迹，不足以激发其志气。恐遂汩没，故决然舍去，求天下奇闻壮观，以知天地之广大。……见翰林欧阳公，听其议论之宏辩，观其容貌之秀伟，与其门人贤士大夫游，而后知天下之文章聚乎此也。”在他看来，深入自然界和社会人际中去观察、去实践，这是养气的最好途径。后来如刘克庄所谓“行路万里，诗益奇壮”，戴表元所谓“子欲学诗乎？则先学游”，讲的都是苏辙所说的观察自然界这一方面。陆游则发挥了在社会实践中养气这一方面，他说：“我昔学诗未有得，残余未免从人乞。力孱气馁心自知，妄取虚名有惭色。四十从戎驻南郑，酣宴军中夜连日。打球筑场一千步，阅马列厩三万匹。华灯纵博声满楼，宝钗艳舞光照席。琵琶弦急冰雹乱，羯鼓手匀风雨疾。诗家三昧忽见前，屈贾在眼元历历。天机云锦用在我，剪裁妙处非刀尺。……”（《九月一日夜读诗稿有感走笔作歌》）这里他指出，从原来作诗的“力孱气馁”，到后来获得“诗家三昧”，是他亲身参加火热的社会生活的结果。

前文已经说过，古人所谓“气”这种精神人格，除了具有基质性，还具有混一性。诗人为了养气而读书、阅历，但读书所直接获得的只是道理、知识，阅历所直接得到的只是对一些具体事物的见闻。如果诗人把获得的这些东西外在地堆积在心里，没有把它们消化、溶解在深层的自我之中，那么即使堆积得再多，也终究与“真我”无关。诗人尽可以在诗中卖弄自己的知识与见闻，但这些东西终究掩盖不了其原来的人格。吴处厚在《青箱杂记》中曾把两个诗人做对比：“晏元献公虽起田里，而文章富贵，出于天然。……李庆孙……此乃乞儿相，未尝谙富贵者。”原因就在于，晏元献（殊）作为富贵之人，其富贵习性已深深融进他的人格，他是司空图所谓的“神存富贵”者；而李庆孙的“金玉锦绣”，不过是从书本和闻见中外在袭来的，他是宋人所谓的“看人富贵”者。司空图《二十四诗品·自然》云：“真与不夺，强得易贫。”意谓真正获得的不会被夺走，勉强取得的终究容易失掉。李庆孙从外部袭取知识见闻，此谓之“强得”；晏元献溶积习于深层自我，此谓之“真与”。这种经过长期的陶冶和习染，将外界所得渗入、固结在人格之中的过程，颇像生理学中的同化作用：人消化所摄取食物的原有形质，使之转变为生命的能量，只有把食物变成能量，食物对人来说才能叫“真与”。王阳明说：“凡饮食只是要养我身，食了要消化；若徒蓄积在肚里，便成痞了，如何长得肌肤？后世学者博闻多识，留滞胸中，皆伤食之病也。”（《阳明传习录》）此正是以养身来比喻养气。

理学家谈养气是如此，文学家谈养气亦然。元人陈绎曾《文说》云：“养气之法，宜澄心静虑，以此景、此事、此人、此物默存于胸中，使之融化与吾心为一，则此气油然自生，当有乐处，文思自然流动充满而不可遏矣。”曰“融化与吾心为一”，说的就是把外界所得渗入到整体人格之中。同样的意思，在古代也有别的说法，比如石涛讲画家的修养：“写画一道，须知有蒙养。……未曾受墨，先思其蒙。”（《石涛题画选录》）所谓“蒙养”即指养气。那么他为什么把气叫作“蒙”呢？原来“蒙”的本义为一种无知无识的状态。这里所说的通过养而得到的蒙，是从知识化来的，也就是说，蒙是把习得的知识融化掉，渗透到混一的整体人格中。在这种情况下，外界所得在作家的心中并不表现为一种有意识的记忆，而变成了无意识的习惯。英国诗人柯勒律治在《文学传记》中说莎士比亚：“莎士比亚并不仅仅是个自然的宠儿、天才的自发……他首先耐心研究，深刻静思，细腻了解，一直到知识变成了习惯，变成了本能，和他的惯有感情相结合，最后产生出他那无比伟大之力，独步人间。”① 柯勒律治讲的就是这个意思。其实我国古人也有这样的见解，如苏轼论范仲淹：“其于仁义礼乐、忠信孝弟，盖如饥渴之于饮食……如火之热、如水之湿，盖其天性有不得不然者。虽弄翰戏语、率然而作，必归于此。”（《范文正公文集叙》）苏轼说把“仁义礼乐”等修养内容化为“天性”，与柯勒律治所说的把知识变成本能是一样的。

西方文学界流行这样一句话：“作家不应该有什么理论。”这句话既对又不对。说它不对，是因为它否定了作家掌握理论知识的必要性；说它对，是因为作家掌握理论，要把理论消释掉，如果作家抱着一个未经消释的理论条文来观察、来写作，就会宰割自己活生生的感受，使作品成为理论的图解，从而彻底失掉文学的灵魂。苏轼有一首诗《书焦山纶长老壁》，其中云：

① 伍蠡甫等编：《西方文论选》（下卷），上海译文出版社 1979 年版，第 35 页。

我来辄问法，法师了无语。法师非无语，不知所答故。君看头与足，本自安冠屦。譬如长鬣人，不以长为苦。一旦或人问，每睡安所措？归来被上下，一夜无着处。展转遂达晨，意欲尽镊去。……

一个长着长须的人，由于他平常并不注意胡子，所以胡子对他不是负担，并不影响他的自由。但一旦有人问起：夜晚睡觉时，你是把胡子放在被子里面还是被子外边？这一下坏了，他注意起自己的胡子来，睡觉时将胡子放在哪儿都不是地方，总觉得特别别扭。这是人对于理法的一种比喻：如果把理法消释在自我之中，忘掉它的存在，你就会任自然之势，在自然中不离理法；反之，你不消释它，把注意力盯在它上面，它就会成为你的负担，处处碍事，使你失掉了自然，使你的自我成为它的“奴隶”。清人张问陶论诗人养气：“胸中成见尽消除，一气如云自卷舒。”（《论诗十二绝句》）这就是说，只有消融胸中的一切成见而为混一的“气”，作家才能有真正的自由，他说的与苏轼是一个意思。这个道理，对于我们现在作家的理论修养是具有重要的借鉴意义的。

“气”作为消释了的知识闻见，与对知识闻见的记忆有本质不同。存在于主体脑海里的记忆，一般表现为一种材料，它们作为信息的积累，是等待着为精神主体所利用、所处理的东西；而“气”已不复是一种材料，它是一种能量，是促使精神主体去运用、处理材料的能动的势力。记忆虽以主观的形式存在于主体的脑海里，但它与主体的关系毕竟还是“异己”的；“气”则不然，它已经变成了能动的主体本身。记忆好比容器中的东西，“气”则是那盛东西的容器，它以自身的形态规定着所盛之物。记忆是实的，其形态与性质只表现在自身上；“气”是虚的，其形态与性质只能通过被它所规定的他物才能表现出来。概而言之，记忆只构成主体的心理内容，“气”则构成主体的心理结构。这个心理结构作为潜在的东西，作为一块涵虚待物的“底布”，作为知识闻见的消融，可以说是“无”；但因为这个“无”是一个确定的无，所以它又是一个“有”。它以自己的潜在结构形成了一个“有力的空缺”，它会拒绝那些不符合这个空缺的东西，正像一个特定的螺孔会拒绝一切不合自己口径的螺钉；它会主动地寻求外界与自己结构相合的事物，并与之发生共鸣；它也会摄取外界的营养以使自己的潜在结构变成现实的表现，正像一粒种子努力吸收养料，以使潜藏在自己之中的“植物模式”变成现实植物一样。

不错，我们古人正是把诗人的修养比作对“种子”的获得。董其昌说：“杜子美云：‘擒贼先擒王。’凡文章必有真种子，擒得真种子，则所谓‘口口咬着’，又所谓‘点点滴滴雨，都落在学士眼里’。”（《画禅室随笔》）叶燮也说：“《虞书》称：‘诗言志。’志也者，训诂为心之所之，在释氏所谓‘种子’也。志之发端，虽有高卑、大小、远近之不同，然有是志，而以我所云才、识、胆、力四语充之，则其仰观俯察，遇物触景之会，勃然而兴，旁见侧出，才气心思，溢于笔墨之外。志高则其言洁，志大则其辞弘，志远则其旨永。”（《原诗》）“种子”之喻出自释家，唯识宗把人的心理世界分为“八识”：前五识为眼、耳、鼻、舌、身，相当于我们所说的感觉；第六识为“意”，相当于我们所说的知觉；第七识为“末那”，相当于思维；第八识为“阿赖耶”，它是最根本的，是前七识的共同依据，故又名之曰“根本依”。唯识宗认为前七识都必须在“阿赖耶”的“底布”上来进行，而且它们都是“阿赖耶”这颗潜藏着的“种子”变成的，所以又叫它“藏识”和“种子识”。如果站在现代心理学的角度上看，这“种子识”颇似我们所说的精神人格和心理结构。当然，佛家将“种子识”看成是一切感觉和知识的最终源泉，反映了他们的主观唯心主义立场，但他们看到主体的心理结构对于感觉和思维有规定性，这一点无疑是合理的。董其昌、叶燮移“种子”来比喻诗人的修养，也正是取这一点而言。他们认为，诗人因为心中预先有“种子”，即能对那种符合“种子”潜在结构的外境有特殊的敏感，此董其昌所谓“点点滴滴雨，都落在学士眼里”。诗人如能将“志”变成“种子”，在遇物触景之时，也会使志得到体现，此叶燮所谓“仰观俯察，遇物触景之会，勃然而兴，旁见侧出”。这种作为诗人感受之基础的“种子”，在叶燮那里又叫“胸襟”，他说：

> 我谓作诗者，亦必先有诗之基焉。诗之基，其人之胸襟是也。有胸襟，然后能载其性情、智慧、聪明，才辨以出，随遇发生，随生即

> 盛。千古诗人推杜甫，其诗随所遇之人、之境、之事、之物，无处不发其思君王、忧祸乱、悲时日、念友朋、吊古人、怀远道。凡欢愉、幽愁、离合、今昔之感，一一触类而起；因遇得题，因题达情，因情敷句，皆因甫有其胸襟以为基。如星宿之海，万源从出；如钻燧之火，无处不发；如肥土沃壤，时雨一过，夭矫百物，随类而兴，生意各别，而无不具足。……由是言之，有是胸襟以为基，而后可以为诗文。（《原诗》）

叶燮指出，正因为杜甫在写诗之前已有忠君悯民的“胸襟”，所以才能在一切诗中都表现出这种精神人格。叶氏所谓的胸襟即“种子”，亦即经长期修养而形成的深层心理结构和定势。

另外，“气”作为自我的一种深层习惯和“第二本能”，它在表现方式上也与单纯对知识闻见的记忆不一样：记忆只有在有意表现时才能被表现出来，而“气”则正好相反，它不但在主体无意时也能表现，而且只有在无意时才能表现得充分。这正如一个人的惯常动作，总是在不经意时才得以充分流露一样。所以严格地讲，人的人格系统只能充分表现在自然感发之时。刘劭《人物志·八观》云“观其感变，以审常度”，正是看到了这一点。明白了这个道理，我们也就会明白古人所强调的“养气”对于诗人的重要性了。因为我们在第二章已经说过，诗的本体，也就是原生灵感的产生，并不是有意寻求的结果，而正是产生在无意之中。因此诗人只有预先通过养气来陶冶自己的人格，方能在触物感兴之际自然而然地产生纯正的心灵感受。① 清人何绍基云：“凡学诗者，无不知要有真性情，却不知真性情者，非到做诗时方

---

① 宋人范开说辛弃疾：“方将敛藏其用，以事清旷，果何意于歌词哉！直陶写之具耳。……无他，意不在于作词，而其气之所充，蓄之所发，词自不能不尔也。”（《稼轩词序》）明人王鏊云：“圣贤未尝有意为文也，理极天下之精，文极天下之妙。后人殚一生之力以为文，无一字到古人处，胸中所养未至耳。故为文莫先养气。”（《震泽长语·文章》）姚鼐云：“古之善为诗者，不自命为诗人者也。其胸中所蓄，高矣，广矣，远矣，而偶发之于诗，则诗与之为高广且远焉。”（《荷塘诗集序》）林纾亦云：“见地高，精神完，于文字境界中绰然有余，故能在不经意中涉笔成趣。”（《春觉斋论文》）他们说的都是这个道理。

去打算也。平日明理养气……从日用起居及外间应务，平平实实，自家体贴得真性情……久之，则真性情方才固结到身心上，即一言语一文字，这个真性情时刻流露出来。……若平日不知持养，临提笔时要它有真性情，何尝没得几句惊心动魄的？可知道这性情不是暂时撑支门面的，就是从人借来的，算不得自己真性情也。”（《与汪菊士论诗》）何氏此话是很精到的。

研究中国古代诗学，可以发现一个很耐人寻味的现象，那就是：中国本来是一个“诗国”，诗歌创作的普遍性和艺术成就在世界上都是罕见的，但我们古人传统上表现出不同程度的轻视文辞的思想，而且越是大家，这种倾向往往表现得越突出。先秦的儒家、道家不用说，以后像曹植、韩愈、杜甫、欧阳修、陆游等，都把文章看成是“末事”“小道”，而且露出不屑于做诗人的意思。这种现象很值得研究，不能简单地加以否定。

形成这样一种观念的原因，第一是因为中国古代没有专业诗人，古人从不把写诗看成是一种专业，而认为它只是人生的“副产品”。这样一种观念，造成了诗歌写作的广泛化。因为诗既然不是一种专业，它也就不被少数人所垄断。随之而来的是第二点：古人认为做人是主要的，作诗只是做人的“副产物”，所以做人是本而作诗是末。但说作诗是末，并不等于完全抛弃它。因为末出于本，务本的结果，是末的自然茂盛，这就是韩愈所谓的“本深而末茂，形大而声宏”，欧阳修所谓的“道胜者，文不难而自至”。因此，我们的传统文论史上既没有产生过像西方近世以来出现的那种把文艺看得高于一切、主张为艺术而艺术的理论，也没有产生像古希腊的柏拉图那样主张彻底谴逐诗人的观念，而是在理论上大抵保持着以本统末、以做人带作诗的平衡。当然，在今天看来，古人所规定的“做人”的道德规范中颇多封建因素，但诗人首先要修养人格这一理论精神并没有错。因为诗虽然表现人的情感体验，但并不是任何情感都可成为诗的表现对象。托尔斯泰在《什么是艺术?》中指出，传达情感是诗和艺术的实质，这是他的卓见，但他对作为艺术对象的情感没有限制。他说：“各种各样的感情——非常强烈的或者非常微弱的，非常有意义的或者微不足道的，非常坏的或者非常好的，只要它们感染读者、观众、听众，就都是艺术的对象。”① 他又具体指出像“淫荡的感情”等，都可以成为艺术表现的对象。这样一来，诗也就不是一种高尚的、净化人心灵的艺术，而是污染人心灵的东西了。这是不符合我们东方民族一向重道德的传统的。东方人要求艺术的情必须是高尚的、纯洁的，所以我们古人才重视诗人平素的养气，重视人格的陶冶。

三

再谈古人的“练才”说。

“才”，《广韵》释为“用也，质也，力也”，即人的智能系统。叶燮云：“夫于人之所不能知，而惟我有才能知之，于人之所不能言，而惟我有才能言之，纵其心思之氤氲磅礴，上下纵横，凡六合以内外，皆不得而囿之；以是措而为文辞，而至理存焉，万事准焉，深情托焉，是之谓有才。”（《原诗》）袁枚说“奇才”的标志是：“其摇笔措意，横出锐入，凡境为之一空。如神狮怒蹲，百兽慑伏；如长剑倚天，星辰乱飞。铁厚一寸，射而洞之；华岳万仞，驱而行之。”（《蒋心余藏园诗序》）可见作家之才，主要是指其以语言对对象的表现能力。具体对一位诗人来说，因为他所表现的根本对象就是自己的心灵感受，所以诗才也就最终体现在对心灵的表现能力上。如果说养气是诗人获致原生灵感的基础，那么练才就是诗人在构思中能顺利地传达出情、写出作品，亦即获致再生灵感的条件。明人周逊说：“率于人情之所必不免者以敷言，又必有妙才巧思以将之，然后足以尽属辞之蕴。”（《刻词品序》）袁枚亦云：“造化无才，不能造万物……诗人无才，不能役典籍、运心灵。”（《蒋心余藏园诗序》）他们讲的都是这个意思。古人认识到，诗人的才与情二者相辅相成，“无才则心思不出……无心思则才不出”（叶燮《原诗》），“非才无以泄其愤，非愤无以成其才”（廖燕《刘五原诗集序》），这些看法都是很辩证的。

① 伍蠡甫等编：《西方文论选》（下卷），上海译文出版社1979年版，第432~433页。

那么诗人的“才”是怎么来的？对于这个问题，我们古人的回答也和对“气”一样，首先承认它有先天禀赋的一面。刘勰《文心雕龙·体性》云：“才由天资。”《文心雕龙·事类》亦云：“文章由学，能在天资。”颜之推《颜氏家训·文章》云：“必乏天才，勿强操笔。”袁枚谓人学诗须有天分做基础，正如“磨铁可以成针，磨砖不可以成针”（《随园诗话》）。古人的这一见解，如果不陷入绝对，恐怕是不能轻易否定的。因为人的智能、才力有先天的差别，这是客观存在的。而且，由于天赋的限制，人的才能分配并不平衡；诗的表现有其独特性，它比一般活动更需要敏感与内向，所以有其他方面才能的人不见得有诗才，甚至一个好的作家也不一定就是好的诗人。明人屠隆云：“世有智笼宇宙，力格罴虎，而用之声诗则短；辩倒江海，巧雕众形，而施之吟咏则拙。”（《范太仆集序》）桐城文豪方苞起初颇耽吟咏，将得意之作给汪琬、王士禛看，皆不获首肯，最后呈示刘体仁，体仁云：“人各有性之所近，子以后专作文，不作诗可也。”（《随园诗话》）后来方苞终身专攻散文，就很有自知之明。

古人虽然承认“才”有天赋的一面，但没有因此陷入唯天才论，而是特别强调对才能的后天锻炼和提高，这就是刘勰所谓的“因性以练才”（《文心雕龙·体性》）。古人认为，“学”是练才的途径。刘勰云，“才自内发，学以外成”，“才为盟主，学为辅佐”，“将赡才力，务在博见”（《文心雕龙·事类》）。李东阳云：“必博学以聚乎理，取物以广夫才。”（《镜川先生诗集序》）李维桢说：“才得学而后雄。”（《郝公琰诗跋》）袁枚说：“学如弓弩，才如箭镞。”（《续诗品·尚识》）。与此相联系，古人常有读书而后能文的说法，如扬雄就说过“能读千赋则善赋”，杜甫更有“读书破万卷，下笔如有神”的名言。因为诗人要把自己的心灵感受用作品的形式传达出来，总需要表现工具和手段，诗人的“情”不是有意学来的，但传达情的工具、手段需要通过读书学习才能掌握。元人杨维桢云：“诗不可以学为也。……虽然不可学，诗之所出者，不可以无学也。”（《剡韶诗序》）清人薛雪云：“有性情不可无学问，有学问乃能见性情。”（《一瓢诗话》）纪昀亦云：“善为诗者，其思浚发于性灵，其意陶熔于学问。”（《清艳堂诗序》）他们说的都是这个道理。

然而，正如古人在养气说中指出学习是养气的途径，但又强调单纯的知识闻见并不等于气；同样，古人虽主张博学以广才，但也强调单纯的书本学问并非等于才，此即宋人严羽所云“诗有别材，非关书也”（《沧浪诗话·诗辩》）。这是因为，学习前代作品的直接所得不过是语言工具和表现手段，真正的“才”却是主体役使这些工具和手段的能力。前者是死的、被动的东西，后者却是活的、能动的力量。正如一个平庸的工匠，他尽可以对某些工具和既定的技术运用得很纯熟，但他仍然是缺乏创造力的低能者；一个作家，他也可以学富五车，但他仍可能是“弱手芜才”。所以宋人陈辅为杜甫的“读书破万卷”的说法下一转语：“世人常言老杜读尽天下书，过矣。老杜能用所读之书耳！彼徒见其语有‘读书破万卷，下笔如有神’，万卷人谁不读？下笔未必有神。”（《陈辅之诗话》）读书虽多而不改平庸，原因就在于学问没有转化为才。在这种情况下，才反而成了学问的“奴隶”。前代诗人中常有以书本为诗的堆砌辞藻者和对旧法亦步亦趋的循规蹈矩者，正是这样的例子。因此，如何在对前代作品的学习中把死的材料与技术转化为真正能动的才力，这是练才的一个重要问题。在这个问题上，古人提出了一个关键性的概念，那就是“悟”。

“悟”这个概念来自佛家禅宗，本指参禅者在某种启示下觉悟到自身内部的真如本体，从而超离羁绊而达到自由。禅家认为，真性空寂，本不可思议，祖师的讲经说法，都不过是引导人获得真性本体的阶梯，所以受法者必须通过对经论的长期揣摩体味亦即“参”的过程，最后通过“悟”超离经论，才能得到那不可思议的本体，这就是所谓“舍筏登岸”。因为禅家所说的本体原在参禅者的自性之中，因此从“参”到“悟”，也可以说是凭借别人的“引渡”又超离别人而自见其性的过程。

学诗与参禅有不少相似之处。首先，诗的表现方法并无一定之规。前人讲“文成而法立”，这就是说，“法”产生在作家写出作品之后，而并非有可供一切作家应用的先验法则。好的表现方法之所以有生命力，正建筑在它的独特性、唯一性上。从理论上讲，文学的表现方法只能用一次，正像一根火柴只能燃烧一回。多好的方法，你再重复它，就成为蹈袭，就丧失了它的生命。因此刘熙载说：“词要清新，切忌拾古人牙慧。盖在古人为清新者，袭之即腐烂也。拾得珠玉，化为灰尘，岂不重可鄙笑。”（《艺概·词曲概》）英人王尔德也说过，第一个用花比美人的是天才，第二个再用这个比喻，已是庸才，第三个还学，那就是蠢材了。从这个意义上讲，好的方法一经出现，它的价值也就消灭了，所以“文成而法灭”是“文成而法立”的必然的逻辑引申。清人郑燮云：“未画以前，不立一格，既画以后，不留一格。”（《乱兰乱竹乱石与汪希林》）郑氏说的就是这个意思。无论多么有经验的作家，他只能告诉你他在已经写成的作品中所采用的方法，而不能告诉你在表现你自己的感受时该用什么方法；他也只能告诉你他的好作品是如何写出来的，而不可能告诉你如何才能把你的作品写好。司马相如说，赋家可以示人者只是“赋之迹”，至于“赋家之心……不可得而传”（葛洪《西京杂记》引）。清人章学诚也说：“学文之事，可授受者规矩方圆；其不可授受者心营意造。”（《文史通义》）这一点与禅家所谓真如本体“离一切文字相”很相似。其次，从学诗者的角度上说，其要想写出好诗来，从学习前人的作品入手是必要的，但正因为前人所用的法已是死法，所以就不能机械地搬用，而必须超离它才行，这与禅家的“舍筏登岸”也是相通的。最后，学诗者对于种种成法从涵濡揣摩到超离，是自己得到了役法、造法的能力，正如抛掉了现成的金子而自己得到点金的手指，抛掉了绣好的鸳鸯图而最终得到绣针。因此，学诗者摆脱了别人而找到了自己，摆脱了成法的羁绊而进入自由境界，这与禅宗所说的“自见其性”又很相似。

正因为学诗与参禅有如许相似之处，所以古人也就借用禅家的“妙悟”来说明诗人学诗的极致。宋人吴可云：“凡作诗如参禅，须有悟门。”（《藏海诗话》）韩驹云：“学诗当如初学禅，未悟且遍参诸方。一朝悟罢正法眼，信手拈出皆成章。”（《赠赵伯鱼》）戴复古云：“欲参诗律似参禅，妙趣不由文字传。个里稍关心有悟，发为言句自超然。”（《论诗十绝》）严羽是对前人的这些见解进行总结的人，他在《沧浪诗话》中指出：“大抵禅道惟在妙悟，诗道亦在妙悟……惟悟乃为当行，乃为本色”。他说，诗家的“悟”是通过对大量前代作品的“熟参”而得到的，一旦“悟”后，则能“七纵八横，信手拈来，头头是道”。

对严羽等人所提出的“悟”，以往论者或理解为对诗歌表现手法的领会，或理解为对诗歌艺术规律的认识，实际上都不是探本之论。前文已经说过，诗并无一定的表现方法，它有一定之工，而无一定之妙。如果一位学诗者通过学习前代作品只习得了某种固定的法，这就是为法所障，它不但不是“悟”，而且恰恰是“迷”。在这种情况下，他写诗只能是循规蹈矩，这显然不是严羽等人所说的“信手拈来，头头是道”的境界。至于将“悟”理解为诗歌艺术规律的认识，表面上看起来似乎符合古人所谓“悟道”的说法，但我们今天所讲的艺术规律是客观的，古人尤其是禅家所讲的“悟道”之“道”却在主体的自性之中，因此古人所谓“悟”，并不是对那个不以我的意志为转移的客观东西的认识，而是发现和把握自己的意思。再从“悟”这个概念本身来说，它与我们现在所讲的“认识”也是完全不同的。我们所谓的“认识”，是对事物由感性的实践上升到理性知解的过程，而“悟”正好相反，它是把理性上的抽象知解付诸到实践中去，以使它彻底转化为主体的实践能力的过程。我们古人对事物的“道”与“理”，所重者大抵不在“知”而在于“行”。他们认为，只在头脑中抽象地了解理论条文不但无济于事，而且会造成“理障”，只有把条文化为自己的实践能力，才能算是真正的“得道”。举个浅显的例子，比如说学游泳，你站在岸上听教练讲许多游泳的要领，尽管你对这些要领在理性上理解了，认识了，但对你真正获得游泳的本领仍无济于事，你必须亲自下水，通过实际练习，你会在某一机缘下突然有所省悟，从而真正把握了这种能力。当你把握了这种能力之后，你也就超越了教练所讲的要领而得到了“自由”，这才是我们古人所讲的“悟”。严羽等人所谓的“妙悟”也正是这个意思。

总之，诗人“气”与“才”的修养都离不开“学”，但学问须“化”后方能为“气”，须“悟”后方能为“才”。用明人谢榛的话来说，就是“非养无以发其真，非悟无以入其妙”（《四溟诗话》）。

以上就是我国古代诗学主体论的大概。最后，我们还要指出，关于文学的主体论，今天已很少有人研究，而且在我们对作家修养的实际理解中，虽然看到了理论知识对作家创作的重要性，但大抵只强调作家对理论知识的理性把握，忽略了古人所指出的“化”与“悟”两个关键。因此，认真总结、借鉴古人这方面的理论，在今天来说是非常必要的。

第五章　作品论

一

对诗歌作品的研究，在我国古代诗学中占有很大的分量。有学者指出，整个中国诗学，不过是关于写诗方法和技巧的探讨。这当然是一种表面化的错误看法。我们古人对于诗作品是非常重视的，表面上看起来，这种现象似乎与我们前面说过的古人所持的诗歌本体论相矛盾：古人既认为诗之本体为“情”，作品只不过是传达“情”的媒介，它是不带本质性、没有自在性的，那么为什么又如此重视诗作品呢?

这是因为古人认识到，作品是传达本体的唯一途径。孔子早就说过：“《志》有之：‘言以足志，文以足言。’不言，谁知其志。言之无文，行而不远。”（《左传·襄公二十五年》）言是传达志的手段，没有言和文，志也就不能传达。道家与佛家，尽管有的时候对“言”持有一种极端的否定观点，比如道家讲“灭文章，散五采”，禅宗讲“不立文字”，但他们在一般情况下还得承认，那不可言说的东西如果要传达，就必须靠语言。庄子曾把言与意的关系比作捕鱼的工具“筌”和鱼本身的关系，它们虽然不是一回事，但要想得到鱼就少不了“筌”这个工具，这用道家的后学葛洪在《抱朴子·文行》中的话来说，就是“筌可弃，而鱼未获，则不得无筌；文可废，而道未行，则不得无文”。老子讲“大音希声”，所谓“大音”，就是音乐的道，亦即音乐的本体。老子说音乐的本体是没有声音的，现实的、有声的音乐作品不等于本体。三国时玄学家王弼在注《老子》时给这句话下了一转语：“音而声者，非大音也。然则，四象不形，则大象无以畅；五音不声，则大音无以至。”佛家的禅宗也是这样，虽然讲真如之性不可言说、不可思议，但又不废语录、话头。玄觉和尚在《禅宗永嘉集》中说得好：“妙旨绝言，假文言以诠旨；真宗非相，假名相以标宗。”[①] 后人把道家、禅家这些看法应用于诗学，来阐述诗本体与作品的关系。比如姜夔说：“文以文而工，不以文而妙，然舍文无妙。”（《白石道人诗说》）姚鼐也说过：“神、理、气、味者，文之精也；格、律、声、色者，文之粗也。然苟舍其粗，则精者亦胡以寓焉？”（《古文辞类纂序目》）正因为古人有这样的认识，所以他们虽然承认诗作品不带本质性，但对它又是非常重视的。

所谓“诗作品”，指的是传达诗本体的、具有特定的形式和内涵的语言系统。在目前的艺术理论中，人们对“作品”这个范畴的界定，似乎存在着两种倾向：一是理解得过宽，二是理解得过窄。比如，现在有研究者认为，所谓的诗作品，既包括字迹、声音这些外在的物质材料，也包括这些材料所要传达的那个本体。具体地说，诗的声韵、文字、语言、意义和它们所传达的情感，统统包括在诗作品之内，这就是一种过宽的理解。如前所述，诗作品只是传达本体的桥梁而不等于本体自身。换句话说，作为本体的“情”是在诗作品之外的，把本体“情”归于作品的范畴，是混淆了二者的区别。另外一种是过窄的理解，这在西方现代的一些艺术理论中表现得较为突出，比如玛克杜纳给“艺术品”下的定义：“是由某人运用技巧所作成之公开而可知觉到的对象。”[②] 所谓“技巧”，是对物质材料的处理方法；所谓“可知觉到的对象”，自然是指那个实实在在的物质性对象。对于绘画来说，就是纸张、色彩，对于文学来讲，当然也就只能是字迹和声音了。但如果说诗作品只是文字与声音，那么它的本质和其他著作、书法及

① 《五灯会元》卷四载龟山正元禅师偈云：“已到岸人休恋筏，未曾度者要须船。”此偈用来说明这个道理尤为简切。

② 转引自刘文潭：《现代美学》，台湾商务印书馆 1967 年版，第 98 页。

我们日常的说话等也就没有什么区别，甚至广而言之，和一切自然物也就没有什么区别了，因为它们的本质都不过是物质性而已。

诗作品的材料是语言，语言就其实在形式来说当然是物质的，但语言不同于自然物之处，在于它不仅是空洞的物质材料，其中还包含着观念的内涵；而且，诗作品的语言内涵和其他著作也是不一样的，所以不能离开语言的内涵来谈诗作品。当然，我们也不能只从观念性质上来着眼而抛开诗作品外在的物质形式。克罗齐把艺术观念的物质外化看得无足轻重，认为称得上艺术作品的只是艺术家的艺术感受，萨特以及杜弗莱纳只把读者通过阅读、欣赏活动而在心中所呈现出来的观念性的东西看成是艺术作品，恐怕都属于另一种狭窄的理解。就诗歌来说，韵律是诗作品很重要的一个部分，但它并不存在于诗的语言意义和内涵之中，而存在于物质的、实在的声音上。因此我们说，必须把诗歌语言的内涵和外在形式结合起来，才可能准确界定诗作品的范畴。

诗作品的形式与内涵还可以细分：形式中的音调、韵律表现为最外在的声音，我们可称之为外形式；诗的体裁、格式，是一种比较内在的语言结构形式，我们可叫它内形式。葛洪《西京杂记》中记载司马相如论赋："一经一纬，一宫一商，此赋之迹也。""迹"即表现形式，它分"经纬"和"宫商"两个方面。所谓"经纬"，指语言的组织安排，属于我们所说的内形式；"宫商"即韵调，属于外形式。对于诗的内外形式，我们古人多称为体格、声调，或总称"格调"。诗作品的内涵也可称为"象"和"意"二端，"象"的体系构成"境"，故古人对诗的内涵总称为"意境"。

我国古代的诗作品论，内容非常丰富。古人不仅对作品的语言形式与内涵的关系做了深入的探讨，而且对形式和内涵中的各个因素的特质也分别进行了很精细的研究。本章将对这些见解撷要进行剖述。

二

形式与内容的关系问题，是作品论中的一个基本问题，所以它一直是古人谈论比较多的问题。总体来说，我们古人很早就看到了内容与形式的统一性。《论语·颜渊》云：“文犹质也，质犹文也。虎豹之鞟犹犬羊之鞟。”这里以皮与毛的关系为例子，指出形式与内容是不可分割的，虎豹的皮与犬羊的皮在内容上不一样，但人们只能根据二者的外在形式——毛色来区分它们；如果把它们的外在毛色去掉，只剩下两张光秃的皮（鞟），那么它们也就区分不开了。从这个意义上说，形式也是内容，内容也是形式，此所谓“文犹质也，质犹文也”。孔子把形式与内容的依存关系讲得很深刻、很辩证。后人具体论述到诗作品内容与形式的关系时也是这样看的，比如刘勰论诗文时就说：“夫水性虚而沦漪结，木体实而花萼振：文附质也。虎豹无文，则鞟同犬羊，犀兕有皮，而色资丹漆：质待文也。”（《文心雕龙·情采》）明人陈子龙《佩月堂诗稿序》亦云：“盖词非意则无所动荡而盼倩不生，意非词则无所附丽而姿制不立。此如形神既离，则一为游气，一为腐材，均不可用。”也正是由于这样的认识，古人向来提倡内容与形式的相互协调，这用孔子的话说就是“文质彬彬”，用刘勰的话说就是“丽词雅义，符采相胜”。古人提倡形式与内容并重，并不等于把二者看成是一种并列的关系，而是充分看到了内容对形式的决定作用、主导作用。刘勰说：“夫铅黛所以饰容，而盼倩生于淑姿；文采所以饰言，而辩丽本于情性。故情者文之经，辞者理之纬；经正而后纬成，理定而后辞畅。此立文之本源也。”（《文心雕龙·情采》）后人如杜牧论诗文，把内容比作主帅，把形式比作士卒；张耒把内容比作车，把形式比作马等，都是指出作品的形式是为内容服务的道理。

这里笔者想着重谈一谈古人关于作品的语言对内容的表达效能的认识。我们知道，语言是一种符号系统，这种符号系统与表述对象的关系，颇有些像我们照相时所用的胶片与暗盒的关系：暗盒作为胶片的包装，既保存了它、传递了它，同时又遮盖着它。语言这种物质形式对于表述对象也正是这样，它作为信息的储存器，对信息也有显示和掩盖两面性。黎巴嫩诗人纪伯伦说过：“许多学说都像窗玻璃。我们通过它认识真理，但它又把我们与真理分开。”① 法国诗人勒韦尔迪也说：“诗是用词体现出来的，并且只

---

① 〔黎巴嫩〕纪伯伦著，钱满素译：《沙与沫》，《纪伯伦全集》，河北教育出版社1994年版，第188页。

能用词来体现，而词又是诗的暗礁。”① 正因为如此，诗人用语言来表达对象，这种工作本身就意味着要对语言的局限性、隔膜性进行艰苦的斗争。贝罗尔说，做一个诗人，“意味着最大限度地忍受最恶劣的习俗的折磨，即语言习俗的折磨”②。艾略特认为，诗人的工作就是与语言进行艰苦的缠斗。瓦莱里也讲过：“语言……它不可避免地是一种粗糙的工具。”③ 在对语言的运用中，最大限度地征服语言的隔膜性，增强它的透明度，使所要表达的对象从中凸现出来，这是作家和诗人的艰巨任务。席勒曾经说过这样一段话：“如果要使一种诗的表现成为自由的，诗人就必须凭他的艺术的伟大去克服语言的通向一般的倾向，凭形式去征服材料。语言的性质，必须完全沉没到给与它的那种形式里，躯体必须消融在观念里，符号必须消融在它所标志的对象里，现实必须消融在形象显现里。被表现的对象必须从表现的媒介中自由地胜利地显现出来，不管语言的一切桎梏，仍能以它的全部的真实性、生动性、亲身性站到想象力面前。”④ 他说的就是诗人征服语言的局限，使描写对象从语言的掩盖之中透露出来的意思。

我们古人就是这样看待诗人对语言的运用的，比如刘勰说作家对事物的描绘：“写气图貌，既随物以宛转；属采附声，亦与心而徘徊。”（《文心雕龙·物色》）所谓“随物以宛转”，表面上看不过是说作家在描绘物象时要使语言随着物象的变化而变化，但如果我们联系后人的有关论述，就会对刘勰的话领会得更深。苏轼对作家运用语言有个著名的说法叫“随物赋形”。他用水的性质来比喻绘物的语言，水装到什么器皿中就呈什么形状，盂圆则水圆，盂方则水方，此谓“随物赋形”。水之所以能如此，就是它本

---

① 〔法〕彼埃尔·勒韦尔迪著，王忠琪译：《关于诗的思考》，《二十世纪外国重要诗人如是说》，河南人民出版社 1992 年版，第 100 页。

② 〔法〕让·贝罗尔著，金丝燕译：《诗在话语的空间相互追逐》，《二十世纪外国重要诗人如是说》，河南人民出版社 1992 年版，第 113 页。

③ 〔法〕瓦莱里著，王忠琪译：《纯诗》，《西方现代诗论》，花城出版社 1988 年版，第 219 页。

④ 〔德〕席勒著，朱光潜译：《论艺术美》，《西方古典作家谈文艺创作》，春风文艺出版社 1983 年版，第 162~163 页。

身没有固有的形状，用苏轼的话说即“唯其不自为形，而因物以赋形”。说到这里，我们又想到司空图，其实司空图早在苏轼以前就已经用水的随物赋形比喻诗的语言了。《二十四诗品·委曲》云：“水理漩洑，鹏风翱翔。道不自器，与之圆方。”意即好诗的语言，应像水的波纹，像那不自为固定的形器，像那只随着万物的方圆而呈方圆的大道。司空图、苏轼以后，许多人都用过这个比喻来说作品的语言，比如姜夔说诗人的语言要“如印印泥，如水在器”（《白石道人诗集·自叙》）。清人为《儒林外史》所写的批语亦云：“作者之笔，其为文也如雪，因方成珪，遇圆成璧；又如水，盂圆则圆，盂方则方。”以上都是这方面的例子。[①] 总之，此类说法的意思是，作家要征服语言这种材料，尽量使它除了表现内容，没有自己固有的性质，也就是席勒所说的使语言的性质“沉没到给与它的那种形式里”，消融在它所表现的对象里。这些“随物赋形”的比喻，正是对刘勰所谓“随物以宛转”的发明。

古人认为，诗人征服语言的极致，就是去掉它的隔膜性，把它变成透明的，使其所表达的对象完全显现出来。司空图《二十四诗品·洗炼》说好的诗句应如“空潭泻春，古镜照神”，即把语言淘洗得有如清澄空明的潭水，能清楚地泻照春景；冶炼得有如透明的古镜，能清晰地映出人的神态。这实际上讲的就是增加语言的透明度问题。胡应麟在《诗薮》中把诗分为“体格声调”和“兴象风神”二端，前者指语言形式，后者指内容。他说：“体格声调，水与镜也；兴象风神，月与花也。必水澄镜朗，然后花月宛然。讵容昏鉴浊流，求睹二者？”这个比喻与司空图的说法一脉相承。

在这方面，王国维于《人间词话》中总结性地提出了两个字：“不隔”。他批评姜夔的写景之作“如雾里看花，终隔一层”，赞扬欧阳修的词“语语都在目前，便是不隔”。所谓“不隔”，就是征服语言对物象的掩盖性，也就是席勒所讲的“被表现的对象必须从表现的媒介中自由地胜利地显现出来”的意思。王国维所说的“语语都在目前”也和席勒所谓“不管语言的

---

① 歌德曾说：“诗人赋物，如水掬在手，自作圆球之形。”（转引自钱锺书：《谈艺录》，生活·读书·新知三联书店 2001 年版，第 337 页。）歌德的说法与中国古人的说法如出一辙。

一切桎梏，仍能以它的全部的真实性、生动性、亲身性站到想象力面前”是一个意思。王氏论词很强调“真”，而他讲的“真”与前人讲的“真”或“诚”在角度上有所不同。前人说“真”多指情感的真，亦即诗本体的真；王国维的“真”是从诗作品的角度，从诗人对意象的表现角度讲的。换句话说，他所谓的“真”主要不指“发”得真诚，而指写得真切。他的“境界说”就建筑在“真”字上。用他的话来说，就是“能写真景物、真感情者，谓之有境界”。如何才算是写出真景物、真感情？那就是“其言情也必沁人心脾，其写景也必豁人耳目”，也就是前文所引的“语语都在目前”。因此，王氏所谓的“真”，与“不隔”是一个意思，指的都是诗人对语言的征服，使对象从媒介中突现出来。他评价宋祁的“红杏枝头春意闹”，是“著一‘闹’字，而境界全出”，如果联系他的“不隔”的说法就可以看出，他所谓“境界全出”的“出”，主要不是指从心中生出，而是指征服媒介，使所描写的东西从语言中“挣脱出”，正如雕刻家用手中的锤使雕像从顽石的关闭中“挣脱出”一样。

其实前人早就从这个角度用过“出”的概念。司空图《二十四诗品·精神》中说诗人对对象的描绘：“生气远出，不著死灰。”意即使对象以自己的凛凛生气从语言文字之中跃出来，而不是像死灰那样附着于纸上。又如明人谭元春云：“真有性灵之言，常浮出纸上。”（《诗归序》）清人姚鼐夸赞好的诗：“循之而不可一世之气，勃然动乎纸上而不可御焉，味之而奇思异趣，角立而横出焉。”（《海愚诗钞序》）所谓“浮出”“横出”，都是这个意思。袁枚说不好的诗文是“字字卧于纸上”，好的诗文是“字字立于纸上”（《与孙俌之秀才书》），虽未用“出”字，意思也是一样。

也正因为古人认识到诗人对语言的运用，实际上是对语言的征服，所以他们也就认为，运用语言的极致就是否定语言，最佳的语言效果就是使人忘掉语言。玄学家早就有“得意忘象”“得象忘言”的说法，意即表述的最好效果是使听者完全被语言所表述的对象所吸引，而把语言这个外壳完全忘掉。关于这个道理，近代以来的西方人也看到了，比如莱辛说诗歌的语言：“诗人不只想要被人了解，他的描写不只要清晰而已——他还想给我们唤起生动的概念，要我们想象，仿佛我们亲身经历了他所描绘的事物之实在的可触觉的情景，同时，要使我们完全忘记在这里所用的媒介——文字。”[①] 罗丹也说，“真正好的素描，好的文体，就是那些我们想不到去赞美的素描与文体，因为我们完全为它们所表达的内容所吸引”，“艺术上的素描，好比文学上文体的风格。装腔作势，故意炫耀的文体都是不好的。好的应当是：使读者忘记这是风格，而把全副注意力集中在所处理的主题上，所表达的感受上”。[②] 瓦莱里也说过，好的诗句是使人被诗的内涵所吸引，而忘掉了作为媒介材料的字句本身。

对这个道理的认识，我们古人比西方人要早得多，且不要说玄学家的“得意忘言”的说法，即使明确地在文学理论上提出这个见解，也起码在唐代就已经有了。皎然在《诗式》中说佳诗是“但见情性，不睹文字”，已非常精当地说出了莱辛等人的意思。唐人不但用这个道理来谈文学，同时也用它来谈艺术，比如杜甫诗中有两句：“障子松林静杳冥，凭轩忽若无丹青。”（《题李尊师松树障子歌》）所谓“忽若无丹青”，就是赏画者完全被画面所表现的山水形象所吸引，忘记了作为物质媒介的丹青颜料的存在。后世画论中有大量的类似说法，如元人汤垕《画鉴》云：“相对忘笔墨之迹，方为得趣。”清人邹一桂《小山画谱》谓好画须使“观者但见花鸟树石而不见纸绢”，笪重光也说好的山水画可使人“见丘壑而忘其为图画”（《画筌》），如此等等，都是这种说法。诗文理论中这类说法也有很多，如明人沈际飞这样夸赞《牡丹亭》词：“临川作《牡丹亭》词，非词也，画也……非画也，真也。”（《牡丹亭题词》）为什么说《牡丹亭》不是词而是画、是真呢？这就是因为作者征服了文辞、否定了文辞，使读者完全被文辞描述的真切形象所攫住。叶昼评《水浒传》云：“说淫妇便像个淫妇，说烈汉便像个烈汉，说呆子便像个呆子，说马泊六便像个马泊六，说小猴子便像个小猴子。但觉读一过，分明淫妇、烈汉、呆子、马泊六、小猴子光景在眼……声音在耳，不知有所谓语言文字也。”叶氏对这个道理叙述得更加详尽。

---

① 段宝林编：《西方古典作家谈文艺创作》，春风文艺出版社 1983 年版，第 140 页。

② 〔法〕罗丹口述，〔法〕葛赛尔记，沈琪译，吴作人校：《罗丹艺术论》，人民美术出版社 1978 年版，第 50 页。

语言本质上是一种工具。从哲学角度上讲，工具的效用必须实现在否定自身之后，比如货币的效用只有被花掉后才能实现；火柴的效用只有燃烧完了才能实现；梯子的效用，是我们沿着它爬到房上去，最后一步离开梯子的时候才实现出来。工具本身不是我们的目的，它只是我们达到目的的桥梁，目的是在桥梁之外的。同样，诗的语言只是诗人表现的工具，并不是表现的目的。换言之，诗人只是利用语言表现对象，而并不是表现语言，正好比雕刻家只是用石头来表现人体，而并不是表现石头一样。相反，雕刻家只有征服石头本身的物质特性，它才能表现对象。在高明的雕刻家手下，坚硬的石头能化为柔润的皮肤、轻软的衣服，这就是其对材料进行艰苦征服的结果——形象的柔润、轻软征服了材料的坚硬。这座雕像摆在人们面前，人们只感到它柔润的皮肤和轻软的衣服，完全忘记了它是一块坚硬的顽石，这就是艺术家以自己的表现对象对所用的表现材料的否定。画家也是这样，其所征服的是画纸，画纸本是一个平面，但画家硬是凭自己的画笔，从二维平面上开凿出一个三维的立体空间来，使图画有纵深感，从而把纸张这个材料的平面性给否定了。

与石头、画纸一样，诗人所用的工具——语言也有许多自己固有的特性。首先，语言在存在方式上的符号性、非直观性，决定了它在表述形象时总有一定的模糊性。其次，语言在行为方式上的时间性，给用语言来表述在空间上并存的事物造成了困难。与时间性相联系的是语言的分节性、单线性：同时发生的事物，它只能先说一件，后说一件，这也就给描写混一不可分的对象和瞬间发生的多线性事物造成了困难。除了这些性质，使作家、诗人最感棘手的，恐怕要算是席勒所说的“语言的通向一般的倾向”。因为语言是社会上的公用材料，在本质上具有概括性、抽象性，它很容易把个别的东西一般化，把不规则的东西规则化，把形象的东西抽象化，把流动的东西僵固化。所以怀特海说：“实际经验里所见的不整齐和不调协的个性，经过了语言的影响和科学的塑模，完全被隐藏起来。”① 西方的现

① 〔英〕怀特海：《教育的目的》，转引自史忠义《中西比较诗学新探》，河南大学出版社 2008 年版，第 371 页。

代诗人和理论家发现了语言本身的种种惰性之后，感到非常焦虑。马拉美说：“所有的语言都是缺憾不全的。……当我想到语言无法通过某些锁匙重现事物的光辉与灵气时，我是如何的沮丧!”① 卡缪在《表达的哲学论》中甚至因此对语言存在价值本身提出怀疑：“最要紧的是：要决定我们的语言究竟是一个谎言还是真理。”② 我们认为，充分看到语言这种材料的惰性是必要的，但对它不能采取消极的、极端的态度。在我们古人对语言的看法中，像这种消极取消论并不是没有，但从整体来看，古人尤其是古代文学家，对语言并不是消极取消的态度，或面对语言的惰性特征无能为力，而是征服它；是通过对语言的艰苦征服，达到对它的否定。

我们古人在如何运用语言、征服语言方面积累了丰富的经验。我们说过，杂记随感式的诗话是我国古代诗论重要的著作形态，而诗话中涉及诗作品艺术性的论述，有相当大的部分是谈语言运用的具体技巧的。如果从宏观角度来看，中国古人对诗歌乃至整个文学语言的要求似乎可以概括为两个字：一是“切”，二是“简”。“切”是要求语言中肯，切中对象，使之与对象完全契合；“简”是要求语言的节省，“简”不仅是少，而且是少中包含着多，是语言容量的增大。如果说“切”是语言的准确度，“简”应该是语言的厚度、浓度，言在此而意在彼；表面上说一件事，其实让你同时知道另几件事，这就是古人所谓的“尚简”的妙处。所以，如果说“切”是达到内容生动的手段，那么“简”就是达到内容含蓄的手段。这两个要求都是对语言惰性的征服：“切”是征服语言的一般性、模糊性，从而尽量鲜明地表述个别事物；“简”征服的是语言的平面性、分节性、单线性，从而最大限度地保持事物的丰富性。

下面让我们分别说一说古人对语言的这两方面要求。先说“切”：古人于诗作品的字句熔炼讲“稳”“惬”“妥帖”“中的”，都是使语言切中对象的意思。写物象，用刘勰的话说，要“巧言切状”；写意念，用宋人的话说，须“道得人心中事”。前面说过，语言在指物功能上有局限，换句话

① 转引自《叶维廉文集》（第一卷），安徽教育出版社 2002 年版，第 146 页。

② 转引自《叶维廉文集》（第一卷），安徽教育出版社 2002 年版，第 146 页。

说，它的能指与所指之间总有一种斥力，好像同极相对的两块磁石，总是按不到一处去，所以古人早有“言不尽意”的抱憾。但是，我们古人更倾向于对语言的这一缺憾积极征服，征服的办法就是对语言进行艰苦、精心的选炼。前人作诗都非常强调炼字炼句，杜甫讲“语不惊人死不休”，陆游讲“炼句未安姑弃置”。王安石的名句“春风又绿江南岸”，“绿”字前后改了十几遍；贾岛的“独行潭底影，数息树边身”两句，据说是琢磨了三年之久。古代诗话中记载着大量的炼字楷范，那些经诗人熔炼而成的“诗眼”，其鲜明与生动确令人拍案叫绝。比如孟浩然的“微云淡河汉，疏雨滴梧桐”，“淡”字准确地描绘出薄薄的云气遮蔽星河的视觉形象，“滴”字生动地传出稀疏的雨点打在桐叶上的听觉感受；苏轼的“风来震泽帆初饱，雨入松江水渐肥”，“饱”字写风帆的鼓胀，“肥”字写河水的加宽，都相当贴切生动。当然，用字的准确生动，并不仅仅是个选炼语言的问题，最根本的还在于诗人对所描写对象的细微观察和深切感受。杜甫的“细雨鱼儿出，微风燕子斜”，“出”与“斜”用得好，关键是对雨中小鱼和风中燕子的真实动态看得准；王实甫的“近庭轩花柳依然，日午当天塔影圆”，“圆”字下得妙，也反映了诗人对正午塔影的留心。陆机《文赋》说写作：“患意不称物，文不逮意。”可以看出，他认为作家对对象的表达首先要意称物，其次才是文逮意。没有前者，后者也就失去了基础，所以王国维说：“大家之作，其言情也必沁人心脾，其写景也必豁人耳目。……以其所见者真，所知者深也。”（《人间词话》）

再说“简”。“简”不是单纯的简单，更不是简陋，而是对语言的一种高度的美学要求。清人刘大櫆在《论文偶记》中说：“凡文笔老则简……辞切则简，理当则简……气蕴则简……神远而含藏不尽则简，故简为文章尽境。”他把“简”看作是作品的最高境界，颇能代表我国古人在传统文学语言艺术上的趣向。从刘大櫆的这段话中我们还可以看出，古人所谓“简”包括两个方面：“辞切”“理当”等是简的第一义；“气蕴”“神远而含藏不尽”等是简的第二义。第一义的“简”和前文已讲的“切”联系在一起，用语切中肯綮，自然就简练。陆机曾用“龙见而鸟澜”来说明切中语言的效果：真龙一出现，百鸟都会惊散，比喻中肯的表述一经抓住，那些不痛不痒的言辞都可以舍掉。谢榛在《四溟诗话》中对这个道理说得更有趣："作诗譬诸刽子手杀人，直取心肝。……凡作诗，须知道紧要下手处，便了当得快也。"看准要害下手便能省却许多刀。总之，古人所谓"简"的第一义就是用最少的语言来表达对象。《文心雕龙·物色》所云"一言穷理……两字连形：并以少总多，情貌无遗"，刘知幾《史通》所谓"一言而巨细咸该，片语而洪纤靡漏"，说的都是这个意思。别林斯基说过，作家的本领在于"用少数字就可以表达出按其容积说必须用许多字来表达的思想"[①]，契诃夫甚至推广这个理论来给"美"下定义："人花费最少的活动量而做到某种明确的动作，那就是优雅。"[②] 如果说行事的干练是行为美，那么行文的简洁就是语言美。

我们古人也是这样认为的，同样一个意思，简洁的表述要胜过啰唆。《王直方诗话》有这样一段记载："或有称《咏松》句云'影摇千尺龙蛇动，声撼半天风雨寒'者。一僧在坐，曰：未若'云影乱铺地，涛声寒在空'。或以语圣俞。圣俞曰：'言简而意不遗，当以僧语为优。'"宋人胡仔在《苕溪渔隐丛话》中举孟浩然《夜归鹿门歌》四句"山寺鸣钟昼已昏，渔梁渡头争渡喧。人随沙岸向江树，余亦乘舟归鹿门"，说它不如岑参《巴南舟中即事诗》中的两句"渡口欲黄昏，归人争渡喧"，原因是"岑诗语简而意尽"。古人反对说多余的话，孔子说："辞达而已矣。"苏轼说："意尽而言止者，天下之至言也。"（《策总叙》）正因为这样，所以古人把"善删"视为运用语言的重要内容。刘勰说："句有可削，足见其疏；字不得减，乃知其密……才核者善删；善删者字去而意留"（《文心雕龙·镕裁》）。清人魏际瑞亦云："夫善取者不如善舍，善改者不如善删。"（《删诗序》）方东树在《昭昧詹言》中甚至说："为文之道，割爱而已。"这和契诃夫所讲的"写作的技巧"，就是"删掉写得不好的地方的技巧"不谋而合。

古人对语言如此忌讳多余，并不像有些人理解的那样，是因为古时书

---

① 〔俄〕别林斯基著，满涛译：《一八四三年的俄国文学》，《别林斯基选集》第二卷，时代出版社 1952 年版，第 119 页。

② 〔俄〕契诃夫著，汝龙译：《契诃夫论文学》，人民文学出版社 1959 年版，第 267~268 页。

写困难而只图节省篇幅，而是出于征服语言的要求。他们清楚地看到语言除有表达对象的功能，还有掩盖对象的一面。所以如果保留那些可有可无的言辞，就等于为对象凭空加了一层遮掩。明白了这一点，我们也就理解先秦人所讲的“淫言破义”了。“淫言”即多余之语，它对“义”不但没有帮助，反而是有损害的，所以删掉冗赘，只存切当，就等于割掉人体上的赘瘤，剥去竹笋上的包皮，它本身就是对内容的维护和表现。好的删削要比补充更能有效地表现对象，正如托尔斯泰所说：“任何出色的补充也不能像删节作品那样的大大改善作品。”[①] 朱熹在《朱子语类 · 论文》中讲过这样一件事：陈师道写了一篇几百字的文章拿给曾巩看，曾巩阅后，“取笔抹数处……凡削去一二百字。后山读之，则其意尤完”。越删削，其意思竟越完备，这也就是杨慎所说的“详言之而不达，略言之而乃达者”（《文章薪火》引）。

“简”，除了“简洁”意义上的“简”，还有含蓄、厚重意义上的“简”，也就是刘大櫆所谓的“神远而含藏不尽”。简洁的“简”是语求切当，删除冗言，从外部排除多余的话的干扰；含蓄、厚重的“简”则是加强所用语言本身的厚度，从内部丰富它的含义。如果把作家的语言比作一个球体，那么前一种“简”只是砍削这个球，砍去多余的部分，使它更完美；含蓄的“简”则是压缩这个球，使它的外壳向内收缩、意义向外扩张，这样它本身就产生一种张力，用王世贞的话来说就是“妙在愈小而大，愈促而缓”（《艺苑卮言》），用清人但明伦的话来讲就是“愈蓄则文势愈紧、愈伸”（《聊斋志异》卷一二《王桂庵》评语）。因此，这种“简”并不像第一种“简”那样以“字少而意不遗”或“字少而义完”为满足，而是追求“字少而意多”“词薄而义厚”。换句话说，它在字句上用的是除法，在含义上用的却是乘法。李渔说填词是“意则期多，字惟求少”（《闲情偶寄》），正说的是这种“简”的两面。这种以少表多、愈少愈多的语言，表面上讲的只是一层意思，但内部包含着多重意蕴，此即刘禹锡所谓“片言

① 〔俄〕列夫 · 托尔斯泰著，陈燊译：《构思》（1853 年 12 月 16 日日记），《古典文艺理论译丛》（第一册），知识产权出版社 2010 年，第 197 页。

可以明百意”。此种语言描述事物，直接写的虽是一个点、一条线，但交给人的是整个的一个“体”，也就是说，它在单维的叙述之中包含着多种维度的内容，此司空图所谓“万取一收”。①

西方现代主义思潮有一个很重要的倾向，那就是以加强对宇宙的整体空间感来取代时间顺序的意识，这一点可以说是对西方传统思维习惯的反叛。我们在前面说过，西方传统上的思维习惯是分析性、演绎性的。他们倾向于把事物分成许多严格的范畴，往往忽略了事物的整体性、混一不可分性。他们对事物的研究，也往往集中于某一横、纵切面而做平面性、单线性的考察，忽略了事物存在的多维性和发展的多线性。用这种传统思维方式所总结出来的事物的“秩序”，按照现代主义理论家威廉·詹姆斯的说法，是对混一的、整体的宇宙真正秩序的破坏。詹姆斯认为，宇宙事物的真正秩序是“并行的同时性”，而要想真正认识这种秩序，只能抛弃分析性、顺序性的思维而用直觉。与哲学认识论上的对传统思维模式的破坏相对应，西方在文学表述上也出现了对既定语言秩序的破坏潮流。他们认为传统语言本身就是传统思维的外衣，它的单线性、顺序性、分节性根本不能表述混一的整体事物，于是现代派诗人的遣言造句，或有意抽去语言的逻辑链条，打破句子的串联性，让词语成为彼此孤立的东西；或按自己的主观方式来组合句子，把不相关的词语、意象叠加在一块。这种对语言的破坏，法国结构主义理论家称之为“语言的滚翻”。“滚翻”的结果，必然使语言丧失了社会性，于是他们的诗在读者那里自然就成了晦涩难懂的“怪物”，而他们也正以这一点为荣。如果诗歌成为这种东西，那它的命运也太可悲了。这一派诗人不懂得，语言的单线性结构虽有局限，但这个局限同时也是语言具有指物性的支柱。直接破坏它的这种结构，弱点是被“克服”了，但这个克服是以丧失语言的生命为代价的，正如用砍脑袋的办法来医治头疼一样。

我们古人对单维语言的局限性早有所觉，但他们征服语言局限的办法，

① 中国画论中也屡屡提到这种“简”。郑板桥《一枝竹十五片叶呈七太守》云：“敢云少少许，胜人多多许。”程正揆《青溪遗稿·山庄题画》云：“力能从简意能繁。”

并不是对它的正常结构进行外在的直接破坏，而是在保持正常结构的前提下，让单维的叙述透露出对象的多维内容。中国古典诗歌中的佳作对事物的描写都具有这个特点，比如王维的写景名句“大漠孤烟直，长河落日圆”，直接交代出来的物象很少，然而人们读了这两句，所得到的东西比诗人直接写出的要丰富得多。这一名句给读者的是一种立体性的感受，这里面不但有视觉感受，甚至同时还包含着对大漠干燥的气候和温度的感受。白居易的小诗《问刘十九》：“绿蚁新醅酒，红泥小火炉。晚来天欲雪，能饮一杯无?”诗人所直接写出的不过是酒、火炉及主人对朋友的问话，但人们读了，能切身地感到一种非常丰富的境界：屋外的寒冷，屋内的暖和，屋中弥漫的酒香和气氛的和洽……所有这些没有直接交代出来的事物同交代出来的事物共同组成了一个立体氛围包裹着你、浸润着你，这就是明清人论诗所讲的“厚”。

沈德潜说：“陶诗合下自然，不可及处，在真在厚。”（《说诗晬语》）贺贻孙说：“厚之一言，可蔽风雅。”（《诗筏》）谢榛曾在《四溟诗话》中批评晚唐体的诗云：“体轻气薄如叶子金，非锭子金也。”叶子金就那么一层，而锭子金是一整块，此比喻诗的薄、厚之别。所谓“厚”，就是能给人以立体氛围的意思。萨特曾经这样评价好的美术作品：“作品决不局限于画成的、雕成的或讲述出来的客体……如果画家画给我们看一角田野或者一瓶花，他的画幅是开向整个世界的窗户；这条隐没在两边的麦田中间的红色小道，我们沿着它走得比梵高画出来的部分要远得多，我们一直走到另一些麦田之间，另一朵云彩底下，直到投入大海的一条河流。”① 好画是这样，好诗也是如此。瓦莱里曾把一首诗比作石榴的“一道辉煌的裂口”。他所说的石榴裂口，也就是萨特所说的“窗户”，我们通过裂口所直接看到的只是一点点石榴籽，但这“一点点”显示着石榴满肚子的“珍珠”。在我国古代画论、诗论中都有这种认识。南朝的宗炳论画“横墨数尺，实体百里之迴”，杜甫题画“咫尺应须论万里”，讲的都是以有限的画面表现广阔的

① 〔法〕萨特著，施康强选译：《什么是文学?》，《萨特文集》第七卷，人民文学出版社 2000 年版，第 135 页。

天地。司空图《与极浦书》谓诗应有“象外之象，景外之景”。前一个“象”和“景”字，是诗句中所直接叙述出来的形象和景物，而后面的“象”和“景”，则是诗中叙述所带出来的丰富世界。清人赵执信把诗所表现的整体境界比作神龙，把直接写出的东西比作鳞爪：“第指其一鳞一爪，而龙之首尾完好，故宛然在也。”（《谈龙录》）赵氏讲的也是“象外之象”的道理。具有厚度的诗，其有限的表述仿佛有一种强大的外射力，向没有表述出来的世界四周扩展。王夫之评崔颢的《长干曲》，认为“墨气所射，四表无穷”（《姜斋诗话》）；评丘迟的《芳树》，认为“四维上下，皆在忘言之中”（《古诗评选》）。王氏评语即此意。

从语言的角度上说，有厚度的语言，并不仅仅是说明性、描述性的，它还带有强烈的启发性、引逗性，它能“使夫读者……睹一事于句中，反三隅于字外”（《史通·叙事》）。刘勰的《文心雕龙·隐秀》说含蓄的语言是“秘响傍通，伏采潜发”。“秘响”与“伏采”，即指单维的语言所隐含的多维内容。当代法国诗人勒内·夏尔说过一句看起来很晦涩的话：“在诗的内容中应当有同等数目的秘密隧道。”[①] 如果把他的话与刘勰的话互相印证，意思就清楚了。勒内·夏尔所说的“秘密隧道”，与刘勰的“秘响”用意相通。好诗的语言有两层意思，直接表述出来的是一层，没有直接表述出来而隐秘着的又是一层。这后面的一层即所谓“秘密隧道”。从这个意义上说，那直接表述的只是通往更深隧道的一个洞口，刘勰所谓的“傍通”，也就是这个意思。洛贝·特斯诺斯在《关于诗歌的随想》中夸奖贡戈拉的诗，说他的诗句表面上看来是“顺着黑暗的密林里的一条宽阔道路径直前行”，实际上“左右也有很多小路和曲径向横伸展，通向林边”[②]，他的话也可以给刘勰的“傍通”做注脚。总之，写得少而让人想得多，这就是古人所主倡的含蓄、厚重的“简”的语言效果。

那么，这种“简”为什么说是对语言的征服呢？因为它在效果上征服

---

① 〔法〕勒内·夏尔著，雷光译：《诗论》，《二十世纪外国重要诗人如是说》，河南人民出版社 1992 年版，第 106 页。

② 〔法〕洛贝·特斯诺斯著，姜丽群译：《关于诗歌的随想》，《法国作家论文学》，生活·读书·新知三联书店 1984 年版，第 317 页。

了语言的时间性和单维性，使它在单线的叙述中表现了事物的丰富性，在时间性的叙述方式中表现了事物的空间并存的关系。让我们再以王维所写的大漠景色为例。本来，诗人对大漠的孤烟、落日等视觉景物的感觉与对气候、温度、嗅味等其他感受是同时发生的。如果诗人把他们一一顺次叙述出来，那就把本来是同时的、混一的感受变成了顺序性、分解性的了，所以诗人不这样写，而是只选出最具代表性的一些感受来着笔，让它隐含着与之相联系的其他感受，那么读者在读的时候，在领会直接叙述的景物的同时，别的感受也会伴随着出现。换句话说，此种具有厚度的诗句，它所隐含的和直接表述出来的，是合并为一个混一的整体，同时“打”入读者的感受。这样一来，也就有效地克服了语言强加给并存性对象的顺序，把它们之间的非同态对应关系变成了同态对应，这也就是具有厚度的简练语言往往要比那些面面俱到的描述更为生动的原因。

应该说，在以含蓄、厚重来征服语言方面，古代的中国人比西方人做得更加自觉，更具成效。之所以如此，其中一个重要原因是语言的单维性、分节性的弱点，在西方传统的文学实践中暴露得并不明显。因为叙事文学所写的就是事物的发展经过，而这与语言的时间性表述方式正好属于同态对应关系，所以莱辛在《拉奥孔》中才认为语言是诗的最适宜的表述方式。其实他所说的诗是西方传统观念中的诗，即史诗。后来雪莱在《为诗辩护》中也认为，语言是所有艺术材料中最灵活、最万能的材料，也是受这种观念的影响。近代以来，西方诗歌改辙，不以叙事为主而倾向主观抒发，从这时开始，语言的时间性、单维性的弱点才突出地暴露出来。中国诗自古以来就以抒情为主，当然，抒情诗中也要描述事物，但所描述的主要不是事情前后的发展脉络，而是诗人在一刹那凭直感所接触到的、激发诗人陷入感兴的一种景象、一个场面。换句话说，它不是诗人对事件的纵向经历，而是横向上的整体统觉。所以，中国诗人一开始就对语言的单维性弱点有突出的感受。正因为对这个弱点发现得早，也就比西方人更有充裕的时间去探索和总结征服这种弱点的有效方式；而含蓄的简练，正是古人在千百年的文学实践中总结出来的。

三

格律是诗作品这一语言系统的形式。我国古典诗歌格律的产生、发展和完善经历了一个长期的过程。本书的第二章说过，我国的诗文学最早是孕育于原始的、歌舞一体的“乐”之中。笔者同意德国人类学家格罗塞的观点，他在《艺术的起源》中指出，歌舞形式发源于原始民族蒙昧的巫术典礼。我国历史典籍中有不少关于“乐”的宗旨的记载，如《尚书·尧典》载舜论乐：“八音克谐，无相夺伦，神人以和。”这即通过乐的形式来达到神与人的和睦。原始民族所面临的主要是自然对自己的威胁，在神秘的自然力面前，人们一开始就采用一种巫术的仪式来企图左右它、讨好它，于是整个部落集合在一起，又唱又跳，他们真诚地相信这种形式能对自然发生作用。《吕氏春秋·古乐》云：“昔古朱襄氏之治天下也，多风而阳气畜积，万物散解，果实不成，故士达作为五弦瑟，以来阴气，以定群生。”这正反映了最古时的“乐”在人们心目中的功用。古弹歌“断竹续竹，飞土逐宍”，与其说它是叙事，不如说它是初民在跳狩猎舞时唱出来的巫术性的咒语，表达的是对自己以弹命中猎物的祝愿。它是对神秘力量的一种乞灵，或者说是一种命令。在原始时代，这种巫术性、宗教性的“乐”，既是艺术活动，同时也是政治活动，可以说，它是人们除了生产劳动唯一的一种上层建筑仪式。

据现存的史料来看，商代及其以前的中国古代社会，是一个以“乐”为重要政治形式、为政权象征的时代，有许多记载都能说明这一点。比如“商”这个称号本身，它本为地名，后因商地部落得天下，故称国号为“商”。但“商”地之所以得名，与乐有关。《礼记·乐记》载师乙谓子贡曰：“《商》者，五帝之遗声也，商人识之，故谓之《商》。”商后来徙都至“殷”，故又称国号为“殷”。许慎《说文解字》解释“殷”的古义云：“作乐之盛称殷。”朱骏声《说文通训定声》亦云：“从身，从殳，会意。按，身者舞之容①，殳

---

① 《说文解字》云：“㐆，归也。从反身。”“㐆”是反写的“身”字，象征跳舞时人体的扭动反转。

者舞之器。”无论是哪一种解释，“殷”都与乐有密切关系。后商天子又迁都“朝歌”，地方以“歌”为名，也可看出它与乐的关系。商人除都名与乐有关，其他地名亦多如此，卜辞中所出现的地名，其本义往往就是乐器，如“王步于乐”，“乐”这个地名，据罗振玉考证，本是琴瑟的象形；“王步于壴”，“壴”，据王国维考证，即“鼓”的原字。另外，如果我们细心看一下商代世系，就会发现不少的君王称号都与乐器有联系。比如成汤称号为“唐”，“唐”甲骨文作“”，侯外庐先生考释为一种鼓的象形。“盘庚”的“庚”，甲骨文作“”，郭沫若考释为一种乐器。“戋甲”的“戋”，据考证是持戈而舞的象形。“南庚”的“南”，郭沫若释为一种钟。“康丁”的“康”，据考证与“庚”为同一种乐器。君王称号以乐器命名，说明商代是以“乐”为政权象征的时代。古传商人是夔的后代，而夔据传说是黄帝的典乐官，虽其事迹已邈远无考，但这种传说正与上面所举的商人重乐的迹象相吻合。上古社会“乐”为主要政治仪式，在这种仪式中，乐器是唯一能够长期保存的东西，所以它无形中就成了政治的凝聚物和政权的象征物，这就是商代的国号、王号往往以乐器命名的原因。作为一个奴隶制社会的商代尚保留了这么浓厚的重乐意识，那么乐在原始时代的地位也就可以推想了。

在“乐”的鼎盛时代，真正文学意义上的诗还没有产生，它只是作为歌词包含在歌舞一体的形式里。正如恩格斯所讲的，在原始的艺术中，“舞蹈是它的主要组成部分”，也就是说，歌舞一体的“乐”是以舞为主干的。舞的特征是律动性与节奏性，跳舞者或走几步跺一下足，或做几个动作击一下掌，以此把舞分为“舞节”。格罗塞记载澳大利亚土人的原始舞蹈，走几步就用木棍拍一下围在身上的兽皮，即这种情况。因此，整个舞蹈过程就表现为作为分节象征的跺足、拍掌和打皮声音的反复出现。一种声音有规律的间隔重复，这便是韵脚。有节奏和韵脚的舞蹈也就要求相应的歌词来配唱，这便是诗具有韵律的来历。当然，如果只看到这一点，还只是接触到诗韵产生的外部原因。从根本上说，诗歌需要韵律正如舞蹈需要韵律一样，是由于它的抒情特质。原始民族的“乐”，从它的巫术性、宗教性的功用上看，它所表现的并不是人们清醒的理性，而是一种热烈的情感；人们的愿望、意向在原始歌舞中是情感化了的，而节奏、韵律都是抒情的手段。

商灭周兴，中国古代社会更进一步走向文明，上层建筑的意识形态也发生了深刻变化，这种变化最突出的表现，就是从重“乐”到重“礼”。“礼义立则贵贱等矣。”（《礼记·乐记》）统治者立下了一套严密的宗法制度来加强权威，与此同时，他们的注意力也渐渐由对神秘的天的崇拜转到对人世的实际治理。当然，周人也祭天，但似乎更侧重于祭祖，祭祖先的必然效果是现世子孙权威的加强。“礼”本字为“豊”，为祭祀之器的象形。因为祭祀是当时统治特权的表现，所以，与商以前乐器是权力的象征物相对应，周代时的祭器或礼器就成了王权的象征物。周天子分封诸侯，按等赐鼎、爵、彝、尊，这些礼器成为主人权威的象权，成为不可让渡的重器，“唯名与器不可以假人”，“国之利器不可以示人”，即反映的是这种情况。也正因为周人重礼、重对人的统治，所以周代虽然也有“乐”，但“乐”的主要功能已不像商以前那样带有浓重的巫术性、娱神性，而越来越强调对于现实的人的约束和教化了。“乐”的功用重心的改变，使它的内涵与结构发生了变化：在商以前的“乐”中，歌词不过是舞蹈的附属物，但到了周代，歌词在乐中的地位渐渐提高。《周礼·大司乐》说当时统治者教人习乐是“以乐语教国子”，乐语即歌词，乐语变成了被人所重视的因素，最后在人们心目中成了“乐”的中心。刘勰所谓“诗为乐心”即指此而言。如果说商以前的乐是伴唱的舞，那么周代的乐就是配乐的诗。由于周人重教化，所以也就重视诗的意义和内容；同时，也由于文字的广泛应用，所以真正文学意义上的诗也就逐渐摆脱了原始时代的那种与歌舞混一的形式，取得了自己的独立性。所以，尽管周后期“礼崩乐坏”，以诗入乐的风尚消亡，作为乐语、乐心的诗却保存下来、发展起来。这个时候，虽然诗离开了音乐、舞蹈，但音乐、舞蹈的韵律节奏是渗透在诗之中的。

汉时统治者设有乐府，可以说是对周代唱诗制度的恢复。曹魏时代，也常常把诗“被之管弦，皆成乐章”。一直到唐代，朝野中还有唱诗的风尚。尽管如此，这种以诗入乐的形式再也不是诗的主要传播方式，诗作为纯粹的文学作品开始独立起来了。这无形中也就给诗的韵律提出了更高的要求：以前通过歌舞联合表现出来的韵律，现在要让文字一端来承担，这就迫使诗人们去寻找语言文字本身的固有声调，并且经过调节组织，以发挥以前经过配乐才能发挥出来的效果。这种要求在理论上的反映，就是出现在南朝时代的“声病”说。

当时，人们受转读梵文佛经的启发，发现汉字字音有声调的差别，沈约、王融等人总结了时人的发现并把它应用于诗学。他们根据汉字的“平上去入”四种自然声调自觉地调整诗句，以造成在语言上的音乐美，世呼为“永明体”。关于永明体的布字原则，用沈约的话说就是“宫羽相变，低昂互节，若前有浮声，则后须切响。一简之内，音韵尽殊，两句之中，轻重悉异”（《宋书》）。除了积极的主倡，沈氏还制定了消极的病犯，指出诗的遣词排句在格式上应该防止什么，诸如平头、上尾、蜂腰、鹤膝等。对于沈约等人的声病说，无论在历史上还是在现在，都褒贬不一。其实，它的巨大功绩是不能抹杀的，它是韵律学上由口唱的歌前进到文学的诗的里程碑。过去歌词入乐谱，词与谱之间的关系是外在的。当然，一句词要想合谱、协乐，也要适当注意声音的阴阳清浊，但不太讲究也不要紧，因为歌的韵律是以乐曲为主轴的，固定的乐谱能够把不协韵律的字音唱出韵律来，迫使字音而就乐谱。文学的诗不是唱的而是念的，它离开了乐谱的外在勒制，每个字要用自然语调读出来，那么要想使它有声律美，就必须在调节、搭配自然语调上下功夫。况且，字音的自然声调与音乐的音符在性质上是不一样的：音乐的音符之间表现为高低的不同；字音的声调之间则表现为抑扬的不同，抑与扬本身都是高低之间的转换。音乐中的每个音符只有一个音高，语言中每个音节的声调却可以包括两个甚至三个音高之间的过渡。所以，如使语言强就乐谱，必会扼杀它本身的那种抑扬顿挫的特点。仅凭这一点，诗也有权利从乐谱中“杀”出来，寻找自己在声音上的规律。只有这样造成的美，才不再是乐谱的美，而真正是诗句本身的美了。也可以说，只有这种韵律，才真正算是文学作品的韵律。

当然，“永明体”以前的诗，有相当一部分还是注意了自然语调的韵律，但那时候诗人因为对汉字声调还没有明确觉察，因此对自己的诗合韵律并不自觉，正如范晔所云：“观古今文人，多不全了此处；纵有会此者，不必从根本中来。”（《狱中与诸甥侄书》）沈约在《宋书》中也说：“自《骚》人以来，多历年代，虽文体稍精，而此秘未睹。至于高言妙句，音韵天成，皆暗与理合，匪由思至。”所以沈约等人的声律论是把前人暗中摸索的规律在理论上明确揭示出来、确定下来，从而使诗人自觉地运用它，这个功绩是很大的。

诗的语言虽应注意声音美，但诗人终究不是用字来谱曲，这也就决定了诗的声律模式必须有一种能够使语言意义游刃于其中的宽松度。因此，沈约等人虽然揭示出汉字有四声的区别，在诗的声律上却把四声只分为两种，那就是“浮声”与“切响”，也就是扬调和抑调，亦即后人总结的平与仄，诗人利用这两种声音的交替对比造成语言的节律感。① 这种以平仄布律的格式，也就是律诗的滥觞。后来唐朝人在永明声病说的基础上终于创造出律诗。律诗的形成标志着我国古诗在格律上的成熟和固定，自从它形成以后，这种格律形式在整个古典诗坛上一直长盛不衰。这就是我国古诗声律产生和发展的大致情况。在这一过程中，尤其是唐代以后，曾有不少专门探讨布韵、调声技巧的著作，对这类著作我们就不赘述了。

这里我们要说一说的是古人从理论的高度对诗歌韵律的一些认识。首先，古人认识到，韵律虽属于形式因素，但它并不是从外部强加给诗的，而是诗内部抒情特质的需要。陆机《文赋》云：“诗缘情而绮靡。”“绮靡”即华美，包括色彩与声音两方面。② 诗要绮靡，是因为它“缘情”。明人顾起元云：“绮靡者，情之所自溢也，不绮靡，不可以言情。”（《锦研斋次草序》）古人指出，情是诗歌声韵的根子，白居易谓诗“根情”“华声”即此意。宋人薛季宣亦云：“情有哀乐，声文称焉。”（《答何商霖书》）明人张

---

① 用自然语音的对比交替造成节律感，这在世界诗坛上也是通则，如希腊语的诗是长音节与短音节的对比交替，英语诗是重音节与轻音节的对比交替。

② “绮”为色丽，“靡”为声美。萧绎《金楼子》云：“绮縠纷披，宫徵靡曼。”此可视为对“绮靡”二字的注脚。六朝人谈美文，往往以色丽、声美并说。《文赋》：“文徽徽以溢目，音泠泠而盈耳。”范晔《狱中与诸甥侄书》：“抽其芬芳，振其金石。”《文心雕龙·神思》：“吟咏之间，吐纳珠玉之声；眉睫之前，卷舒风云之色。”以上都是此类例子。清人阮元《文韵说》释“文”：“在声为宫商，在色为翰藻。”这也正是总结了美文的声、色两面。

佳胤云："诗依情，情发而葩，约之以韵。"（《李沧溟先生集序》）清人邹式金云："声音之道，本诸性情。"（《杂剧三集小引》）他们说的都是这个意思。也正因为声韵是出于抒情的需要，所以它虽然在作品中表现为外部形式，但它与诗本体的关系并不是外在的贴合，而是具有一种内在的联系。从一定意义上说，声韵是情在声音上的外化，所以别林斯基说诗的声韵是"心灵的旋律，灵魂的音乐"。我国古人也清楚地认识到声与情的内在联系。袁枚《随园诗话》云："须知有性情，便有格律，格律不在性情外。"正是对这个道理的精当表达。

中国古典诗歌中找不到没有声韵的诗，不仅如此，就连记事说理性的散文，其布字裁句，也有韵律可寻。[①] 我们古人虽重视韵律，可也并不把它绝对化。他们看到韵律终究是为表达内容服务的，所以主张"以韵承意"，而反对"迁意就韵，因韵求事"（《诗人玉屑》引《室中语》）。西方人嘲笑只有韵律而内容空洞的诗是"响亮的哈欠"，我们古人也批评这种"趁韵"诗："直是作韵，非作诗耳。"（施闰章《答李良年》）韵律对抒情虽有帮助，但固定的格律显然又有限制内容的一面，所以沈约的"八病"因讳忌太多而招致后人的批评，亦良有所由。钟嵘说："余谓文制本须讽读，不可蹇碍，但令清浊通流，口吻调利，斯为足矣。"（《诗品序》）殷璠说："夫能文者匪谓四声尽要流美，八病咸须避之，纵不拈二，未为深缺。……故词有刚柔，调有高下，但令词与调合，首末相称，中间不败，便是知音。"（《河岳英灵集》）这些论述都反映了我国古人对格律的通达看法。

四

意境是诗作品语言系统的内涵，对意境特质的探讨，是中国诗学中非

---

① 启功先生在《诗文声律论稿》中举过古代散文符合抑扬平仄规律的例子，而且前人（比如清代桐城派）也曾明确提出写文章要注意音节。这说明中国古代的文章也有强烈的诗化倾向，而这种形式上的诗化倾向正是内容上诗化倾向的反映。因为中国古人无论是叙事还是论理，总是渗透着强烈的情感性，即使是历史学家、理论家，都往往带有诗人的气质。

常重要的内容。

古人对“意境”这个概念的用法有分有合。唐人多将“意”与“境”或“景”明确分开，如旧题白居易撰《文苑诗格》云：“或先境而入意，或入意而后境。”《文镜秘府论·地卷》引唐人语云：“诗一向言意，则不清及无味；一向言景，亦无味。事须景与意相兼始好。”《文镜秘府论·南卷》引王昌龄《诗格》云：“景物与意惬者相兼道。”后来如释普闻将诗分为“意句”和“境句”（《诗论》）；明人朱承爵说“作诗之妙，全在意境融彻”（《存余堂诗话》）。所谓“意境融彻”，即意与境结合得紧密无间。祁彪佳评词曲：“境界妙，意致妙。”（《远山堂剧品》）清人吴雷发说：“诗，境贵幽，意贵闲冷。”（《说诗菅蒯》）如此等等，都是把意与境分开来说的。《人间词乙稿序》也是这样说的，“文学之事，其内足以摅己而外足以感人者，意与境二者而已”，“夫古今人词之以意胜者，莫若欧阳公；以境胜者，莫若秦少游”。在这些例子中，“意”指的是诗人对主观意念的叙述，“境”指的是对形象图景的描绘。当然，也有不少人把“意”“境”合起来作为一个概念，用这个概念仅指诗中的形象图景。在这种用法中，所谓“意境”，与“境”“境界”的含义是一样的。我们在第二章说过：或写情兴所转化的意念，或写引起情兴的形象感受，这是诗人用诗作品传达本体的两种途径。为了论述的方便，我们把“意”和“境”分开来讲。

先看古人对于诗中所写的意念特点的论述。我们说过，诗人的意念是情兴的一种蜕变物，它已经把情兴理智化了。但因为意念是面对情兴进行反省而不是面对客观事理进行考察的结果，所以这种理智化的意念仍带有很大的主观性，并非客观事理的尺度所能衡量。我们古人对这一点有深刻认识。比较典型的说法，就是严羽所说的“诗有别趣，非关理也”（《沧浪诗话·诗辩》）。[①] 他所说的“理”，指受事实逻辑限制的一般常理而言。严

① 严羽将“趣”与“理”相对，可以说是受了苏轼的启发。苏轼有一句话：“诗以奇趣为宗，反常合道为趣。”当然苏轼此话的来源还可以往前追溯，《老子》说“正言若反”，庄子也说大道须用“谬悠之说，荒唐之言，无端崖之辞”来传达。道家说要传达大道就要反常理，这与苏轼、严羽所谓要传达情兴就要反常理的说法也是一脉相承的。

羽以后，很多人从这个角度来说诗人的妙想。汤显祖云：“情有者理必无，理有者情必无。”（《寄达观》）沈雄评好词：“所谓无理而妙者，非深情者不辨。”（《柳塘词话》）袁枚《随园诗话》亦云：“诗情愈痴愈妙。”刘熙载在《艺概·诗概》中曾把诗和文做对比：“文所不能言之意，诗或能言之。大抵文善醒，诗善醉，醉中语亦有醒时道不到者。盖其天机之发，不可思议也。”醉语也就是违反常理的话，因为它发自天机，即由情兴中产生，所以也就不能以“醒时语”的尺度去衡量它。

下面主要谈一谈古人对于境或境界的论述。因为古人所谓的“境”是由“象”构成的，所以要说境，还须首先从“象”讲起。

“象”，目前学者往往把它讲成“形象”。其实“形象”是个含混的词，因为它包含“形”与“象”两个概念。在我们古代人的观念中，这两个概念在本义上是有明显的区别的。《周易·系辞上》云：“见乃谓之象，形乃谓之器。”这是我国古籍中较早提到“象”这个概念的例子，它是把“象”与“形”对立着来论述的。所谓“见乃谓之象”，是说一个东西在那里，我看见了它，它通过我眼睛这个感受器所呈现出来的直观映象才叫“象”。所谓“形”，是指事物的客观形体、形状、形器，也就是物体占有一定空间的广延性存在。这两者的区别在于：“形”是纯粹客观的，不以人的感受为转移的；“象”是客观形体在人的视觉感官上的反映。譬如现在摆在我眼前的这张桌子，它的“形”，是一个四条腿的木质结构体，不管我看它还是不看它，它都是存在的、不变的；它的“象”则不然，只有当人看它时，“象”才能在视觉感受中呈现。这就是说，“象”是看的结果，如果一个物体从来没有人看到它，它只有“形”而无所谓“象”。“形”的存在与人的感受无关，“象”却不能不随着人对对象的感受角度的变化而变化。还以桌子为例，它的客观的“形”只能有一个，不可能有第二个。然而它在我眼中的“象”可以是多种多样的：我从上方看，桌面可能是个矩形；我从斜方看，桌面变成了平行四边形。随着视点的不同，同样一张桌子可能呈现出千变万化的“象”来。所以形是形，象是象，二者不能混淆。

在艺术理论甚至在哲学中，人们往往把形与象混同起来用，这是不对的。我们古人已清楚地区分了这两个概念，除了上文所举的《周易》中的话，我们还可以举出很多例证来说明古人对形与象的区分。比如古人多用“象”来称天上的日月星辰，而用“形”来称地上的物体。《礼记·乐记》云：“在天成象，在地成形。”应玚《文质论》：“仰观象于玄表，俯察式于群形。”王褒《象戏经序》：“一曰天文，以观其象，天日月星是也；二曰地理，以法其形，地水火木金土是也。”梁简文帝《善觉寺碑》：“盖闻在天成象，倬彼云汉；在地成形，嵩高惟岳。”《文心雕龙·原道》：“日月叠璧，以垂丽天之象；山川焕绮，以铺理地之形。”以上都是这方面的例子。这里，古人称地上的东西为“形”，是因为它们可以触摸，所以能肯定这些东西是实在的形体；天上的日月星辰，只能用眼睛见到，不可触摸，古人还不能肯定它们是实体性的存在，所以只好从视觉感受的角度，称它们为“象”。阮瑀说天上的星象“日月丽天，可瞻而难附”，即此意。《邓析子》说人们对事物的认识是“见其象，致其形”，意思是先得到意象然后求致实在的形体。《尚书·说命》中记载商王武丁梦后求贤的事：“梦帝赉予良弼，其代予言。乃审厥象，俾以形旁求于天下。”这里的“形”和“象”也是分得很清楚的。其中“乃审厥象”的“象”，指梦中人的相貌，因为梦中人的相貌不是实体存在，只是做梦者的意象，所以叫“象”；“俾以形旁求于天下”的“形”，指的是根据梦中之良臣所刻出来的人像，人像作为实际的形体而存在，所以叫“形”。又比如，古人推测天地未形成之前的宇宙情况，常用“有象无形”来形容。《楚辞·天问》：“上下未形……冯翼惟像。”《淮南子·精神训》：“古未有天地之时，惟像无形。”在古人的心目中，天地未分之前的世界是一片浑沦的云气，云气只可见而没有固定的形体，故只可云“像”（象）而不可云“形”。陆机《浮云赋》说云气“有轻虚之艳象，无实体之真形”，此之谓也。

辨清“象”在中国古代的本义，这是非常有必要的。它使我们了解到我国传统诗论和艺术论中的所谓“写象”，本身就是描写事物在主体感受中的意象，而不是描写脱离主体感受的客观形体。实事求是地说，对事物形体的客观说明，并不是艺术家的事，而是科学家的事。比如天上的月亮，它客观的“形”是一个球体，直径三千余千米，上边布满环形山，但这种客观的描述应该放到科学的教科书中去，在诗中没有它的地位。诗人笔下的月，是“满目飞明镜”“呼作白玉盘”。有一个笑话，说甲乙二人商量去偷飞机，到了机场，甲说：“这样一个庞然大物如何下手偷?”乙说：“那有什么?等飞机飞上天，不就小得像巴掌大了吗!”可以说，诗人所传达给人们的，就是那个小得像巴掌大的飞机，它不是真飞机，而是飞机的意象。意象当然来源于事物的实在形体，因为它是形体在主体感受中的反映；但它又不等于实在形体。《景德传灯录》载良价禅师见水中身影有两句偈语：“渠今正是我，我今不是渠。”说影子是我，是因为它是我的反映；说我不是影子，是因为实体的形不等于虚幻的象。当然，象与形相比是虚幻的，但它同样有自己的真实性，那就是在主体感受中的真实。这种真实与形的真实在标准上是不一样的：一枚硬币，它的实在形体只能是正圆的，说它是椭圆的就不真实；然而在它给我们的意象中，随着我们观察角度的不同，它既可以是正圆的，也可以是各种各样的椭圆的。换言之，正圆和各种椭圆在硬币的意象中都是真实的。两条铁轨，从实际存在上讲，只能是平行的，说它们会相交于一点就不真实；但在我们对铁轨的意象感受中，随着铁轨向远处延伸，两条轨道确实会越靠越近，直至相交在地平线之上。正因为如此，我们对诗人笔下物象的真，就不可用科学的尺度去度量。

诗人写单个事物是如此，写多种事物组成的画面也是如此。事实上，诗人写的并不是物体与物体的实在联系，而是意象与意象在感受中的联系。岑参诗云：“舟移城入树，岸阔水浮村。”以城、树、水、村的实在关系而论，城不会入树，村也不会浮在水上，“城入树，水浮村”的关系是意象与意象的关系。张蠙诗云：“楚阔天垂草，吴空月上波。”天与草，月与波，在实在形体关系上相距甚远，但诗人的感受使它们的意象发生了一种崭新的、密切的关联：天垂在草上，月亮从波中涌出。这种关联，按实在的关系来说是不真实的，但在感受中是真实的。这就是象与形、象的系统与形的系统的区别。在一定意义上说，“象”是主体对“形”的改造。席勒说过，事物的“实在”是“事物本身的作品”，而事物的“外观”则是“人的作品”。他所说的“外观”，也就是我们古人所谓的“象”。事物的形与形的联系是自然的安排，是不以人的感受为转移的；诗中的象与象的联系，是在诗人的审美感受中建立起来的。黄宗羲说：“诗也者，联属天地万物而畅吾之精神意志者也。”（《陆鈐俟诗序》）萨特也说：“由于我们存在于世界之上……是我们使这一棵树与这一角天空发生关联；多亏我们，这颗灭寂了几千年的星，这一弯新月和这条阴沉的河流得以在一个统一的风景中显示出来。”① 他们说的都是这个意思。

总而言之，诗人的描述取于事物，但并不是以“形”为用，而是以意象为用。明白了这一点，我们也就可以看出古人用“象”来说诗中之景的妙处了。关于以象来说诗中之景的例子，在中国传统诗论中比比皆是。如挚虞说诗人是“假象尽辞，敷陈其志”（《文章流别论》）；刘勰说诗人的想象是“神用象通”（《文心雕龙·神思》）；王昌龄说诗中对物的描写是“犹如水中见日月……照之须了见其象也”（《文镜秘府论》引《诗格》）；旧题白居易《金针诗格》说诗“以物象为骨”；皎然谓好诗是“假象见意”（《诗式》），谓比是“全取外象”，谓兴是“立象于前”（《诗议》）；唐代和尚虚中说诗人是“心合造化，言含万象”（《流类手鉴》）。另外，因为诗人所写的象是主体主观感受中的象，是意中之象，所以古人又叫它“意象”。刘勰云：“独照之匠，窥意象而运斤。”（《文心雕龙·神思》）司空图云：“意象欲生，造化已奇。”（《二十四诗品·缜密》）胡应麟云：“古诗之妙，专求意象。”（《诗薮》）陆时雍云：“风格浑成，意象独出。”（《诗镜总论》）以上都是用“意象”的例子。又因为诗中所描述的象并不是一般的意象，而是和感兴有联系的象，也就是说，是引起诗人情兴体验的象，故古人又称之为“兴象”。殷璠评齐梁诗“都无兴象，但贵轻艳”，夸陶翰的诗“既多兴象，复备风骨”（《河岳英灵集》）；胡应麟赞王勃诗“兴象宛然”（《诗薮》）；许学夷也说“唐人律诗以兴象为主”（《诗源辩体》）。这都是用“兴象”的例子。

当然，古人对概念的运用一向重内在意髓而不重外表词句，因此中国古代文论往往表现为一种灵活的互相浸透和互相指代的特征。也正因为如此，“象”并不是古人唯一用以指艺术形象的概念，他们有时也用其他的一

① 〔法〕萨特著，施康强选译：《什么是文学?》，《萨特文集》第七卷，人民文学出版社 2000 年版，第 120 页。

些称谓，如景、物、色、貌、状等，甚至不避讳用“形”。陆机《文赋》认为“期穷形而尽相”，钟嵘《诗品序》谓诗是“指事造形”，沈约说司马相如“巧为形似之言”（《宋书》），都是这方面的例子。这里的“形”不取它的本义，实指“象”而言。此外，也有把形与象合成一词的，如梅尧臣《答韩三子华韩五持国韩六玉汝见赠述诗》：“烟云写形象。”叶燮《原诗》：“如画家之落墨于太虚中，初见形象。”“形”“象”合称，概念的重心在后一个字，“形”字只是个陪衬而已。

《周易·系辞下》论“象”之产生有这样一段话：“古者包牺氏之王天下也，仰则观象于天，俯则观法于地，观鸟兽之文，与地之宜，近取诸身，远取诸物，于是始作八卦，以通神明之德，以类万物之情。”此段对卦象的实际起源讲得虽不科学①，但其中隐含着一个特别值得我们注意的观念，那就是“取象”的观念。我们说过，古人所谓“象”是指人面对着事物的形体而呈现于感官中的意象。一般人在平常看事物时，意象在意识中是不能脱离实在形体而获得独立性的。第一，形体摆在面前，我们就有意象，形体不在面前，意象也就消失。第二，我们平常看东西时，对意象的感受与在我们的知觉中对形体的理解也是不可分的。换句话说，我们看物时虽然在视觉感受上得到的只是意象，但在我们知觉中得到的是这个物体的实在形体。举例来说：我从侧面看一块放在桌子上的硬币，虽然所获得的意象是一个椭圆形的，但在我的知觉中它是正圆的；一张白纸，在强烈的阳光下与在暗影中观看，其意象之颜色本来不同，但在知觉中认定其总是同样的白色；眼前的一片树叶，在意象上要比远方的一座山大得多，但在知觉中，山仍然大于树叶。这种情况在心理学上叫作“知觉的恒常性”。这种知觉的恒常性，在人的实际生活中具有重要作用，因为它能保障我们根据外部对象的客观存在和实际意义去有效地适应环境。但是我们必须指出，知觉的恒常性对于对对象进行艺术观察是一种障碍和惰力：因为对一个对象进行艺术观察，需要把意象和物的实在形体分开，需要暂时放弃对它实在

---

① 《周易》是一部古代卜筮的书，而卜筮的工具是甲骨与蓍草。八卦中的卦象，无疑是起源于炙纹与蓍策。

性的理解而只把注意力放在意象上，也就是使意象在知觉中获得独立性。

克罗齐在他的《美学原理》中举过一个例子：让一个毫无艺术素养的人画屋子的一个角落，他怎么也画不好天花板与两面墙壁相交的三条线，原因就在于他对这三条线的意象不能从他对这三条线实在关系的知觉中独立出来。因为在他的知觉中，这三条线应该是互相垂直的，而互相垂直于同一点的三条线是无法在一个平面上表示出来的。其实这三条线在意象中并不互相垂直，而至少有两个是钝角。只有画家和受过艺术训练的人，才能把这意象从知觉中独立出来，从而把它表现在平面上。因此，意象的独立，是表现意象的前提。艺术理论中的所谓“模仿”，实质上就是使一个东西的意象在审美意识中获得独立性，然后用另一种材料把这一独立的意象表现出来，从而使看的人在原物不在场的情况下也能获得如同见到原物的感受。简言之，艺术模仿的过程，就是意象的独立和转移的过程。

现在再让我们回过头来看看《周易》中所谓“取象”的说法：所谓“取象”，就是把“象”从万物的实在形体中抽离出来，使它获得独立性。诚然，《周易》中所说的卦象只是一种抽象的、神秘的符号，它与艺术中的具体形象还有很大距离，但正因为其所说的取象之理与艺术形象的产生和表现相通，所以就成为我国古典艺术形象论的滥觞。后来司空图在艺术理论的领域，对诗人的取象做了很精到的论述。他在《二十四诗品·形容》中说：“风云变态，花草精神。海之波澜，山之嶙峋。俱似大道，妙契同尘。离形得似，庶几斯人。”这段话是说，风云、花草、大海、高山，这是诗人在诗中所要描写的对象，但诗人并不是像科学家写教科书那样叙述它们客观实在的物质结构、形体，而是要抓住它们在诗人感受中的生动意象，写出风云的舒卷变化之象、花草的生意盎然之象、大海的波涛汹涌之象和高山的嶙峋挺峭之象。这些“象”，在人们对存在物的知觉中原是与它们的形体不可分的，正好比大道在万物中的存在，总是与万物的实际物质形体紧密契合在一起、融合在一起，此所谓“俱似大道，妙契同尘”。那么要想得“象”，就必须离“形”，此所谓“离形得似”，“似”这里指“象”。司空图所讲的，实际就是诗人在观察外物时，把生动的意象从它们的客观物质形体中分离出来、提取出来，使之在审美意识中获得独立性。如果说

《周易》的取象说还不是艺术理论的话，那么司空图的这段话就是完全从艺术理论上来谈这个问题了。

明人谢榛在《四溟诗话》中记载了一件轶事：有人问李梦阳诗法，李梦阳指着晒谷场上晾着的绿豆说："颜色而已。"这句简短的话也和司空图的意思是相通的，意即诗中写物是只取意象而不取形质，好似把绿的颜色从豆的实体中分离出来。《四溟诗话》中谓诗中之景："如朝行远望，青山佳色，隐然可爱，其烟霞变幻，难于名状。及登临非复奇观，惟片石数树而已。""青山佳色""烟霞变幻"，只是远观片石数树的意象，而这也正是诗人要取的东西；如果偏要深究它的实在形质，那它不过是片石数树，这些是不能写到诗中去的。

对于诗中之"象"的特质，古人也有相当深刻的论述。表面上看来，古代诗论中对诗中写物象似乎有两种相反的说法。一种是强调"象"必须真切、鲜明。比如《文心雕龙·明诗》云："驱辞逐貌，唯取昭晰之能。"梅尧臣说诗中形象必须"状难写之景，如在目前"（《六一诗话》引）；包恢《答曾子华论诗》说好诗必须"状事则事情昭然，状物则物态宛然"；方东树在《昭昧詹言》中也说，读古人诗文"须赏其兴象逼真处，或疾雷怒涛，或凄风苦雨，或丽日春敷，或秋清皎洁，或玉佩琼琚，或櫹槮寂寥，凡天地四时万物之情状，可悲可泣，一涉其笔，如见目前"。这些都是主张写物象要鲜明、真切的例子。另一方面，古人同时又强调"象"的虚幻和模糊。司空图《与极浦书》引戴叔伦的话："诗家之景，如蓝田日暖，良玉生烟，可望而不可置于眉睫之前也。"元人揭傒斯《傅与砺诗集序》云："刘会孟……其言曰：'诗欲离欲近。'夫欲离欲近，如水中月，如镜中花。"明人邵经邦《弘艺录》说诗之景是"似有而无，似真而假"。陆时雍《诗镜总论》说："诗贵真，诗之真趣，又在意似之间，认真则又死矣。"谢榛在《四溟诗话》中甚至说，诗之象"妙在含糊"。王夫之评王俭的《春诗》云："二十字如一片云，因日成彩，光不在内，亦不在外，既无轮廓，亦无丝理，可以生无穷之情。"（《古诗评选》）这种论调似乎与提倡真切、鲜明互不相容，而实际上两者并不矛盾。

我们说过，诗中之象实质上是诗人对物生动的意象感受，诗人写出

“象”也是为了告诉读者自己的感受。古人说“象”要鲜明、真切，正强调的是其“诉”于读者感受的特征，但感受上的“真”不等于对象作为客观实体上的“真”。首先，人们读诗所得到的形象感受是一种没有实在对象的虚幻感受。比如我们读杜甫的“落日照大旗，马鸣风萧萧”，心中出现了战场黄昏的图景，对这一图景的感受并不是我们亲身去面对战场黄昏这一实在事物所造成的，而是在实在事物缺席的情况下产生的。也就是说，此类图景是没有对象的虚幻感受，所以古人说它如水中月、镜中花，可见而不可取。另外，诗中的形象作为诗人的主观意象，它在主观感受中的真实又不等于我们对事物以知性来理解的那种科学上的真实。比如李贺写采石是“踏天磨刀割紫云”，写水是“荒沟古水光如刀”。以知性的眼光来看，石与刀为硬质，水与云为流体，它们是不能同日而语的；只有用意象感受去体会，才会发现诗句描写的真切。

这里我们要附带地说到“比兴”的“比”。诗人的“比”，并不是把两个事物在知性上联系起来，而是在意象上把它们等同起来。换言之，艺术性比喻之成立，是建筑在主体对两件事物意象感受的一致上，而不是建筑在它们实在形质的相同上。唐人皇甫湜说“比”，“凡喻必以非类”，“凡比必于其伦”。异类同伦是比喻成立的两个条件。所谓“异类”，是两个事物作为实在实体是不一样的；所谓“同伦”，是这两个事物在主体感受中有相同的意象。唐崔橹《华清宫三首》“湿云如梦雨如尘”，梦与云气，这二者从实在形质上讲是完全不同的，但诗人把它们联系起来，是建筑在二者都给人以朦胧的感受上。又如韩愈有诗“日月如跳丸”，杜牧诗也有“跳丸日月十经秋”的比喻。以日月运行的实际情况而论，它们并不会“跳”。诗人之所以喻之为“跳丸”，这与主体对它们的感受方式有关：人们注意日月，往往隔一段时间看一次，一早一晚最为注意。早晨看日在东边，傍晚瞧它忽然到了西边，于是产生“跳”的意象感受。也正因为诗人用来互相比喻的事物只是在意象上被等同起来，故诗比喻的本质功能不是说明事物的客观实在，而在于表达诗人对事物的主观感受。

目前不少人笼统地认为“以此物比彼物”只是为了把此物说明得更清楚，这种观点用在艺术性的比喻上实在是一种幼稚的看法。西方有一句谚语——“任何比喻都是跛足的”，这是因为西方人只把比喻看成是说明客观事物的方式。是的，如果说比喻对传达客体来说总免不了“跛足”，那么它对传达感受来讲却是合适的。既然诗的喻象只是在写感受，那么用知性去根据对客体实在方式的理解来衡量喻象，必然是不合适的，这也就是古人为什么说诗中之象往往“似真而假，似假而真”的原因。也就是说，在感受中象是真的，用实物来衡量它又是假的。真切的意象感受一经知性去追究，就会造成它的幻灭。李梦阳《论学》说诗之景：“形容之妙，心了了而口不能解，卓如跃如，有而无，无而有。”“心了了”，是说心中对形象感受的真切、鲜明；“口不能解”，是说不能以知性去推究解释。前者是说感受“真”的一面，后者是说它“假”的一面。叶燮《原诗》说杜诗中的意象：“使必以理而实诸事以解之，虽稷下谈天之辩，恐至此亦穷矣。然设身而处当时之境会，觉此五字之情景，恍如天造地设，呈于象，感于目，会于心。意中之言，而口不能言；口能言之，而意又不可解。”《红楼梦》中香菱谈她对诗的体会：“据我看来，诗的好处，有口里说不出来的意思，想去却是逼真的。”他们说的都是同样的道理。

此外，也因为诗人写象并非写实物，写的是对物的主观感受，而在主体的深层感受中，不同的意象可以互相渗透、互相转化。李贺的“黑云压城城欲摧”，视觉感受诱发了重量感受并与之融为一体；宋祁的“红杏枝头春意闹”，视觉与听觉合为一象；刘长卿的“寒磬满空林”，是听觉与温度感的融合；陆机的“哀响馥若兰”，是听觉与嗅觉的交融。这种意象，钱锺书先生称为“通感”，它需要读者用深层的感受去体味，而用知性是无法领会的。

还有，诗人的意象感受不像现实事物那样具有确定性，有时意象与意象之间的边缘不清晰、关系不明确：“沾衣欲湿杏花雨，吹面不寒杨柳风”，“杏花雨”是下在杏花上的雨？杏花开时下的雨？使杏花开放的雨？或是有如杏花飘落的雨？“杨柳风”是吹拂在杨柳上的风，还是使杨柳抽芽的风？或是通过杨柳的动态表现出来的风？这些都不明确。但不明确没关系，并不影响读者读诗获得生动的感受。也有些意象在时空中没有现实物那样的确定性。“枯藤老树昏鸦，小桥流水人家，古道西风瘦马”，诗人对诸多意象的具体位置关系并无交代，因为在他的感受中没有注意这些东西的具体空间关系，只是直觉地领受了这个使他陷入乡愁的意象群，并把这个意象群献给读者，读者也不必追究这些东西的具体位置，就能够领会诗人的感受和心情。这种时空关系不确定的意象，如以知性去审视，它当然是含糊的。谢榛所谓“妙在含糊”，王夫之所谓“既无轮廓，亦无丝理”，指的都是诗之意象的这种特点。总而言之，古人论象，从真与幻、清晰与含糊两方面来论述，实际上是阐述了诗的意象重感受而不重知性的特质。

五

古人关于“象”的看法已如上述，下面就让我们看一看古代诗学中关于“境”或“境界”的理论。境界，是我国传统诗歌作品论中的一个很重要的概念，也是长期以来在研究界惹人注目的话题。目前仍有探讨境界的含义和特质的学者，但似乎至今没有形成一个人所共认的结论。笔者觉得造成这种情况的原因，主要在于人们忽略了“境界”这个词也与古文论中的其他词一样，本身是一个含义宽泛的“类概念”；人们总是把它当作只有一个固定内涵的纯概念来看，故不免在诠释的时候顾此失彼，捉襟见肘。解决这个问题的办法，只能是追寻这个概念的来源，然后指出它本身在历史演变中存在的歧义，再从中选出最有代表性的、沉结在民族体系上的核心内涵。

“境”的本字为“竟”，从“音”，从“儿”，原是一首乐曲终了的意思。《说文解字》：“乐曲尽为竟。”段注：“曲之所止也。”后来由音乐引申为土地的边界。《周礼·掌固》：“凡国、都之竟。”郑玄注：“竟，界也。”“竟”与“疆”古音同，意思也一样。古称一国疆界之内为“竟内”，疆界之外为“竟外”。《礼记·丧大记》：“在竟内则俟之，在竟外则殡、葬可也。”因为“竟”指土地边界，所以人们也就给它加了个土字旁，成为“境”。再后来，“境”的含义从单纯的一道边界线衍转为指边界以内的特定领域。《吕氏春秋·怀宠》：“兵入于敌之境。”边界本身是无法“入”的，可入的是边界之中的领土。

佛学传入中国以后，人们翻译佛经，借用了具有领域内涵的“境”字，指人的意识、感受所及的领域。佛学认为事物能为人的感受所及者有六，即“色、声、香、味、触、法”，名之为“六境”；人能感受到这六种东西的是“眼、耳、鼻、舌、身、意”，名之为“六根”；以六根感受六境，在意识领域内所发生的效果是“眼识、耳识、鼻识、舌识、身识、意识”，名之为“六识”。六境、六根、六识，统称“十八界”，故又单称“境”为“境界”。丁福保先生《佛学大辞典》解释“境界”是“自家势力所及之境土”，又解释“境”为“心之所游履攀缘者”，都指人的感受所及的领域。从佛家对境界的用法来看，它与佛学传入以前的“境”虽有联系，但在内涵上已有本质的不同：以前所谓“境”本是一个实在的、物质性的土地领域，“入于境”，是用脚实际地“走”进去；佛家所谓的“境”已变成一个依赖于人们的主观感受和意识而存在的领域了。因为没有人感觉的存在，土地照样有，但色、声、香、味等可就不复存在了。所谓色、声等，原只是外物的实在性质在我们感受器官上的作用：离开了眼睛，外物只能谈得上有频率不等的光波，而谈不上有颜色；离开了耳朵，外界只能谈得上有物质的震荡，而谈不上有声音。所以佛家虽在概念上把“六境”与“六识”做了区分，实际上他们所谓的“境”与“识”并没有什么区别（故释典屡说“万法唯识”）。正因为“境”只能作为主观的对象而存在，所以佛家讲入境的工具，也就再也不是两只脚，而是用“心”去“游履攀缘”。入境的结果，自然也不是实际占领了土地，而只是在心中获得了感受。这种对原来的“境”的内涵之改变，其唯心倾向自不待言，但如果一分为二地看，它在实在的世界领域之外又发现了一个感受世界，这是有功绩的。尤其在诗的领域中，佛学的这一揭示就显得更有意义。因为我们说过，诗人所面对着的是一个实在世界，他们所写的只是对实在世界的感受。这个由意象组成的、只能存在于精神领域的世界，诗人把它表达出来，是为了让读者用自己的心灵去“游履攀缘”；这个世界只能是心灵感受的对象。这就是为什么佛家的境界说一出，立刻受到了论诗者欢迎的原因。由此，境界说闯入诗论，成为我国诗学中的一个重要概念。

唐代是佛学的极盛期，把佛家“境”的概念搬入诗论也始于唐代。据现存材料，以“境”论诗，最早见于王昌龄的《诗格》，后来刘禹锡、皎然、司空图等都弘扬了这个概念。宋代以后，以境和境界说诗越来越普遍。王国维是对“境界”进行总结的人，他的《人间词话》标志着境界说的最后成熟。在这个跨度很大的历史过程中，我们应首先注意到：人们在用“境”这个概念时，对于它是系于人的感受而存在的特点的认识是相当一致的。这用王国维的话来说，就是“一切境界，无不为诗人设。世无诗人，即无此种境界”。叶嘉莹先生在提到古人对“境界”的用法时说得对：

> 所谓境界，实在乃是专以感觉经验之特质为主的。换句话说，境界之产生，全赖吾人感受之作用；境界之存在，全在吾人感受之所及。因此，外在世界在未经过吾人感受之功能而予以再现时，并不得称之为“境界”。……而唯有当吾人之耳目与之接触而有所感受之后才得以名之为“境界”。(《对〈人间词话〉中境界一辞之义界的探讨》)

当然，由于古人论诗的角度不同，在他们对“境”的大量用法中，其内涵也有容易让人产生误会的地方。古代有许多较明确的以“境”来指感受中的世界的例子，如唐朱庆余诗《陪江州李使君重阳宴百花亭》：“醉里求诗境，回看岛屿青。”境要等醉酒之后才能得到，是因为朦胧醉眼看东西能改变原有的物态，这里的境当然指主观感受中的世界而言。向子諲词《蓦山溪》写雪景：“瑶田银海，浩色难为对。琪树照人间，晓然是、华严境界。”赵孟頫《重修观堂记》：“翠柏红莲，清凉香洁，净土境界，种种现前。”他们所谓的境界，显然也指面对着外景，经过想象的折射，显现在主观感受中的神话世界。然而，不少古人用“境”，似乎指的不是感受中的世界，而是作为感受之对象的世界，比如《文镜秘府论·南卷》引唐人的话云：“用意于古人之上，则天地之境，洞焉可观。”权德舆诗云：“萧萧凉雨歇，境物望中闲。”(《陪包谏议湖墅路中举帆》)这里的“境”都是作为被主体观望的对象来讲的。

在我们今天看来，作为感受之对象的世界属于不以人的主观意识为转移的客观范畴，它与感受中的世界是不可同日而语的。其实，在缺乏科学世界观而重感性的古人看来，这两者不过是一个东西。刘若愚先生在《中国的文学理论》中解释王夫之的“情景名为二，而实不可离”时说：“情和景只是对所反映事物的两个方面的不同叫法，绝非两种各自独立之实体。”① 我们对这种经验主义的哲学观点不必苟同，但我们得承认，它确实符合古人对于感性世界的看法。所以古人用“境”，既把它作为对对象的感受来用，也把它作为感受的对象来用，而且有时在一段话中就同时包括这两方面意义。比如明人顾起元云：“触境而生情，而情每以境夺；因情而耦境，而境即以情迁。”（《竹浪斋诗序》）前句“触境而生情”的“境”，是把它作为引起感受的对象来说的；后一句“境即以情迁”的“境”，显然指的是主体感受中的事物，因为客观事物是不可能随着主体的心情而“迁”的，只有主体对事物的印象才有这个特点。明人祝允明也说过这样的话：“身与事接而境生，境与身接而情生。尸居巩遁之人，虽口泰华而目不离檐栋，彼公私之憧憧，则寅燕酉越，川岳盈怀，境之生乎事也。至于蛮烟塞雪，在官辙者聂聂尔，若单行孤旅，骑岭峤而舟江湖者，其逸乐之味充然而不穷也，情不自境出耶？”（《送蔡子华还关中序》）所谓“身与事接而境生”的“境”，是指主观意识中呈现的景物而言；所谓“境与身接而情生”的“境”，又是作为引发情兴的对象来说的。在这方面，清人方士庶《天慵庵笔记》中的两句话也许更为典型：“山川草木，造化自然，此实境也；因心造境，以手运心，此虚景也。”一个“境”字兼容了两方面的意义，这在古人的思想中并不矛盾。因为在他们看来，作为人的对象的世界，也就是在人的经验中的世界，它们都是被人对象化了的，为人的感官所觉察到的东西。总之，“境”系于感受，没有人就无所谓“境”，这是古人对“境”内涵的一致认识。

古人对“境”这个概念外延的理解就不那么一致了，这主要表现在：“境”是专指人的感官经验，还是兼指对事物的思考意念与情感反应？简单地说，它是专指目中之景，还是兼指心中之意、胸中之情？从佛典来看，

---

① 〔美〕刘若愚著，赵帆声等译：《中国的文学理论》，中州古籍出版社 1986 年版，第 45 页。

“六境”中除了“色、声、香、味、触”这些感官经验，还有“法”；“六根”中除了“眼、耳、鼻、舌、身”，还有“意”，可见佛家的“境”是包括人心中的意念的。唐人受佛典的影响，在诗论中用“境”这个词，所指的范围很宽，较典型的是王昌龄的说法。他说：“诗有三境。”一曰物境：“欲为山水诗，则张泉石云峰之境，极丽绝秀者，神之于心，处身于境，视境于心，莹然掌中，然后用思，了然境象，故得形似。”二曰情境：“娱乐愁怨，皆张于意而处于身，然后驰思，深得其情。”三曰意境：“亦张之于意，而思之于心，则得其真矣。”（《诗格》）从这段话来看，王昌龄所谓的“境”是既指感官经验的景物，又指情、意。明朝人鹿乾岳云：“神智才情，诗所探之内境也；山川草木，诗所借之外境也。”（《俭持堂诗序》）他所谓“境”的外延与王昌龄一致。然而从唐以后论诗者比较普遍的用法来看，境与境界一般是仅指景物，诗评中所谓“有境界者”多指那些写景的句子，如高仲武评“远水浮仙棹，寒星伴使车”句，“盖五言之佳境也”（《中兴间气集》）；陆时雍评张正见“天路横秋水，星桥转夜流”句，“唐人无此境界”（《诗镜总论》）。董其昌《画禅室随笔》评谢朓和杜甫的句子云：“澄江净如练，齐鲁青未了。寥落片言，遂关千古登临之口……以其取境真也。”王世贞《艺苑卮言》评严羽“晴江木落时疑雨，暗浦风多欲上潮”诗句，“然是许浑境界”。叶燮《原诗》评杜甫的“晨钟云外湿”，“妙悟天开，从至理实事中领悟，乃得此境界”。如此等等，都是这类例子。

这里我们要谈谈王国维对“境界”的诠释和用法。他在《人间词话》中把境界作为评词的最高标准，所谓“词以境界为最上”。他在给境界做诠释时说了一段似乎对我们的论点十分不利的话：“境非独谓景物也，喜怒哀乐亦人心中之一境界。故能写真景物、真感情者，谓之有境界，否则谓之无境界。”从这段话来看，王氏所谓境界的外延和王昌龄是一样的。但是如果我们仔细地读一读全部的《人间词话》，考察一下王氏对有境界诗的评论和对境界的具体分析，就不难发现：这位为“境界说”做总结的人物，其所谓的“境界”仅指诗中描写真切的景物而言。

先看他对有境界词句的举例：“‘红杏枝头春意闹’，著一‘闹’字，而境界全出。‘云破月来花弄影’，著一‘弄’字，而境界全出矣。”宋祁与张先这两句词，全是写景的。又举杜甫的“细雨鱼儿出，微风燕子斜”“落日照大旗，马鸣风萧萧”，秦观的“宝帘闲挂小银钩”“雾失楼台，月迷津渡”，说这些都是有境界的句子，而它们也都是写景的句子。他说周邦彦《解语花》词中的“桂华流瓦”一句“境界极妙”，又拈“明月照积雪”“大江流日夜”“中天悬明月”“长河落日圆”而评曰：“此种境界，可谓千古壮观。”举马致远的“枯藤老树昏鸦，小桥流水人家”的小令，说它“深得唐人绝句妙境”。谈到五代孙光宪的词，偏举他的“片帆烟际闪孤光”，评论为“尤有境界”。总之，他所举的有境界的例句，竟没有一句不写景。唐圭璋先生早就看出了这个问题，他在《评〈人间词话〉》一文中说：“王氏尝言境非独景物，然王氏所举之例……皆重在描写景物。”① 这真是一针见血之论。另外，再看王国维对境界的分析：他把境界分为“造境”与“写境”，“有我之境”与“无我之境”，“大境”与“小境”。这些分析，很明显也都是立足于写景诗上的。所谓“造境”，是凭诗人的想象写出的景物。所谓“写境”，是诗人对现时经验中景物的描写。所谓“有我之境”与“无我之境”，王国维解释说：“有我之境，以我观物，故物皆著我之色彩。无我之境，以物观物，故不知何者为我，何者为物。”无论是以我观物还是以物观物，总之是观物、写物。至于“大境”“小境”的分类，也更是立足于写景诗，因为大境就是选取的场景大，小境就是选取的场景小。这样细一追究，王国维所谓“喜怒哀乐亦人心中之一境界”的定义也就只剩下空空的一句话。所以我们说，王氏在《人间词话》中所谓境界的真实含义只指真切的景物描写，这个结论是一点也不武断的。

如果说王氏在《人间词话》中对境界的这种真实理解只是暗中泄露出来的，那么在其他的文章中对这一点就表达得更加明确了。樊志厚在《人间词乙稿序》中把文学因素分为“意”与“境”二端，并且说：“原夫文学之所以有意境者，以其能观也。出于观我者，意余于境；而出于观物者，境多于意。”“观我”即内向的反省，“观物”即对景物进行观照。前者主要表现意而后者主要表现境，可见境是指对感官经验的景物描写而言。如果

---

① 唐圭璋：《评〈人间词话〉》，《历代词话续编》，大象出版社2005年版，第920页。

把上面的话与王氏在《文学小言》中有关论述加以对照，“意”与“境”的含义会更加清楚：“文学中有二原质焉：曰景、曰情。前者以描写自然及人生之事实为主，后者则吾人对此种事实之精神的态度也。”“意”与“境”二端，即“情”与“景”二原质。另外他在《宋元戏曲考·元剧之文章》中说：“其文章之妙，亦一言以蔽之，曰有意境而已矣。何以谓之有意境？曰写情则沁人心脾，写景则在人耳目，述事则如其口出是也。古诗词之佳者，无不如是。”“沁人心脾”“豁人耳目”，原见于《人间词话》。那时王国维只是用来说有境界之词的效果，在后来所写的这部著作中，他大概是发现了自己过去札记中对境的定义过宽，不能表达本旨，于是把“境界”改为“意境”。“写情则沁人心脾”，有意也，“写景则在人耳目”，有境也，从而明确地表达了自己的观点。

王国维在《人间词话》中对境界这个概念理论诠释与实际运用上的矛盾，笔者认为可以从两点去解释。一是《人间词话》是一种随想随录、信笔所至的札记性的东西，故缺乏整体的考虑和逻辑的构思，而这也是所有古典诗话体的通病。二是王国维虽受西方的影响，但在思想方法上毕竟未脱离古人的旧框。我们说他总结了境界说，然而他的总结还是犯了古人所谓“弥纶群言”“唯务折衷”的毛病，想把前代关于境界的一切说法都包括到境界的定义中去，在实际运用这个概念时又自己拆了自己的台。

在考察了“境界”的内涵和主要外延之后，我们再来剖析一下它的特质。首先，从上述古人对境界的诸多论述中我们可以看出，境界并不是诗人写出作品之后才有的，而是在诗人还没有写作之前，在诗人对自然的观照和想象中，就已经呈现于诗人的心灵了。诗作品不过是通过语言系统对诗人心中境界的传达。从这个意义上来讲，我们说一首诗的境界，不如说是写这首诗的诗人的境界。所以王国维说：“有诗人之境界，有常人之境界。”“诗人之境界”就是诗人在心中获取的特定的景物感受，它是使一首诗读起来有境界的根本。王国维说好的作品“写景也必豁人耳目。……以其所见者真，所知者深也”。“所见者真”，即诗人先在心中获得境界的意思。《人间词乙稿序》说，境界之产生出于诗人“观物”，“自夫人不能观古人之所观，而徒学古人之所作，于是始有伪文学。学者便之，相尚以辞，相习以模拟，遂不复知意境之为何物，岂不悲哉！”此段讲的也是这个道理。其次，当诗人把自己心中的境界通过文字传达出来，而且被读者领会之后，境界才能复现出来。换言之，诗的境界不能直接呈现在外部，它只能呈现在读者的心中。从这个意义上讲，当人读一首诗时夸赞此诗有境界，不如说自己心里有境界。这就是诗的境界只系于心灵感受的特质。明白了这一点，我们也就懂得古人借用佛家“境界”这个词的贴切性了。梁启超在《自由书·惟心》中发明佛家所谓“境”的含义：“境者，心造也。一切物境皆虚幻，惟心所造之境为真实。”如果说他的话在哲学上是主观唯心论，那么在艺术这个特定范畴中，用来比喻诗的境界倒有某些道理：因为诗境的确是心造的结果，境界的真，也确实只在于心灵感受的真。

然而我们从另一个角度来看，诗人如果只在心灵中获得了境界，其作品还不能成为诗艺术，必须把其境界用语言系统表达出来。语言系统是境界信息的储存器。从这个意义上讲，诗的境界虽然没有存于作品的文字这种外在的媒材上，但它包含在作品语言的内在系统之中。作为外在的物质材料，诗的境界是实的；作为内在的系统，它又是空的。这种特质，可概括为“以实为体，以空为用”：因为它是实在的物质材料，所以才能保存；因为它在结构上是空的，所以才能容纳、装载以表达对象。正如一所房屋，房屋是实与空的统一，外壳是一个实体，内部是一个空间。没有实体的砖瓦，房屋不能存在，但房屋里面如果没有空间，也就没有用处。可以说，诗的境界虽然没存在于文字——这所房子的砖瓦上，但它包含在语言——这间屋子的空间中。也正因为这样，读者要得到诗人的境界，才不必亲身跟他一块去观照实际景物，读他的诗就能得到。韩愈《桃源图》诗：“文工画妙各臻极，异境恍惚移于斯。”这是诗人把自己的境界移到作品的系统中去了。所以李长之先生把境界释为“作品中的世界”，也就是说，艺术作品是在现实世界之外，又给予了我们一个新的世界。

其实这个见解前人早有，比如梁启超论小说作品的境界：“凡人之性，常非能以现境界而自满足者也……故常欲于其直接以触以受之外，而间接有所触有所受，所谓身外之身，世界外之世界也。……小说者，常导人游于他境界，而变换其常触常受之空气者也。”（《论小说与群治之关系》）这里说小说境界在现实之外，并不是说小说的内容可以脱离现实，而是指艺术作品中的境界和现实世界存在方式的不同。法国理论家梅洛·庞蒂认为，作为实在的物质性的纸张颜料，存在于一幅画实际的空间之中，但在这幅画的画框之中又有一个空间，那就是被画家用颜色所表现的艺术空间，这一空间是在实在空间之外的。[①] 热奈特也曾说过，一个人坐在阳光下阅读小说，他的身体是在现实的空间和时间之中，他的心灵却经历着小说中所描写的空间和时间，这两种不同的生活是并列进行的。热奈特把阅读中所经历的生活叫“第二生活”。梅洛·庞蒂所谓的艺术空间和热奈特所谓的“第二生活”，亦即境界。它居于现实世界之外，隐藏于作品的语言之中，是读者通过阅读行为把它接收到自己的感受中。这种世界在感受中固然是真实的，但和实实在在的世界相比，它是虚幻的，所以苏珊·朗格把它叫“虚幻的空间”。王国维在《人间词话》中谈到境界时引用严羽“水中之影，镜中之象”的比喻，也正说明作品中的境界只可感受而不可捉摸的虚幻性。

境界系于经验感受的性质，和我们前面说过的“象”是一样的。但境与象又有区别：象，从概念本身来说，是对某一物体的单个意象，而境是对一个整体场景的感受。所以我们说，诗的境界是由象的系列构成的。换句话说，境是意象结构。象一旦构成境，其变化并不仅仅表现在量上，更重要的是表现在质上。正如“格式塔理论”所指出的，当许多元素结合在一起的时候，就会突然出现具有全新性质的新东西。三条独立的线段不过是三条线，如果把这三条线首尾相连，它就再也不是线，而是一个全新的形了；线的存在表现为实的，形的存在表现为空的，形已经不再是那三条线段，而是线段之中的空间了。“象”构成“境”也是如此。境不是象的外在积累和简单结合，而是把实的变成了空的。借用道家的话说，象是一个“有”，境却是一个“无”。象只是观照的对象，境已成为游历的空间，它已不再像“象”那样摆到人们面前供人观看，而是向人们发出召唤、提出邀

① 我国古代画论也有这样的见解。恽寿平《瓯香馆画跋》：“恍若尘区之外，别有一世界。……使人神襟湛然，游赏无穷。”恽寿平题友人唐洁庵画：“谛视斯境……其意象在六合之表，荣落在四时之外。”

请，并吸引人们进入的一种环境和场合。所以，严格地说，境虽为象所构成，但它又在象之外。譬如一座花园，如果说园中的花坛、树木、建筑是“象”的话，那么花、木、建筑以外的空虚部分才是“境”，只有境才能使人游履其中。谈艺者借用佛学的“境”字，也正取的是它能使人“游履攀缘”的意义。宋人郭熙论绘画的境界：“山水有可行者，有可望者，有可游者，有可居者……但可行、可望不如可居、可游之为得。”（《林泉高致》）绘画是这样，诗歌也是如此。袁枚《随园诗话》引严冬友的话：“凡诗文妙处，全在于空。譬如一室内，人之所游焉息焉者，皆空处也。若窒而塞之，虽金玉满堂，而无安放此身处，又安见富贵之乐耶？钟不空则哑矣，耳不空则聋矣。”袁氏把这个道理说得再透彻不过了。

最后再来看“境界”在诗中的地位和作用。我们在本章的开始就说过，意境是诗作品的最高层次，可它并不是诗的根本。诗的本体是情，而情是不能以语言系统来表达的。作为语言系统的诗作品只能表达意念和境界，而表达境界并不是目的，作者的目的是通过境界给我们提供一个产生情兴的环境。这个环境曾经拨动过作者的心弦，使他产生感动，作者把它移进作品之中，召唤读者进入到这个“磁场”来“充磁”，从而使读者也产生感动。目前不少学者把“境界”定义为“情景交融”，这是一种似是而非的理解。因为诗人在作品中并没有写情，也不可能写出情来，境界只是诱发情的环境而不包含情本身。读者读了诗作品生情，那只是境界的效果，而不是境界本身所含有东西的直接让渡。也因为境界只是诱发情而不等于情，所以它在诗作品中虽属最高层次，但对诗本体来说，它毕竟只是传达的桥梁。王国维拈出“境界”二字来评诗词，总结了前人的理解，这固然是他的功绩，但他同时也犯了一个错误，那就是把“境界”说成是我国古典诗词的“本”。他说：“沧浪所谓兴趣，阮亭所谓神韵，犹不过道其面目，不若鄙人拈出‘境界’二字，为探其本也。”（《人间词话》）其实，对于中国古典诗歌来说，严羽、王士禛的“兴趣”“神韵”才是真正的探本之论。王国维把境界当成根本，显然是受西方文学观念的裹挟，以西方的模仿观念来“框”中国表现观念的结果。

第六章　欣赏论

一

化学家研究燃烧现象，得出了一个著名的“燃烧三角”（燃料、温度、氧气）。艺术活动也和燃烧一样，它的构成也有三个不可或缺的因素，我们不妨称之为“艺术的三角”，那就是作者、作品和读者。作者是艺术信息的生成者，作品是传达信息的媒介物，读者是艺术信息的接收者。整个艺术活动，必须是作为艺术信息的产生和传达的过程而存在的。正好比我们平时所说的“电”，它并不是孤立的、静态的实体，而是电流，它的存在本身就是一种能量的流动。只有阳极或只有阴极，或只有阴阳二极而没有导体，电流都无从谈起。艺术活动也是如此，从主体角度上讲，没有作者这个创作主体，欣赏主体的欣赏活动显然是一句空话。但反过来说，作家的创作是为了让读者来欣赏的，没有读者的欣赏活动，也就不会有创作，不会有作家。鲁滨逊一个人在荒岛上，什么都想到了，可就是没想到要写诗。因为他造房屋、种粮食可以自给自足，唯独诗这种东西不能自产自用。萨特认为，写作在本质上必须是为了别人，作家自己不能欣赏自己的作品，只能通过作品向另外一些“心灵”发出召唤和邀请。因此，诗人需要欣赏者，正如欣赏者需要诗人。

对于这个道理，我们古人早有认识。唐人刘叉有一首《作诗》诗，其中说：“作诗无知音，作不如不作。未逢赓载人，此道终寂寞。”这就指出了诗人对于读者、创作对于欣赏的依赖关系。刘禹锡在《董氏武陵集纪》中把诗人叫作“工于诗者”，把读者叫作“达于诗者”。他说：“工生于才，达生于明，二者还相为用，而后诗道备矣。”意即诗人的表现活动和读者的欣赏活动互相依赖、结合，才构成了整个“诗道”。再从作品的角度上看，没有作者的创作活动，固然不会产生艺术作品；同样，没有读者的阅读行为和欣赏活动，文艺作品的生命也不能付诸实现。因为作品所传达的是观念形态的东西，而观念形态的东西只有在欣赏者的心灵中才会真正地呈现出来。通常，人们只把作家写出作品这个过程叫作“表现”，这从作品是作家内在感受的外化角度上来说，当然是对的。但是如果我们从另外一个角度来看，第一，艺术的本体是一种情感体验，而这种情感体验是不可以直接表述的。艺术家通过作品所外化出来的东西，只不过是与情感体验有密切联系的意念与形象，而不是作为本体的情感体验自身。作品所直接表述的意、象只是引导读者走向那不可表述的本体的桥梁或路标。换句话说，艺术家所要最终表现的东西没有存在于作品之中。第二，即使是被当作传达本体桥梁的意念、形象，我们说它们存在于作品之中，也只是说它们包含在作品的语言系统的意义之内，并不是指它们实际存在于物质性的文字符号之上。因为作品实在的、物质性的符号只不过是艺术家所要表述的意念与形象的代用品，而不是意象本身。雷蒙·凯诺说，“面包”这个词不能吃，“酒”这个词不能喝。威廉·詹姆斯也说，“狗”这个词不咬人。这就是说，词可以表述对象，但又不等于表述对象。

从上述的两点，我们可以看到，实在的、物质性的艺术作品与艺术家真正所要传达的东西已经隔着两层。从这个意义上讲，与其说艺术作品表现了艺术本体，还不如说情感体验这个核心信息隐藏在艺术作品所直接表述的意、象背后，而直接表述的意、象又贮藏在作品的符号系统之中。这深深隐藏着的本体信息，等待着一个接收者把它“解救”出来，通过阅读和体验使它在心灵中重新出现。如果只有艺术作品而没有读者的阅读行为和体验，艺术本体永远只能是等待出现，而不会使出现变成现实。萨特认为，脱离了人的阅读行为的作品，只不过是一堆没有生命的符号。勒韦尔迪对作品依赖欣赏做过一个相当贴切的比喻：“在诗人写作过程中的诗仿佛是创作的底片，然而它的正片却在读者身上。只有在作品的一切素质在读者的感情上得到反映的时候，它才可以认为是最后完成了，这如同摄像印在照片上一样。”①

其实，我们古人早有类似的见解。钟嵘《诗品》引袁嘏的话：“我诗有生气，须人捉着，不尔，便飞去。”这就是说，诗作品的生命必须通过读者的欣赏活动才能实现，离开了欣赏，作品也就失掉了生命。严羽《沧浪诗话》中说屈原的《离骚》：“须歌之抑扬，涕泪满襟，然后为识《离骚》。否则为戛釜撞瓮耳。”意即《离骚》的生命在于作者所传达的悲愤情感，而这个情感必须通过欣赏者读诗之后所形成的涕泪满襟的悲愤感受才能真正实现出来，如果没有欣赏者的悲愤感受，那《离骚》只不过是干巴巴的没有生命的声音。古人的这些论述，都预先讲出了西方人所发现的道理。

也正是由于这样的见解，所以在中国传统诗学中，我们古人总是将诗的欣赏放在与诗本体的生成和诗作品的写作同等重要的位置。在长期的实践和探索中，古人形成了一套独具特色的欣赏理论，对欣赏活动的性质和规律都有深刻的揭示。在这一章里，我们拟对古代诗学中这方面的内容做一些评述。

二

在本书的第三章中我们讲过：古人用“感兴”这个概念来说诗之产生。其实，这个概念并不是生成论中的专用概念，因为古人在欣赏论中也同样用“感兴”概念来说诗的欣赏效果。《论语·阳货》：“诗，可以兴。”《礼记·乐记》：“乐也者……其感人深。”《汉书·礼乐志》：“诗语足以感心。”嵇康《声无哀乐论》：“心动于和声，情感于苦言。”《文心雕龙·乐府》：“情感七始，化动八风。”钟嵘《诗品序》：“动天地，感鬼神，莫近于诗。”白居易《与元九书》：“感人心者莫先乎情，莫始乎言。”如此等等，都是这方面的例子。古人认为，正如诗人的感兴是其能写出好诗的根本关键，读者读诗是否能发生感兴，也是鉴别诗好坏的根本标准。黄周星说好的词曲，“曲之妙无他，不过三字尽之，曰‘能感人’而已”（《制曲枝语》）；周圻说坏的诗文，

---

① 〔法〕彼埃尔·勒韦尔迪著，王忠琪译：《关于诗的思考》，《二十世纪外国重要诗人如是说》，河南人民出版社 1992 年版，第 99 页。

"世人所以不可传者无他，坐使人无所动耳"（《答黄济叔》）。同一个"感兴"概念兼指诗人写诗以前的经验和读者读诗之后的经验，这并不是因为我们古人诗学概念的贫乏，而是因为在古人看来，这两个经验虽然发生在不同的主体之中，但它们在本质上是同一个东西：那就是作为诗之本体的情感体验。这个本体，在诗人还没有构思写作之前，就已经在诗人观物的时候发生在心灵之中了。诗人通过构思写作所形成的诗作品，只是让他人也领受到自己体验的手段，或者说，作品只是诗人为读者进入自己的体验所铺设的一条道路。

读者赏诗的极致，不过是获得诗人通过作品所传达的那个本体，使曾经发生在诗人心中的情感体验活动在自己的心中也发生一次。法国作家法朗士说过，诗人的创作是"睁着眼睛做梦"，而读者的欣赏是"重温诗人之梦"，这与我们古人的看法正相吻合。也正因为在古人看来，诗本体在诗人心中发生与读者对诗本体的获得属于同样性质的东西，所以他们也就常常把创作和欣赏等同起来。宋人陈渊在一首诗中说："渊明已黄壤，诗语余奇趣。我行田野间，举目辄相遇。"（《越州道中杂诗》）前两句是从欣赏诗的角度上说，意即陶渊明虽然已经死了，但读了他的诗能获得情趣；后两句是从自己的实际生活感受上讲，意即面对着陶渊明所歌咏过的田野风光，自己也能受到同样的感发，从而获得和他一样的情趣。这里，欣赏中所获得的情趣与在实际生活中所获得的情趣是被等同起来的。换句话说，面对着生活中实际客体所得到的最高心灵事实，与面对着作品这个审美客体所得到的心灵事实是一样的。清人薛雪在《一瓢诗话》中说绘画曰："画于绢素上观之，观画也；于未到绢素上观之，作画也。""于绢素上观之"，指欣赏作品；"于未到绢素上观之"，指画家观察自然景物。这两件事被相提并论，也是由于两个"观之"所获得的心灵感受的相同。

不少学者解释孔子的"兴、观、群、怨"的"兴"为"艺术美感"，这实际上是以西方的美学观念曲解了中国的概念。因为我们古人既然坚持创作者与欣赏者在诗本体感受上的"同一"，所以我国古典艺术美学中根本就不存在西方那样一个特殊的"艺术审美感受"范畴。这种情况是和中西方传统上对整个艺术活动本质的不同看法密切相关：西方人往往把艺术活动看作是对一种带本质性的审美实体的创造过程，我们古人则把它看作是对实际生活感受的传达过程；既然艺术只是传达，所以读者所接收的，也就是作者通过作品所要表达的生活感受。换句话说，读者的感受不过是作者感受的重现。列夫·托尔斯泰说过："艺术是这样的一项人类活动：一个人用某种外在的标志有意识地把自己体验过的感情传达给别人，而别人为这些感情所感染，也体验到这些感情。"① 其实，他的这一见解，客观上不过是弘扬了东方人的传统理论。

然而，作为俄国人的托尔斯泰，他的整个思想毕竟是属于欧洲型的，尽管在某些见解上受东方的影响，但他并不能摆脱西方的传统思路。这表现在，他虽然强调读者在艺术欣赏时所发生的感受与作者相同，但只把读者看成是对作者所传达感情的被动接受者。比如他给好的艺术下定义，是"只有传达出人们没有体验过的新的感情的艺术作品，才是真正的艺术作品"②。这就是说，一个读者在没有欣赏艺术之前，他的心中从来没有体验过艺术家所要传达给他的感情。我国的传统看法正好与托尔斯泰相反，我们古人认为，好诗的标准是"道得人心中事"，是能够写出"人人心中所有，人人口中所无"的感受。这个意思，我国历代文人屡有谈及，这里只举梁启超的一段话：

> 人之恒情，于其所怀抱之想象，所经阅之境界，往往有行之不知、习矣不察者，无论为哀、为乐、为怨、为怒、为恋、为骇、为忧、为惭，常若知其然而不知其所以然，欲摹写其情状，而心不能自喻，口不能自宣，笔不能自传。有人焉和盘托出，澈底而发露之，则拍案叫绝曰：善哉善哉，如是如是。（《论小说与群治之关系》）

梁启超指出，作者所传达的感情，并不是与别人不一样的一种特殊的东西，它只不过是对普遍潜在于人们内心的固有性灵的引发。这也就是说，读者并不是等待灌满的瓶子，而是待燃的火种。讲到这里，我们又想到中国古人论学道。古人认为，"道"这种东西并不是外来的，而原本就存在于

---

① 伍蠡甫等编：《西方文论选》（下卷），上海译文出版社 1979 年版，第 433 页。
② 伍蠡甫等编：《西方文论选》（下卷），上海译文出版社 1979 年版，第 434 页。

人心之中，故孟子主张学道只是“反求诸己”和“深造自得”的过程。佛家禅宗也是这个看法，《六祖坛经》云：“菩提般若之智，世人本自有之，只缘心迷，不能自悟。”《神会禅话录》云：“如暗室中有七宝，人亦不知所，为暗故不见。智者之人，然大明灯，持往照燎，悉得见之。”意谓教人学道，不过是引他自见内心中的“珍宝”而已。明人耿定向说过一条抓痒的谜语：“左边左边，右边右边，上些上些，下些下些，正是正是，重些重些，轻些轻些。”这就是说，学道好比搔痒，痒本在自己身上，别人说得对，就如同抓到自己的痒处。古人认为读诗与学道在使人回返自己这一点上并无区别，所以他们也用抓痒来比喻读诗。早在唐代，杜牧就说过：“杜诗韩笔愁来读，似倩麻姑痒处搔。”清人焦循说欣赏作品的感受，也是“真久病顿苏，奇痒得搔”。总之，在我们古人看来，欣赏者之所以能获得与作者相同的感情勃动，并不是被动地接纳了自己心灵中原来没有的感情，而是心中固有的感情与作者发生了共鸣。在这一点上，日本的厨川白村在《苦闷的象征》中主张作者与读者“生命的共感”是欣赏得以成立的根本条件，比起托尔斯泰来，无疑更符合东方传统的理论。

早在古希腊，亚里士多德就把艺术家和哲人都看成是知识的传播者、给予者，认为欣赏的实质就是求知。托尔斯泰的理论并没有冲破这个“大框子”，他只是把亚里士多德所谓的知识变成了感情而已。这说明西方人对于艺术活动中的作者与读者，历来强调的是一种“让渡性”的关系。所谓让渡，就是某种实体由一方转让、过渡到另一方。应该指出，西方人不但对艺术活动持这种见解，也将这种见解贯彻到整个宇宙观中，以实体让渡的观点来解释世界上的一切运动和现象，所以也就造成了西方自然科学的发展。我国古人对世界上运动现象的解释与西方的“让渡说”不同，他们坚持的是一种“感应说”。古代，中国人解释天地万物之发生，就用了感应的概念。《周易·咸卦》所谓“天地感而万物化生”，即此意。感应不等于让渡，因为它不是与体和受体双方有什么实体在流动，而是二物之间由于相互作用发生的一种运动状态上的“应和”。在这种应和之中，受体从与体上得到的并不是一种实体，而只是一个动因，它被动因所刺激，引发自己本身潜在的生命力，并产生和与体同步的运动。对受体来说，动因虽是外来的，但运动是它自己的事。

换句话说，在感应关系中，受体虽有待于与体，但又无取于与体。

毋庸讳言，正因为我国古人用感应来解释万物之发生，从而使我们的传统理论带着很浓的原始直观性和模糊性。然而，感应作为一种客观存在的现象，并不是单纯的让渡说所能够代替得了的。在自然科学领域中，感应说固然有许多“幼稚”的地方，但用它来解释一些精神现象、心理现象和艺术现象时，比起让渡说也许更切近情理。如艺术创作中的灵感问题，在西方的古代，“灵感”这个词的本义为“吸气”：诗人从缪斯女神那里吸入了一种诗的气息，所以心灵中才产生了诗情和灵感。中国古人也用“气”的概念来论述诗情的产生，但并不讲“吸气”，而讲“感气”。在我们古人看来，诗情不是从外部吸入的一种自己原来没有的实体，而是诗人心中所固有的气与天地的气相互感应，从而使人心与天地发生了同步的应和与共鸣。刘勰《文心雕龙·物色》云：“盖阳气萌而玄驹步，阴律凝而丹鸟羞，微虫犹或入感，四时之动物深矣。若夫珪璋挺其惠心，英华秀其清气，物色相召，人谁获安？是以献岁发春，悦豫之情畅；滔滔孟夏，郁陶之心凝；天高气清，阴沉之志远；霰雪无垠，矜肃之虑深。”这种从主体与客体应感共鸣的角度上来解释诗人情兴之发生的见解，显然比“吸气说”合理得多。刘勰指出：春天的自然之气处于发扬状态，所以人心在它的感召下也产生舒畅的状态；冬天的自然之气是收敛的，所以人心也表现为凝缩，这就是“感应”的同步应和。之所以发生这种同步的应和，是作为感应体的双方有一种共同的基质，这种基质就是同样的“气”。《周易》谓感应为“同声相应，同气相求”。董仲舒《春秋繁露》中论感应，专有一章名为《同类相动》，其论云：“百物去其所与异，而从其所与同。故气同则会，声比则应……非有神，其数然也。”他们强调的都是这个意思。可以说，东方人看世界重统观，所以较多地注意到事物之间相同的一面，而“感应说”正是建筑在万物同质这个理论基础上的。西方人看世界重辨析，故较多地注意到事物间相异的一面，而“让渡说”也正是建筑在这一总观念上。因为有了与体和受体之间的不平衡，才会发生某些实体的让渡。

再来看看我们古代艺术欣赏论中的“感”。与创作论中的“感”一样，它既指欣赏主体所发生的那个心灵感动本身，同时也指在欣赏过程中读者与作者之间的那种特殊的感应关系。正如读者欣赏时的心灵感动只是作者心灵感动的重现一样，欣赏时读者与作者的感应关系也是创作时作者与自然的感应关系的重演。这可以从以下几方面的意义上来说：

首先，欣赏的感应与创作的感应在模式和环节上是相同的。从上文所引刘勰的一段话可以看出，创作中的天人感应是通过四时之气感动物色，物色感动人心这样一个程序来实现的，也就是说，物色是天与人发生感应的中间环节。钟嵘在《诗品序》中把这个意思说得尤为清楚："气之动物，物之感人，故摇荡性情，形诸舞咏。"在欣赏活动中，读者与作者之间发生感应也有个中间环节，那就是作品。刘勰说欣赏云："观文者披文以入情，沿波讨源，虽幽必显。世远莫见其面，觇文辄见其心。"（《文心雕龙 · 知音》）这就是"文"把两个心灵联系起来，成为它们之间发生感应的中介。

其次，这两个感应在性质上，又都是超授受、超让渡的。作者受自然的感召，自然并没有给予作者任何实体，它只是通过物色给作者心灵以刺激；作者通过作品给予读者的也只是一个刺激因，或者说只是对读者心灵的一个"点燃"。佛家喻传法："譬如一灯然百千灯，其本一灯，无灭无尽。"一盏灯点亮了别的灯，它的火焰一点也不会减弱，原因是它给予别的灯的并不是火焰本身，而只是一个点燃因。当别的灯燃亮之后，它们的火焰都是燃烧自身的油所产生的，与原来的火种并无关系。欣赏中读者所发生的心灵感动也是这样，它在本质上也是一种自己燃烧自己的活动。

再次，欣赏过程中读者和作者的感应关系，也与诗本体生成时作者和自然的感应关系一样，在状态上都表现为一种同步的应和。"以乐而赋，则读者跃然而喜；以怨而赋，则读者愀然以吁；以怒而赋，则令人欲按剑而起；以哀而赋，则令人欲掩袂而泣。"（徐师曾《文体明辨序说》）读者与作者之间所发生的这种共鸣，与创作中作者与自然所发生的同步共鸣也是一样的。

最后，正如自然与作者发生感应是由于双方含有共同的基质，作者与读者的感应也是由于他们具有相同的性情。我国古人历来强调人与人之间性情的一致性，孔子云"性相近"，孟子云"凡同类者，举相似也，何独至于人而疑之"。在古人看来，正因为人们都有同样的感情，所以一个人的感情才可能打动别人。白居易说："上自贤圣，下至愚骇，微及豚鱼，幽及鬼神，群分而气同，形异而情一。未有声入而不应，情交而不感者。”（《与元九书》）文天祥欣赏杜诗云：“子美于吾，隔数百年，而其言语为吾用，非情性同哉?”（《集杜诗自序》）明人徐祯卿说：“凡厥含生，情本一贯，所以同忧相瘁，同乐相倾者也。”（《谈艺录》）金圣叹也说：“作诗……须说其心中之所同然者。……故能使读我诗者应声滴泪也。”（《鱼庭闻贯》）如此等等，都是这类的论述。

总而言之，无论是从“感”字的“感动”意义还是“感应”意义上，都可以看出读者与作者所获最高感受的同一性。在古人那里，整个诗产生、欣赏的活动，既是感动内容的产生与再现，也是感应过程的发生与重演，这种活动的根本效果，必然是使人与自然、人与人达到相互谐和。明乎此，我们也就知道，古人关于诗的生成论也好、欣赏论也好，都不是单纯在审美的角度上来立论，而是建立在更深更广的背景——“天人合一”的观念之上的。

三

诗的创作与欣赏在所获最高感受上虽然是同一的，但因为前者的感应发生在主体与客体之间，后者的感应发生在两个主体之间，这也就决定了二者具有不同的特点：创作主体所面对的是客观的自然物，所获得的感应是无意中发生的，而欣赏主体所面对的是观念形态的诗作品，其要获得诗人通过作品所传达的感兴，必须要用心灵去主动寻求，以使自己的感受与诗人达到契合。这一过程，用我们古人的话来说就是“以意逆志”。

“以意逆志”是孟子提出来的。他说：“故说诗者，不以文害辞，不以辞害志。以意逆志，是为得之。”（《孟子·万章上》）这里的“意”指读者的意，“志”指诗人的志；“逆”是“迎”的意思，一个东西从那边过来，一个东西从这边过去，二者期于半路相碰，这才叫“迎”，所以“逆”引申为迎接、逆料。孟子的意思是说，读者在读诗的时候，要想透过外在的言辞而得到诗人的本心，就要设身处地，用自己的心去体会诗人当时的心，使自己的心灵与诗人相契合。古人赵岐注孟子的“以意逆志”：“人情不远，以己之意逆诗人之志，是为得其实矣。”他的理解是正确的。如果把这个意思说得直白一点，就是“将心比心”。《诗经 · 小雅 · 巧言》：“他人有心，予忖度之。”寒山诗云：“君心若似我，还得到其中。”五代顾敻词云：“换我心，为你心，始知相忆深。”如此等等，皆可以来诠释孟子的“以意逆志”。

孟子的“以意逆志”说，虽是关于读诗的具体见解，但并不是孤立的，它是建筑在儒家的整个思想体系上的。众所周知，儒家于社会人际最讲“恕”道。何谓“恕”？《新书 · 道术》云：“以己量人谓之恕。”王逸注《离骚》：“以心揆心为恕。”皇侃注《论语 · 里仁》：“恕，谓忖我以度于人也。”总而言之，就是每事想到人心如己心，要善于为别人设身处地地想一想，推己及人，以达成互相体谅。“恕”字是儒家整个伦理思想和认识论的基石。孟子认为，良好社会秩序的建立和维系，靠的就是这种人与人之间推己及人、以心比心的恕道：“老吾老，以及人之老；幼吾幼，以及人之幼。天下可运于掌。《诗》云：‘刑于寡妻，至于兄弟，以御于家邦。’言举斯心加诸彼而已。故推恩足以保四海，不推恩无以保妻子。古之人所以大过人者，无他焉，善推其所为而已矣。”（《孟子 · 梁惠王上》）所谓“以意逆志”，正是这种恕道在诗歌欣赏论上的体现。

“以意逆志”说在古代的欣赏论中影响很大。后人如姜夔论读诗：“三百篇美刺箴怨皆无迹，当以心会心。”（《白石道人诗说》）谢榛说欣赏作品：“尔心非我心，焉知我心之有得也？以我之心，置于尔心，俾其得我之得，虽两而一矣。”（《四溟诗话》）汤显祖说自己读《西厢记》的体会是“董（解元）以董之情而索崔、张之情于花月徘徊之间，余亦以余之情而索董之情于笔墨烟波之际”（《董解元西厢题辞》）。焦循说阅读古人的作品是“以己之性灵，合诸古圣之性灵……以精汲精”（《与孙渊如观察论考据著作书》）。所有这些说法，都是对“以意逆志”的继承。

“以意逆志”是符合诗歌欣赏的实际规律的。因为读者要想得到诗人在诗中所抒发的情志，必须深入到诗人所提供的特定意境之中，把自己设想成诗人，设身处地地去体验诗人在此时此地的感受。颜之推说欣赏是“入其滋味”（《颜氏家训 · 文章》），韩愈说欣赏是“沉浸酞郁”（《进学解》），朱熹说欣赏是“涵濡以体之”（《诗集传序》）。黄子云亦说：“当于吟咏时，先揣知作者当日所处境遇，然后以我之心，求无象于窅冥惚恍之间。”（《野鸿诗的》）况周颐说："善读者，约略身入景中，便知其妙。"（《蕙风词话》）刘熙载说："讲书须使切己体认……方觉有味。"（《艺概》）如此等等，讲的都是读者欣赏诗时入乎其中的体验过程。

我们知道，作家在创作中，为了体验自己笔下人物的内心世界，往往需要将自己设想成笔下的人物，其实读者在欣赏中何尝不是如此。《水浒传》第四十一回写宋江被人追捕，躲入寺庙的神厨之中，金圣叹于此批道："看他写得一起一落，又一起又一落，再一起再一落。遂令宋江自在厨中，读者本在书外，却不知何故一时便若打并一片心魂，共受若干惊吓者。"（《水浒传》批语）梁启超也说过："凡读小说者，必常若自化其身焉，入于书中，而为其书之主人翁。读《野叟曝言》者，必自拟文素臣；读《石头记》者，必自拟贾宝玉；读《花月痕》者，必自拟韩荷生若韦痴珠；读《梁山泊》者，必自拟黑旋风若花和尚。虽读者自辩其无是心焉，吾不信也。夫既化其身以入书中矣，则当其读此书时，此身已非我有，截然去此界以入于彼界。"（《论小说与群治之关系》）他们说的都是读者在欣赏过程中与书中人物融为一体的情况。

人们欣赏叙事文学是如此，欣赏诗歌亦然。读诗者体验的极致，就是进入诗人的特定心境之中，使自己的心灵与诗人契合为一。厨川白村说："读者和作家的心境帖然无间的地方，有着生命的共鸣共感的时候，于是艺术的鉴赏即成立。"① 厨川白村说的就是这个意思。《宋人轶事汇编》中载有一则有趣的掌故，说张孝祥有一次听乐伎演唱陈济翁的《蓦山溪》词，当听到"金杯酒，君王劝，头上宫花颤"一句时，"张之首不觉自为摇动者数四，坐客忍笑而张不知也"。这里，张孝祥听到"头上宫花颤"而自己不觉摇首，就是因为他在欣赏中使自己的心灵与抒情主人公相融而俱化，于是自己也不知不觉地成了志满意得之人。当赏诗者的体验达到极致，即赏诗者的"意"与诗人的"志""帖然无间"地契合在一起的时候，赏诗者往往会感到，其所读的诗句并不是诗人给予的，而是自己心中所自有的。文天祥曾说他读杜诗的感受："凡吾意所欲言者，子美先为代言之。日玩之不

---

① 〔日〕厨川白村著，鲁迅译：《苦闷的象征》，《鲁迅译文集》第三卷，人民文学出版社 1958 年版，第 45 页。

置，但觉为吾诗，忘其为子美诗也。”（《集杜诗自序》）。《西清诗话》引《吴越纪事》云：“越僧处默，赋诗有奇句，尝云：‘到江吴地尽，隔岸越山多。’罗隐见曰：‘此我句，失之久矣，乃为吾师丐得。’”又，《苕溪渔隐丛话》引《后湖集》：“余每读苏州‘漠漠帆来重，冥冥鸟去迟’之语，未尝不茫然而思，喟然而叹，嗟乎，此余晚泊江西十年前梦耳。”周紫芝《竹坡诗话》亦云：“余顷年游蒋山，夜上宝公塔……忽记杜少陵诗‘夜深殿突兀，风动金琅珰’，恍然如己语也。”这种情况，就是读者与作者心灵感受相契合的结果。列夫·托尔斯泰在讲到艺术欣赏时说过：“感受者和艺术家那样融洽地结合在一起，以致感受者觉得他所欣赏的那件艺术作品并不是其他什么人所创造的，而是他自己创造的，而且觉得这件作品所表达的一切正是他很早就已经想表达的。”① 他所讲的就是这种情况。

四

对于赏诗的具体过程，我们古人进行过详尽而深入的探讨。古人认识到，因为读者欣赏时所直接面对的是诗作品，所以读者要进入体验，必须要以对具有特定形式和内涵的作品的阅读、理解作为条件。朱熹谓赏诗过程云：“章句以纲之，训诂以纪之，讽咏以昌之，涵濡以体之。”（《诗集传序》）首句指对作品字句的阅读，二句指对作品内涵的理解，三、四句指对本体的体验。清人刘开也说：“从容讽诵以习其辞，优游浸润以绎其旨，涵泳默会以得其归，往复低徊以尽其致。”（《读诗说中》）此语也是首句指阅读，二句指理解，三、四句指体验。阅读、理解和体验的过程，总体来说，就是凭借作品而又超越作品的过程。这有点像运动员的跳远：跳远的设施分跑道、踏板与沙坑三部分。诗作品的文字材料好比跑道，意境内涵好比踏板，而作为诗之本体的情兴则好比在跑道与踏板之外的沙坑。欣赏诗歌以最终得到作品之外的本体为目的，正如跳远以超离跑道与踏板而腾身跃入沙坑为目的。然而没有助跑与起跳，也就不会有最后的腾跃。换句话说，

① 伍蠡甫等编：《西方文论选》（下卷），上海译文出版社 1979 年版，第 439 页。

超离跑道、踏板的冲力只有凭借跑道和踏板才可能获得。

赏诗也是如此，读者必须凭借文字材料的外壳而又超离它，才可得到作品的意境内涵；又须凭借和超离意境，才能最后得到诗的本体。三国时玄学家王弼说过这样的话："言者，象之蹄也；象者，意之筌也。是故，存言者，非得象者也；存象者，非得意者也。象生于意而存象焉，则所存者乃非其象也；言生于象而存言焉，则所存者乃非其言也。然则，忘象者，乃得意者也；忘言者，乃得象者也，得意在忘象，得象在忘言。"（《周易略例·明象》）如果我们把他所说的"言"理解成诗作品的文字外壳，把"象"理解为作品的意境，把"意"理解为诗的本体，那么他的话用来说明诗的欣赏过程是再深刻不过的：因文字而求意境，忘（超越）文字才得意境，因意境而求本体，忘意境才得本体。我们古人认为诗歌的欣赏过程正是这样。下面让我们对古人关于赏诗各阶段的有关见解做较详的阐发。

我们知道，艺术作品与自然物有本质的不同。简单来说，自然物无论在形式还是内容上都是物质性的，而艺术品则不然，它们的实际存在虽然也具有物质的形式外壳，比如一幅画的实际存在就是纸张和颜料，一座雕像的实际存在就是石头，一首乐曲的实际存在就是在空气中振动的声音，一首诗作品的实际存在就是语言和字迹，然而艺术品的物质材料外壳只是艺术家传达某种观念的凭借，所以艺术品在内容上、实质上是观念性的。自然物的运动动力在于自身，它的运动是列宁所说的"自己的运动"。在"自己的运动"之外，不可能有什么精神实体或者上帝在指挥自然物；艺术品的运动动力却在自身之外。从一定意义上来说，艺术家就是艺术品的"上帝"，艺术家按照自己的观念意图来产生它、指挥它，所以艺术品的物质运动没有自在性和独立性，它只是艺术家观念的外化。比如一首钢琴曲，它和谐的音符震动，其动力不在于钢琴本身，而在于钢琴之外的艺术家；舞台上所演出戏剧情节的发展，其动力并不在舞台上，而在于舞台之外的编剧和导演。

一个特定的自然物，在它产生之前，并没有在任何地方存在过，而艺术则不同，在它还没有变成艺术品之前，就已经存在于艺术家的头脑中了。自然物的本质存在于自身之中，它是自在的、独立的，不以人的意志为转移的。自然物里面的各种固有关系，人的精神不可能改变，只能认识它、反映它；艺术品的本质却是人决定的，因为它是艺术家精神的产物，所以其中的各种关系，是艺术家的精神赋予的。无论是语言艺术还是直观艺术，其中的这句话与那句话，这一部分与那一部分，这条线条与那条线条，这个形象与那个形象等，都是通过艺术家的思维把它们联系在一起的。换句话说，这些关系的本质并不来自艺术品的物质本身，而来自艺术家的观念。自然物的真实性，在于本身客观物质的存在，艺术的真实却不在于艺术品的物质材料，恰恰相反，艺术品的物质材料只不过是传达艺术家心中观念的媒介，物质材料充其量只能说是一个仿型，而不是原型。艺术的原型是观念。如果把艺术家所要表达的观念比作"竿"，那么物质的艺术品只是"影"。因此我们说，艺术品作为物质来说，固然是实在的，但对于观念来说，它却是不真实的。我们说一篇小说写得真实，是说它所表述的观念形象的真实，而不是说它作为纸张、字迹的真实。我们说一首诗写得真实，也是指诗中观念性意境的真实感和所传达的情感的真实，而不是指它实在的文字和声音。相反，纸张、字迹、声音这些物质的东西，对于所要传达的观念来说，都是假的东西。总而言之，真正作为艺术而存在的，并不是艺术品表面的物质媒介，而是通过这些媒介所表现、所传达的观念。

关于上述的道理，我们古人很早就认识到了。老子说"大音希声""大象无形"。这里的"音"指音乐，"象"指形象，当然也包括艺术形象在内；"大"，在《老子》中是"道"的同义词。所谓"大音""大象"，即音乐与形象的"道"，亦即它们的本体和本质。在老子看来，现实存在的音乐和形象，固然有物质性的形与声，但它们的本体不在物质的声、形上，恰恰相反，"音"与"象"的本体是无声、无形的。换句话说，它们的本质、本体是超乎物质的声形之外的精神、观念。庄子也说过，物质性的音乐声调，是由无声无形的"道"中产生的："夫道，渊乎其居也，漻乎其清也。金石不得无以鸣。"（《庄子·天地》）物质的乐调和舞姿，只不过是"道"的外化，它们并不是乐的本质和本体，"钟鼓之音，羽旄之容，乐之末也"（《庄子·天道》）。由庄子的话，我们会想到《礼记·乐记》的说法："乐者……其本在人心之感于物也。"意即乐之"本"是人心中对外物的一种观念形态的感受，而不是外在的声音。由此可见，在对艺术本质观念性的认识上，道家与儒家的观点是完全一致的。

艺术品观念内容的“本”与物质外壳的“末”，并非完全等于一般事物的“本质”与“现象”的关系。一般事物的现象总是本质的直接表现，也可以说，现象是表现出来的本质，现象与本质之间属于一种内在的联系。但艺术品的内容与物质外壳的关系不是这样，它们属于一种外在的联系，因为物质外壳并不是内容的直接表现，而只是表现内容的间接媒介。比如一篇小说，它所要表现的观念性内容是活生生的人物形象与生活场景，但它的物质外壳不过是由纸张、字迹所组成的一本书；纸、字按其物质本性来说，与观念形象是风马牛不相及的。高尔基说他小时候读福楼拜的小说，深受感动，以为形象的奥妙就在书的字迹上，竟跑到阳光下去透照书的每一页纸，这正是儿童的幼稚无知。王夫之曾这样揶揄过那些只注意诗外部文字的读者：“捧画上钟馗，嗅他靴鼻，几曾有些汗气?”（《古诗评选》）

实际上，画也好，书也好，其物质本身之中并不存在作者所要真正表述的内容，正如一个人的实质并不存在于他的姓名上一样。任何艺术品都不过是一种符号，一种显示着观念而本身又不等于观念的符号。如果我们在严格的哲学意义上使用“表现”这个词，那么我们可以说，艺术的观念是永远无法表现为物质性的东西的，艺术家只能借助某种物质媒介的诱导作用，把观念内容在读者的心灵中显现出来。古希腊的智者高尔吉亚说，对于存在物，“当我们感知到它的时候，也是无法把它告诉别人的。……因为我们告诉别人时用的信号是语言，而语言并不是给予的东西和存在的东西；所以我们告诉别人的并不是存在的东西，而是语言，语言是异于给予的东西的”①。萨特也说过：“常听人说，艺术家先有一个出现为形象的观念，然后把它实现在画布上。的确，艺术家从内心的形象出发，这个形象既然在他的心里，人家就瞧不见它；而他结果产生了一件事物，让人人可以观赏。这样就造成一个错觉：大家以为他从想象而过渡到真实。这是不对的。我们得反复申明：画笔的涂抹痕迹、画布的厚薄和纹理粗细、颜色

① 北京大学哲学系外国哲学史教研室编译：《古希腊罗马哲学》，生活·读书·新知三联书店 1957 年版，第 142~143 页。

上的油漆，这些才是真实事物。但是这些恰恰不是艺术欣赏的对象。……事实上，画家没有使他的内心形象外现而为真实事物，他只利用物体构造了一个仿型，让每个人从这个仿型去把捉那个内心形象。尽管它具有外界的仿型，内心形象仍然是内心形象。……图画是那样，诗歌、小说和戏剧更显而易见是那样。不用说，小说家、诗人和戏剧家都用语言文字来为不真实存在的事物构造仿型。"①

懂得了这个道理，我们再来看中国古代道家关于观念不可表现的见解。《庄子·知北游》云："道不可闻，闻而非也；道不可见，见而非也；道不可言，言而非也。"《庄子·天道》谈文学作品云："世之所贵道者，书也。书不过语，语有贵也。语之所贵者意也，意有所随。意之所随者，不可以言传也……故视而可见者，形与色也；听而可闻者，名与声也。悲夫，世人以形色名声为足以得彼之情！"对庄子的这些话，学者过去大都采取一种否定的态度。实际上，从观念不可能直接表现为物质的意义上看，庄子说的不但是对的，而且是很精到的。尤其是从庄子的整个思想来说，他所破除的只是人们对于语言表现观念的迷信，并未否定语言对观念的转达。《庄子·外物》云："荃（筌）者所以在鱼，得鱼而忘荃（筌）；蹄者所以在兔，得兔而忘蹄；言者所以在意，得意而忘言。"这里庄子指出，正如筌蹄为得到鱼兔的工具，语言也是传达意的工具。但正因为语言作为物质媒材本身并不等于意，所以必须既利用语言又最终超越语言，即淘汰语言的物质外壳，才能得到它所传达的东西。瓦莱里说："语言功用的完成，是在借彼之传达而将思想转移至其他事物以上，这些事物的本身不是语言所能包含的。假如你听懂了我的话，你就无需我的话的本身了，这些话都溶解在你的心中，只剩下话所谈及的种种事物，构成种种关系和概念。这些概念形成以后，其含意与原来的语义是完全不同的。"② 他讲的就是庄子的"得意忘言"的意思。

"得意忘言"说，在我国古代的文学欣赏论乃至一切艺术欣赏论中都具有

---

① 中国社会科学院外国文学研究所外国文学研究资料丛刊编辑委员会编：《外国理论家作家论形象思维》，中国社会科学出版社 1979 年版，第 202~203 页。

② 〔法〕瓦莱里著，曹葆华译：《诗》，《西方现代诗论》，花城出版社 1988 年版，第 209 页。

重要意义。它不但指出人们欣赏艺术时是通过作品的物质外壳来领会其观念内容的特殊规律，而且实际上也告诉我们，在对艺术作品的阅读、欣赏中，到底什么才是读者真正的欣赏对象。换句话说，我们在看一件艺术品时，我们欣赏的对象到底是这件作品实实在在的物质外壳，还是观念性的内容。古人正确地指出是后者。因为物质的外壳虽是我们欣赏艺术的凭借，但它最终是被我们的审美意识所抛弃的东西。物质外壳“设置”在那里，犹如一条道路，甚至连道路也不是，它只是一个路标，只是告诉读者应该走的方向，使读者用自己心灵的“脚”，踏上那条被路标所指，但又在路标以外的路，奔向更远的目的地。这个目的地不是别的，它是曾经隐于艺术家心中的观念形态的东西。艺术品的物质媒介作为路标，它的设置本身，就是让人超越它；它的功用，正实现在它被抛弃之后。具体地说，当我们阅读一篇文学作品时，那纸上的物质字迹和语言不是欣赏对象，只有我们因为看字而在心中呈现出的观念形态的意境和人物形象等才是真正的欣赏对象。当我们看一幅风景画时，那实实在在的物质性的纸张和纸上的重重叠叠的颜料不是欣赏对象，只有我们因看画而在心中出现的对真实风景的意象才是真正的欣赏对象。

关于这个道理，虽然我国早期道学家并没有明确讲出来，但后人在他们的启发下已经说得非常明白了。比如唐人符载说欣赏绘画云：“物在灵府，不在耳目。”（《江陵陆侍御宅宴集观张员外画松石图》）所谓“物”，指作为真正的欣赏对象的物象而言，即说赏画时的欣赏对象是在赏者的心中，而不是耳目所能直接感到的物质因素。欧阳修论赏画亦云：“若乃高下向背、远近重复，此画工之艺尔，非精鉴者之事也。”（《鉴画》）他所说的“高下向背、远近重复”，指的是画面上实在的笔墨色彩的布置设计。欧阳修认为，被画家画在纸上的实实在在的物质因素，恰恰不是欣赏者所鉴赏的对象。清人汤贻汾在《画筌析览》中有一句话说得更好：“画成而不见其笔墨形迹，望而但觉其为真者，谓之象。”这里所谓“象”，即指观念形态的意象，也就是艺术欣赏对象。作为纸上涂有笔墨痕迹的一幅画，是物质的，但这些物质的东西恰恰不是“象”，欣赏者要得到“象”，必须“不见其笔墨痕迹”，而在心中“但觉其真者”。也就是说，在审美意识中，把物质的纸张、墨迹淘汰掉，使真物的意象在心灵中呈现出来。欣赏绘画是如此，欣赏文学作品更是这样。宋人杨时云："学诗者，不在语言文字，当想其气味，则诗之意得矣。"（《龟山集》）明人方以智说欣赏文学作品"必越浮言者，始得其意；超文字者，乃解其宗"（《文章薪火》）。朱承爵也云："出音声之外，乃得真味。"（《存余堂诗话》）清人吴乔亦云："诗不可以言求，当观其意。"（《围炉诗话》）文学的物质形式是语言文字，但物质的语言文字并不等于欣赏对象，读者要想得到欣赏对象，必须在自己的心中把属于第二信号系统的语言文字符号化为第一信号系统的意境，方能"得其意""解其宗"。

也正因为真正的艺术欣赏对象不是物质的而是观念的，所以欣赏的主体也就不能只是肉体感官而只能是心灵。西方的一些古典美学家往往把眼睛和耳朵奉为"审美感官"，似乎只凭视觉和听觉就能欣赏艺术作品，这种看法是不对的。动物也有眼睛和耳朵，但艺术作品让动物来看、来听，与让人来欣赏是完全不同的：一篇诗作，在动物的眼中看来，只不过是密密麻麻的字迹；一幅画，只是红红绿绿的色彩；一首乐曲，在动物的耳中只是频率不等音波的振动。一句话，它们所感到的，只是艺术品的实在的、物质的存在。因为动物只有感官而没有心灵，它们用单纯的感觉官能所能接触到的只能是物质，所以，它们只有感觉对象，而没有欣赏对象。但人们欣赏艺术作品，情况却大不一样，人们用眼睛看的是字，用耳朵听的是声，但是心中所出现的是观念内容，这些观念内容是作品实在的物质字迹和声音中所没有的。换言之，人们欣赏艺术时，在感官中呈现的与在心灵中呈现的是两种不同的东西。莱辛在《拉奥孔》中谈到动物和人对艺术品感受区别时说："动物只看见他们实在看到的东西，我们人类却被想象所迷惑，所以我们相信看见自己实在没有看到的东西。"① 比如我们读《红楼梦》，明明看到的只是字迹，但我们的心中看到了大观园。这"大观园"不是我们肉眼看到的，而是我们在语言文字的指示下用心灵想象出来的。因此，只有心灵才能接收艺术欣赏对象。歌德在《说不尽的莎士比亚》中曾经这样说莎士比亚，"他似乎在为了我们的视觉而创作，但这是我们的错

① 〔德〕莱辛著，朱光潜译：《拉奥孔》，商务印书馆 2016 年版，第 216 页。

觉：莎士比亚的著作不是为了肉体的眼睛的”，“眼睛也许可以称作最清澈的感官……但是内在的感官比他还更清澈”。① 歌德所说的“内在的感官”即指心灵。如果一个人看艺术作品只用眼睛，那他不但得不到欣赏对象，而且恰恰会因此葬送它、失掉它。比如一个人听故事时，只用耳朵去听讲故事者的声音腔调，看小说时，只用眼睛去看纸上的字形，那么这个人肯定得不到作者所要表述的内容。所以席勒认为，欣赏艺术“（如果）我们用动物性的感官去直接接触对象，对象便远离我们”，正指此而言。

关于只能以心灵去“接受”艺术欣赏对象的道理，我们古人早就发现了。《太平御览》引《老子》言：“以心听者知内情，以耳听者闻外声。”《庄子·人间世》谓至人听音是“无听之以耳而听之以心”，《庄子·养生主》谓至人看物是“以神遇而不以目视”。后人将道家的这一说法落实到艺术欣赏领域中，如皎然云：“夫诗人造极之旨，必在神诣。”（《诗式序》）“神”指心灵，即说对诗的内旨必须以心灵去接触。虞世南说书法欣赏：“故知书道玄妙，必资神遇，不可以力求也。机巧必须心悟，不可以目取也。”（《笔髓论·契妙》）所谓“目取”，即单纯用眼睛去看，所谓“神遇”“心悟”，即以心灵去体会。欧阳修说欣赏琴曲：“弹虽在指声在意，听不以耳而以心。”（《赠无为军李道士》）清人董棨论赏画，也是“如庖丁解牛，以神遇而不以目视”（《养素居画学钩深》）。

同样的意思，在我国古代还有一些别的说法，比如苏轼在《胜相院经藏记》中说了两句表面上看很奇怪的话：“当有无耳人，听此非舌言。”他所说的“无耳”，是指听东西不用肉体的耳朵而用心灵。此句出自佛典《楞严经》“无目而见……无耳而听”一语，亦即庄子所谓“无听之以耳而听之以心”的意思。为什么要“无耳”而听？因为所要听的对象是“非舌言”，即非舌头直接说出来的那个物质性的声音，而是一个观念的对象，观念的东西必须用心灵才能接受。明人唐顺之《卓小仙草书歌》：“卓仙作字不用手，唐生识字亦非眼。”此话正与苏轼的话是同一个意思，意谓书法在本质上并不是手的产物，而是心灵的产物，故赏书也就不能只靠肉眼而要靠心

① 段宝林编：《西方古典作家谈文艺创作》，春风文艺出版社 1983 年版，第 159 页。

灵。黎巴嫩诗人纪伯伦说过这样的话："你是盲，我是聋和哑，让我们碰碰手，相互了解。"① 他的说法与苏轼、唐顺之如出一辙，说的都是人在艺术欣赏中既凭借感官又超越感官，用心灵来接受艺术审美对象的意思。

五

文学的读者，在欣赏中从感官入手而超越直接的感官经验，以心灵来接受观念对象；这个过程就是对作品从阅读文字到理解的过程。赏诗首先要读诗。元好问云："工文与工诗，大似国手棋。国手虽漫应，一着存一机。不从着着看，何异管中窥。文须字字作，亦要字字读。"（《与张仲杰郎中论文》）"读"的结果并不是得字，而是得义。"读"在本质上就是凭借语言而又超出语言，了解作者以语言表达的内容。上一章我们已经指出，诗作品的语言所直接表述的内容是意境，所以，读者对诗作的理解，就是观念的意境在心中出现。这一意境，是读者在语言符号的指示下发挥想象的结果。《列子 · 汤问》中说钟子期欣赏伯牙弹琴："伯牙游于泰山之阴，卒逢暴雨，止于岩下；心悲，乃援琴而鼓之。初为霖雨之操，更造崩山之音。曲每奏，钟子期辄穷其趣。伯牙乃舍琴而叹曰：'善哉！善哉！子之听夫！志想象犹吾心也。'"这里指出，音乐家通过音符所传达的形象，是通过听者的想象来接收的。赏乐如此，赏诗亦然。权德舆在《酬李二十二兄主簿马迹山见寄》中说自己读诗的情况是"新诗来起予，璀璨六义全。能尽含写意，转令山水鲜。若闻笙鹤声，宛在耳目前"。所谓"起予"，指诗句对自己想象活动的感发，读诗时"宛在耳目前"的声色形象都是这种想象的结果。清人对赏诗时的想象活动说得更加细致，如叶燮谓读杜甫诗句："设身而处当时之境会，觉此五字之情景，恍如天造地设，呈于象、感于目、会于心……划然示我以默会想象之表。"（《原诗》）黄子云《野鸿诗的》："当于吟咏时，先揣知作者当日所处境遇，然后以我之心，求无象于窅冥惚恍之间，或得或

① 〔黎巴嫩〕纪伯伦著，钱满素译：《沙与沫》，《纪伯伦全集》，河北教育出版社1994年版，第183页。

丧，若存若亡，始也茫焉无所遇，终焉元珠垂曜，灼然毕现我目中矣。”况周颐在《蕙风词话》中说读者对词的欣赏：“读词之法，取前人名句意境绝佳者，将此意境缔构于吾想望中。”如此等等，说的都是这种情况。

也正因为读者读诗时所获得的意境是自己想象的结果，所以我们才说，赏诗时真正的欣赏对象并没有存于其他地方，而是存于读者的心中。我们平常在读了诗句之后才获得观念意象，于是便认为意象存于文字本身之中；实际上这是因为我们面对着一个与自然物性质完全不同的对象机械地搬用反映论的观点所发生的误解。在一定意义上说，阅读是一种照镜子式的行为，它是我们通过外向的方式以达到内向的一种途径。我们照镜时眼睛看的是镜面，实际上所见的是我们自己。文学的阅读行为也是如此，如果我们看懂了一段描写，而且夸赞它描写得生动，实际上只是因为它能把我们自己的“心象”从我们混沌的心灵中诱导出来、摄取出来，然后又投射给我们自己的结果。《五灯会元》载伽耶舍多“闻风吹殿铃声”，祖问曰：“铃鸣邪？风鸣邪?”舍多曰：“非风铃鸣，我心鸣耳。”《六祖坛经》载惠能见风吹幡动，曰“不是风动，不是幡动，仁者心动”。如果说禅家这种见解在解释客观自然物上是主观唯心主义的，那么用它来说明文学欣赏中读者所得到的意象的性质，却是十分正确的。从另一方面来说，我们在阅读作品时也只有发挥自己的想象，才能使作家想通过作品表达的东西变成现实。高尔基说过一句话：“艺术靠想象而存在。”这就是说，欣赏艺术时如果没有想象，艺术也就不存在。因为艺术所表述的是观念形象，而观念形象是只能存在于人的想象之中的。

意境是诗作品所要传达的内容，但它并不等于诗的本体。我们说过，诗的本体是情兴，即诗人面对着自然所产生的心灵勃动，而情兴是不能以作品的语言系统来述说的。诗人通过诗作品所述说的意境，只是为读者提供一个产生心灵勃动的情境。因此，读者要真正获得诗本体，就不能满足于对意境的想象，而应当再进一步，即超出诗作品而进入体验之中。

当然，从欣赏者的实际心理活动上来说，其对意境的想象和体验很难在过程上分开，因为体验总是伴随着想象活动的。但是，我们不能因此就把想象与体验混为一谈。因为想象本质上是一种思维活动，而体验则是无思维的情感活动。人们所想象的东西，虽然在自己的心灵之中，但这些东西仍然作为自我的对象而存在着。换言之，想象是自我对于一种内在对象的观照或一种虚幻境界的游历。体验则不是自我所面对的那个对象和环境，它是自我和对象融为一体的感受。一块糖，我们吃它会有甜的感受，也就是说，作为诗本体的不是那个“糖”，而是“甜”。因诗人不能把“甜”直接送给读者，只能把糖送给读者，让他们通过亲自去尝而得到甜的感受。诗人在诗作品中描述这块糖的质地、颜色，就是送给读者一块虚幻的糖，读者通过想象，使这块糖在心中出现，但这只等于得到糖，还不等于得到甜。也正因为这个道理，所以我们古人谈诗有“色”与“味”两个概念的区别：“色”，是诗中所描述的物色，对于读者来说，就是其读诗时所呈现在心中的形象，而“味”则是读者与形象融为一体所发生的体验。只有“味”才是诗之本体。中国诗论与西方传统诗论的区别也就在这里。西方因重再现，故把描写物色形象看成是艺术的最终目的，那么读者欣赏的极致，当然也就是心中呈现出形象。中国古人则更进一步：得到了形象，还要进行体验，只有通过体验获得心灵勃动，才算是得到了诗最根本的灵魂。例如唐人绝句：“少小离家老大回，乡音无改鬓毛衰。儿童相见不相识，笑问客从何处来。”这首诗从作品所描述的内容上说只是老来归乡的见闻，在西方的传统观点看来，这见闻便是诗的精髓。我国古人不这样看待这首诗，他们认为这首诗所传达的最终本体是抒情人身临这种环境下，在内心所发生的心灵感兴。我们可以想象一下，一个常年在外、老而归乡的人，一脚踏进自己阔别多年的家园，听见自己家乡孩子这样的问话，心中的感触该有多深！这感触中既有回乡的喜悦之情，又透着人世沧桑之感，它是亲切和陌生的交织，快乐中渗着怅惘，温馨中夹着苦涩……这种感触用语言直接表述不出来，但它又是那样强烈地在抒情者的胸中勃动着、冲荡着，这才是这首诗的本体。诗中写出的见闻只是引导读者体验这种感触的媒介和桥梁，而并不是感触本身。作为一个读者，只有通过体验得到了这个感触，才达到了欣赏的极致。只有在这时，读者才得到一个最高的心灵事实，这个心灵事实就是诗人写诗的初衷，亦即在诗人构思写作之前早就发生在他心中的那个原生灵感。柏格森说：“一位诗人给我朗诵他的诗作时，我对诗人的兴趣足以使我深入他的思想，产生与诗人相同的感情，并重新体验那种已经被他分割成词语的简单状态。因此，我就对诗人的灵感产生了同情感。”[①] 柏格森讲的就是这种情况。

如果说前文所说的阅读、想象的活动是“超出”诗作品的物质媒介而进入到诗作品的内容，那么读者对原生灵感的体验就是对作品内容的“超出”。杜甫云：“诗罢地有余，篇终语清省。”又云：“意惬关飞动，篇终接混茫。”所谓“有余”“混茫”，皆指耐人玩味的情兴本体而言，这个本体存在“诗罢”和“篇终”，可见它在诗作之外。读者须超越诗作内容这个跳板，才能腾入“有余”与“混茫”之中。[②] 勒韦尔迪说：“艺术开始于事件的结尾。”[③] 他的说法与我们古人的见解是一样的。

在本书的第二章中我们说过，作为诗之本体的原生灵感，是一种无思维、无语言的“沉默”状态，因此当读者在欣赏中进入体验而获得本体之后，自然也就陷入了无物无我，并且找不出语言来形容的那种心灵状态。杜甫说读诗的极致是“篇终接混茫”，是“神交付冥漠”。袁宏道谓读苏诗为“粗言细语，总归玄奥”。所谓“混茫”“冥漠”“玄奥”，其实都是形容赏诗者得到体验的物我如一的性质。这种感受，用叶燮的话来说，就是一种“绝议论而穷思维”的状态。过去，我们无论在文艺学还是心理学中，对情感体验接触很少，所以一碰到古人的这种论述，往往一概斥为神秘、唯心，这是一种简单化的态度。当然，关于情感体验的内涵现在还有待于深入探索分析，但我们觉得古人对体验状态的描述是符合实际的。另外，古人不但指出体验的超思维的特征，还指出它不可言传的性质。古人所说的“得意忘言”，既指欣赏者对作品的语言外壳的超越，有时也指读者最后

---

① 〔法〕昂利·柏格森著，肖聿译：《创造进化论》，华夏出版社 2000 年版，第 180 页。

② 《景德传灯录》载招贤大师偈云：“百丈竿头不动人，虽然得入未为真。百丈竿头须进步，十方世界是全身。”越上百丈竿头，并未到达至境，须在竿头上更进一步，即超离竿头，跳入“虚空”，这才到达禅家所谓“真”的世界。读诗正可作如是观：诗作品的内容好比竿头，而真正的诗本体是在竿头之外的。

③ 〔法〕彼埃尔·勒韦尔迪著，王忠琪译：《关于诗的思考》，《法国作家论文学》，生活·读书·新知三联书店 1984 年版，第 135 页。

陷入体验时找不出语言来说明自己感受的状态。比如刘禹锡《董氏武陵集纪》："诗者，其文章之蕴邪！义得而言丧。"王士禛《香祖笔记》："唐人五言绝句往往入禅，有得意忘言之妙，与净名默然、达磨得髓同一关捩。"他们说的都是赏诗陷入无言的意思。皎然《诗式序》谓诗的精髓"可以意冥，难以言状"。欧阳修说读诗："至其心之得者，不可以言而告也。"（《书梅圣俞稿后》）朱熹说："关雎一诗……如乾坤卦一般，只可熟读详味，不可说。"（《朱子语类》）杨万里说："（诗）可以意解，而不可以辞解。"（《一瓢诗话》引）薛雪说读杜甫的诗，"读之既熟，思之既久，神将通之，不落言诠（筌），自明妙理"，又说读陶渊明的诗，"其妙处无从下得着语"（《一瓢诗话》）。以上都是这类论述。

也正因为对诗本体的把握是这样一种无思维、无言语的状态，所以我们古人也就往往借参禅以喻赏诗。佛家禅宗所谓"禅"，是一种证悟真如本体的不思不议的心灵状态，这一点与诗的体验很相似。历代有不少以悟禅的感受来说明赏诗之极致者，如宋人李之仪诗云："得句如得仙，悟笔如悟禅。"苏轼诗云："暂借好诗消永夜，每逢佳处辄参禅。"徐瑞《论诗》："大雅久寂寥，落落为谁语。我欲友古人，参到无言处。"又，《雪中夜坐杂咏》："文章有皮有骨髓，欲参此语如参禅。我从诸老得印可，妙处可悟不可传。"王士禛《香祖笔记》："舍筏登岸，禅家以为悟境，诗家以为化境。"又《画溪西堂诗序》谓赏诗："妙谛微言，与世尊拈花、迦叶微笑，等无差别。"黄子云《野鸿诗的》："诗有禅理，不可道破。个中消息，学者当自领悟，一经笔舌，不触则背。"方东树《昭昧詹言》谓诗的欣赏："殆真如禅家之印证，而不可以知解求者。"如此等等，不胜枚举。

西方古代有一个故事，说青蛙对蜜蜂能嗅到花香感到奇怪，于是向它请教如何嗅到花香。蜜蜂答道，"我只能告诉你花有香气，却不能给你一个能嗅得着香气的鼻子"。如果我们把诗的本体比作花香的话，那么我们也可以说：诗人通过诗作品所能够做的，只不过是告诉读者花有香气而已，并不能把"香气"直接给予读者，更不能代替读者嗅它。嗅到香气，是读者遵循并超越诗作品给予自己的启示，运用自己感受的结果。读者得到这个感受，仍不能把它直接变成一个可以让渡的现实物而送给别人。如果非要读者表述自己的感受，那么其也只能说花有香气而已。陶弘景有一首诗云：“山中何所有？岭上多白云。只可自怡悦，不堪持赠君。”诗本体也正是这样一种只可自怡、不可赠人的东西。因为能赠人的东西只是物质，诗本体不是物质，而是作为观念形态的一种感受。

其实，作为一个读者来说，其获致本体不但不能表述，而且也无须表述。因为诗本体本身就是无声的。文天祥说：“诗所以发性情之和也。性情未发，诗为无声；性情既发，诗为有声。閟于无声，诗之精；宣于有声，诗之迹。”（《罗主簿一鹗诗序》）既然有声只是“迹”，无声才是“精”，那么赏诗者由迹而得精，陷入沉默，那是自然而然的事情。《王直方诗话》中载郭功父到梅尧臣家做客，二人一起欣赏欧阳修的《庐山高》诗：“功父诵之。圣俞击节叹赏曰：‘使吾更学作诗三十年……’功父再诵，不觉心醉，遂置酒，又再诵，酒数行，凡诵十数遍，不交一言而罢。”在一般人看来，这桩轶事未免滑稽，可对赏诗入神者来说，“不交一言而罢”却是极正常、极真诚的态度。因为读者不是作者，只是本体的接收者、印证者，不负有传达本体的责任。① 如果说诗人得到了诗本体后要把它传达出来，那么当本体到了读者的心中时就已经完成了传达过程。换句话说，在读者的心灵中，本体已找到了最后的“归宿”。

古人对诗歌欣赏过程的见解大体如上。除此以外，古代诗论中还谈到赏诗思维方式的特殊性问题，因为这方面的内容已在本书第二章中多有涉及，这里就不再赘述。

---

① 如果非让读者传达本体，那么读者除了把原诗再背诵一遍，别无他途。因此，梅、郭二人读诗后将原诗“凡诵十数遍”，也可以理解为他们在表达自己的欣赏感受。但正因为这种表达只是在重复诗人已经表达了的东西，所以他们也就没有表达任何东西。《五灯会元》载文益禅师与修山主的一段对话：“师问修山主：‘毫厘有差，天地悬隔。兄作么生会？’修曰：‘毫厘有差，天地悬隔。’师曰：‘恁么会又争得？’修曰：‘和尚如何？’师曰：‘毫厘有差，天地悬隔。’”对于“毫厘有差，天地悬隔”这句话所传达的精义，除了这句话本身，没有任何别的语言可以传达，这也就意味着，这句话是不可解说的。诗句也是这样，故中国古人往往有“诗不可解”之说。

附 录

要研究中国古文论体系的特殊形态和民族精神

——在四十年古代文论研究反思座谈会上的发言

中华人民共和国成立四十年来，古文论研究是有成绩的。大体上来讲，我们做得比较多的是两方面的工作：一是对材料的收集整理，二是对理论进行纵向的历史清理。这两方面工作都取得了很大的成果。但是我们所欠缺的是第三种工作：即从宏观上、横向上对我们民族的传统文论体系进行全面总结的工作。这第三种工作，应该是前两项工作的目的。也就是说，我们对资料的收集、纵向清理都不是目的，目的是真正总结出传统文论的体系，使我们对这个体系有一个理论上的自觉。只有把这个体系抓出来，我们才谈得上在这个体系的基础上去建构具有民族特色的新理论。

中国古代文论与西方文论相比，在理论形态上有一个很大的区别，那就是：西方文论是多元的，而中国文论是一元的。西方历史上的文论家，绝大多数有个人的理论体系，整个文学理论的发展，也是不断解构旧体系、建构新体系的过程，所以西方的文论史纵观起来，呈现出多元性的特点。中国文论则不然，从总体上看，它的发展好像滚雪球一样，是由许多时代的许多人共同围绕着同一个轴心建立起来的，所以说它是一元性的。我国历代的文论家，绝大多数无个人理论体系可言，而且从中华民族传统民族心理上说，古人也似乎并不以建立个人的独特体系和持一种独特的立场为荣，而只是以在整个民族的文论大体系中“添砖加瓦”为满足。西方的理论家认为，若要想成为一位伟大的人，其诀窍在于采取一种“反传统”的立场；我们古人正相反，他们坚持的是“述而不作”的信条。当然“述”中还是有“作”的，但是这个“作”，不表现为掀翻传统，另起炉灶，而只表现为对既有传统的充实、发挥、延伸，在既有传统的骨架上去建构。这样，一代一代的人围绕着共同的模式积累着整个民族的智慧。所以，研究中国古文论，如果孤立地看待一位理论家，其理论往往是片断的、零散的，但如果我们把不同个人、不同时代的观点联系起来进行整体考察，可以看出他们是从不同的角度共同构建着一个民族性的完整体系。当然，在古人不同的论述中，各种意见也难免有矛盾甚至冲突，但是笔者觉得他们的冲突是在浅层上的，在深层上是互补的，这样通过互补所建立起来的体系是一个潜体系。就是说，一元性的体系，潜于许多时代、许多人的多角度的论述之中，严密的体系潜于零散的，甚至看起来是矛盾的材料之中。研究者通过仔细的审辨，把几千年来由人们兢兢业业建立起来的体系抓出来，这是古文论研究的重要任务。由于中国古文论的特殊形态，要完成总结体系的工作，仅着力于对古文论进行纵向的清理是不够的。因为我国的文论不像西方那样表现为不同体系在历史上的替代，而是潜在的一元体系的积淀，所以仅以个人为单位进行研究，总容易停留于零散的表面，不易探索出潜在的体系。这恐怕也就是有些“批评史”之类的著作，总给人一种“袋装土豆”之感的原因。我们只有超越具体时代，超越具体个人，对对象采取宏观的、横向的研究方法，才更容易发现那个整体，把握那个整体，所以我们应当提倡宏观研究。

在近来掀起的文化寻根热中，不少人已试图从宏观上总结我们民族的传统，但可惜有些人先自抱定一种打倒传统的意气来总结，故立论难免不允当。事实证明，没有传统作为基础的东西，在中国是没有生命力的。传统好比是一块沃土，什么好的花都得栽在土上才能活。把花掐来高高吊起，今天看起来新鲜，明天就要蔫，再过几天就得干，因为它没有根，没有生命，也就不能生长，所以必然要僵化。

我们千万不可小看民族传统，民族传统是个很深层的东西，它是非常稳固的。在相当意义上说，民族传统是民族的生命，是民族赖以安身立命的基础，甚至可以说是发展的原动力。过去和现在的一些人，总把传统看成是一种惰力，所以只讲决裂，不讲继承，这是很片面的。因为一个民族最深层的传统文化模式，不是凝固的、封闭的，而是一条开放的活流，有着超越时代的性质。东西方民族传统的文化模式，并没有优劣之分，有人之所以崇拜西方文化，是他们认为中国传统的文化模式是封建社会的产物，这是把中国传统的文化模式看得太浅了，没有看到其中最深层、最稳固的东西，其实那深层的东西是有长久生命力的。所以，总结传统要有一种客观的态度，不能先挑消极面、丑陋面。当然消极面、丑陋面也要总结，但是在当前的情况下，笔者更盼望有见识的学者舍得花些时间，去深入挖掘我们民族传统中那些“闪光”的东西。具体到古文论研究来说，如果我们通过宏观审辨，把传统文论中最深层、最有生命力的东西抓出来，这对于新的理论建构，其意义要比堆砌辞藻式地摆弄洋名词大得多。

原载《文学遗产》1989 年第 4 期

滋味说探源

古人说："天下一致而百虑，同归而殊涂。"中国与西方虽然长期处于互相隔绝的状态，但双方的诗学观念有着许多相似或相同之处，只是因为中西方古代社会存在着诸多的差异，故造成了双方在理论形态上的大相径庭。换句话说，双方有些理论尽管一致，表述方法则完全不同。笔者在一本书中说过：西方人的诗学理论重逻辑阐发；中国古代诗学则重思想的内蕴，在传达上也只重点拨而自悟。在概括中国诗学理论形态的特点时笔者曾提出：中国古代诗学体系是一种"潜体系"。多年以来，这个提法有幸获得学界同仁的认同而逐渐成为很多学者的共识。当时，笔者论述这种潜体系的具体表现是："一元性的体系潜在于许多时代、许多人的多角度的论述之中，完整的体系潜在于零散的材料中。"

其实，在这些"潜"之外，也许还有一个"潜"更带有根本意义，那就是在具体的理论表述中，中国古人往往喜欢将命题潜于概念之中。我们都有这样的感觉：读了西方的诗学理论，满眼都是大大小小的命题，理论家的思想，是在一系列的命题中被明确地阐述出来的。然而读中国古代文论，我们所接触的往往是一些单独的概念，先人们在表述自己对文学的理解和对作品进行评论时，总是提炼出一些极其简单的字，将自己的思想凝结于其中。这些概念，颇像某种"圈内的行语"，其中所蕴含的约定意味，人们彼此心照不宣，故人们只是应用它们来评论作品而从不对它们的内涵做直接的界定和阐发。在西方人看来，中国古代文坛上似乎只有一些关于作品的评说，而无所谓诗学理论。实际上，中国的诗学理论正像水中盐味一样溶解在具体的文学评论之中。古人所认识到的许多精微的诗学规律，也是包含在评论时所使用的概念之中的。如果我们能费点力气，对这些概念的内涵进行细心的剖析，古人那些虽没有明言但早已成熟的深刻思想，即可以被发掘出来。以下拟剖析一个古文论中的常用概念“滋味”，以期使人们对古文论的理论形态特点有一个较具体的认识。

“滋味”，是古人评价文学作品，尤其是评价诗的常用概念。在西方人看来，中国人仿佛用舌头和鼻子来审美，读了一首好诗，他们的最高赞语往往是“有味”。

讲究吃，重视味，似乎与农业有关。我国从很早起就已经是一个成熟的农业国了。在农业性的社会中，农耕是最主要的生产劳动，食物是最重要的劳动成果，赢得食物是最重要的奋斗目标，此所谓“民以食为天”，而对食物的消费——吃，也就成了最高的感官享受。长期生活在农业性劳动和农业性消费的环境之中，人们自然也就形成了一种思考和言说的习惯，那就是喜欢从农业的角度来看事物、谈事物。人们说工作，总爱用农耕之事做比；人们说享受，也喜欢以饮食之味为喻。

富贵，人之所欲也，但古代人心目中的富与贵，多和农业密切相关。《清波杂志》云：“人生不可无田……有田方为福，盖福字从田、从衣。”其对福的解诂，虽在文字学上属于鄙谬之论，受到学者的讥评，但可以反映出古人的重农观念。这就是说，在我们古人看来，最传统的富有，不过是多田地而已。与此相对应，最传统的显贵，也只是多得粮食，故古时做官，其官秩是以所获粮食的数量来计算的。孔子曾给公西华小米，“与之釜”“与之庾”（《论语·雍也》），而且孔子在鲁国为官时，就拿过六万斗粟的俸禄；《孟子》中讲出仕，也是“养弟子以万钟”（《孟子·公孙丑下》）。秦代最高官的俸禄为二千石。汉承秦制，《汉书》载石奋和他的四个儿子俸禄皆至二千石，时人称之为“万石君”；严延年兄弟五人“皆有吏材”，乡人称其母为“万石严妪”。

当然，农业国中的人并不都是农民，上有帝王将相，下有士庶工商，角色齐全，但古人认为整个社会以农为本。蔡邕《京兆樊惠渠颂》：“《洪范》八政，一曰食；《周礼》九职，一曰农。有生之本，于是乎出；货殖财用，于是乎在。”蔡氏说的就是这个道理。辛弃疾说：“人生在勤，当以力田为先。”故他虽为文人，却别号为“稼轩”。这种观念，甚至在帝王身上也不例外。汉代开国皇帝刘邦曾对他的父亲“太上皇”说：“始者，大人常以臣不如仲能治产业，今臣之业孰与仲多？”当了皇帝还联想到农家治产，正表现出农家子弟的农民根性。无独有偶，刘邦的儿子刘章面临着残酷的政治斗争，也首先联想起田夫的锄苗：“深耕穊种，立苗欲疏，非其种者，锄而去之。”无怪乎吕后笑他，“而父知田”，生个儿子也“知田”。

古人论说各种事业，每爱以农耕为喻。曹植《藉田论》：“天子勤耘以收一国，大夫勤耘以收世禄。”这是以农活喻治国。《礼记·礼运》：“故人情者，圣王之田也，修礼以耕之，陈义以种之，讲学以耨之，本仁以聚之，播乐以安之。”又，钱谦益《初学集》：“树人如积谷，以既获为成功；种德如力田，以勤敷为能事。”以上都是以农活喻文教。王充《论衡·程材》：“朝廷之人也，幼为干吏，以朝廷为田亩，以刀笔为耒耜，以文书为农业。”这是以农活喻官务。汉代经学家贾逵初为塾师，因博览群书，“天下闻名，载粟帛受业，而家大富。时人以为贾逵‘舌耕’”（《独异志》），这是以耕地比教书。《世说新语·赏誉》中说陆机、陆云等吴中才子云：“以洪笔为锄耒，以纸札为良田，以玄默为稼穑，以义理为丰年。”又，黄庭坚《次韵子瞻和王子立风雨败书屋有感》：“公今未有田，把笔耕六籍。”杨万里《明发白沙滩，闻布谷有感》：“我少贫且贱，不但无置锥。笔耒垦纸田，黑水导墨池。”这都是以农业比治学和写作。宋人张舜民《渔父诗》云：“家住耒江边，门前碧水连。小舟胜养马，大罟当耕田。”这是以农业比捕鱼。元代有一位以梳头为业的栉工，其店铺名“栉耕堂”，当时的大文豪杨维桢还专门为他写了一篇《赠栉工王辅序》，其中说：“世以不耕为耕者多矣。渔以钓耕，贾以筹耕，工以斧耕，医以针砭耕，卜以蓍蔡耕，兵者以弓刀耕……神仙方士以丹田耕，高至于公卿大吏以礼乐文法耕，耕虽不一，其为不耕之耕则一也。”在杨氏看来，一切行业都不过是种地！这真可以说是典型的农业社会“工作观”。

与以农事喻工作相对应，古人也爱以饮食喻享受。讲究吃，在我国发源甚早。我国古代传下来的礼器文物，多为尊、彝、鼎、爵，实际上是古人的锅碗瓢盆，都是吃饭的家什。《礼记 · 礼运》:“夫礼之初，始诸饮食，其燔黍捭豚，污尊而抔饮，蒉桴而土鼓，犹若可以致其敬于鬼神。”中国最早以饮食来祭祀天地鬼神，故礼器多食器。这本身就给人一种暗示：中华文化与饮食具有密切的联系。国人自古讲吃，也会吃。一位西方人曾这样把中国菜和日本菜加以对比:“日本菜似乎只是为眼睛而做，而中国菜才真正是为了舌头而做。”的确，中国不愧为“饮食大国”。在这个国度，好像人人都可以称为“美食家”，吃东西特别讲究滋味。更使西方人感到惊奇的是，中国人不仅用舌头来品尝食物，也用舌头来欣赏文艺。现在在中国，无论文化水平的高低，无论是大人还是孩子，人们在读了一首好诗，听了一首好歌，或看了一场好电影之后，其评语往往是“有味”“够味”和“味儿足”；而且那副情态，也俨然像一个美食家尝了一口精美的菜肴那样怡然自得、心醉神迷。

“味”，作为“挂”在中国人口头上的艺术审美标准，因为它太普通、太平常，所以无论是听者还是说者，都不太容易会想到它竟是一个美学概念。实际上，如果我们从理论上把它稍微分析一下，就可以看出它具有相当独特而深刻的美学内涵。

首先，“味”是一种徒具客观形式的主观性概念，因为它不是一种“东西”，而是一种感觉。换句话说，世界上并不存在一个叫作“味”的客体，离开了人的舌头，任何东西中也不存在“味”这种独立自在的“感觉”。“味”不过是客体中的某些自性作用于我们的味觉之后所产生的一种主观经验罢了。因此，当我们说“蜜是甜的，梅是酸的”时，真正甜的、酸的并不是蜜和梅，而是我们自己。罗隐诗云:“采得百花成蜜后，为谁辛苦为谁甜。”“甜”这个形容词在这里的用法是正确的，其主体不是“蜜”，而是“谁”。因为“甜”只是吃蜜者自己的感受。从哲学角度上来说，“甜”与“酸”是洛克所谓物体的“第二性质”，它们是不能离开人的主观感受的。实际上，物体的任何性质，都必须靠人的感受来揭示。换言之，它们都必须作为人的感受而存在。日语中形容人主观感受的词，大都带有“い”的词尾，如“くるしい”（痛苦）、“いたい”（疼痛）、“うれしい”（高兴）、

“さびしい”（寂寞）等；而形容物性的词也大都带“い”，如“あかい”（赤）、“くろい”（黑）、“あまい”（甜）、“やわらかい”（软）。这就是说，物性与感受联系密切。日语中所反映的这种观念比起汉语来可能更切合实际情况。实际上，不但甜、酸、苦、辣这些“味”一定要在主观感受的基础上才能成立，甚至连“无味”之成立也是这样。我们说一杯酒有味，而说一杯水无味，那是因为酒和水都是可喝的；而面对着冶炼工人从炉中舀出的一勺通红的铁汁，我们既不能说它“有味”，也不能说它“无味”，它根本与“味”无联系，因为它绝对排斥舌头。食物的味是主观感觉，艺术的味亦然。当我们中国人说一件艺术品“有味”时，实际所表达的是“我被它陶醉了”的意思。“某某作品有味”，这句话表面上像是对该艺术品客观性质的评价，实际上却是欣赏者对自己主观感受的抒发；它不是阐释性的，而是表现性的。这就是说，中国人不但以表现性的方式来创作艺术，也以表现性的方式来评价艺术，这与西方人那种再现、模仿的创作方式和单纯去考察文本的客观意义及结构的品评方式正形成鲜明对照。

其次，“味”不但是一种主观感受，而且是一种封闭性的感受。“味”不等于“色”。“色”，虽然也可以说是人对客体所反射光波的主观经验，但因为刺激源在我们之外，正如一朵红花，你可以看，我也可以看，大家可以同时看，它向众人开放着，故众人在那同源的刺激下所产生的色觉就可以互相印证。人们印证所共同凭借的就是摆在人们面前的那个公共的对象。“味”却不然，它的刺激源作为对象物完全是私有的、排他的。这口酒，我喝你就不能喝，酒过舌根的辣烈和下咽后的香、醇，那是只有饮者自己才知道的事情。从感受的性质上来说，眼睛的观色是外向的感受，喉舌的辨味却是内向的体验。换言之，人在辨味时，并不是在感受着他物，而是在感受着自己的感受。以自己为对象的思维叫反思；以自己为对象的感受就叫体验。“味”既然是排他性的、体验性的，也就决定了它是封闭性的。它是一种“只可自怡悦，不堪持赠君”的东西。对于体验者，它像白天黑夜一样实在而真切，而对于他人，则如哑人之梦一样无从印证。《吕氏春秋·本味》载伊尹所谓“鼎中之变，精妙微纤，口弗能言，志不能喻”，禅录中所谓“如人饮水，冷暖自知”，都是对“味”这种感受封闭性的恰当说明。

因此，我国人以“味”评艺，也反映了我们欣赏艺术不重认识而重体验、不重语言剖析而重无言默契的特征。

总之，可以这样说，如果要寻找一个能够集中代表中国人艺术审美立场和态度的字眼，那实在是非“味”莫属的。

流长由于源远，叶茂缘乎根深。“味”这个审美概念已经普及到成为人们口头禅的地步，那一定是因为它具有十分悠久的历史。因此要考察“味”的缘起，就需要把目光尽量投向遥远的过去。众所周知，千百年来，“滋味”“韵味”等一直是我国人评艺的标准，而学术界追溯其源头，则多将“滋味说”的提出者归于六朝的钟嵘。实际上，古人以“味”评文已远在钟嵘之前，更何况在我国人之审美意识形成和发展的历史长河中，以“味”评文也已经是“流”而不是“源”了。

笔者以为，中国之所以用“味”作为艺术审美概念，与我国人的审美意识本身具有十分密切的关系。

我们先从“美”字谈起。“美”字，早在先秦，就已经是具有高度概括性的美学概念了。无论是在视觉上还是听觉上，外形上还是内质上，凡能引起人美感的东西，都称之曰“美”。实际上，这个字的原始意义，却只指味道的美，亦即好吃。《说文解字》：“美，甘也。从羊从大。羊在六畜主给膳也。美与善同意。”后来的徐铉对这条注释又有一个补充：“羊大则美。”这就是说，许慎认为“美”是一个会意字。古人觉得羊肉最好吃，尤其是大羊的肉，故将羊大二字合而为一来表示味道的甘美。“美”字从羊，在音韵上亦有根据：“咩”的右半边，为“羊”之本字，发音取羊之叫声，其与“美”的发音正为一声之转。所谓“大羊”，也就是肥羊。《仪礼·公食大夫礼》：“士羞庶羞，皆有大、盖……赞者北面坐，辩取庶羞之大，兴，一以授宾。”郑玄注：“大，以肥美者特为脔，所以祭也。”又扬雄《太玄》：“大，肥也。”羊养肥了肉才好吃，故训“美”的初始意义为甘（味道好）。

提起“肥”，我们又想到“肥”与“美”在古音中同属“旨”部字，也就是说，它们是同韵的。“凡同一韵之字，其义皆不甚相远。”“美”与“肥”义近，也是因为牲畜只有肉肥了才好吃，故古人以肥羊、肥牛为馈赠佳品。《诗·小雅·伐木》：“既有肥羜，以速诸父。……既有肥牡，以速诸舅。”古人以“肥”代好味，所谓“肥甘”“肥酞”是也。正因为肥、美义近，故二字可互相替代。《礼记·月令》：“烧雉行水，利以杀草，如以热汤。可以粪田畴，可以美土疆。”所谓“美土疆”，即使土地变得肥沃也。《周礼·载师》郑玄注：“家所养者多，与之美田。”《列子·说符》：“王果以美地封其子。”美田、美地者，肥腴之田地也。后世谓俸禄丰厚之官为“美官”，能获厚利之事由为“美差”，亦即肥官、肥差之义。古时与“美”同韵的还有一个字，那就是“旨”。“旨”字从“甘”，它在古代指美味，历来是没有争议的。《诗·小雅·甫田》：“攘其左右，尝其旨否。”《小雅·鱼丽》：“君子有酒，旨且多。”所谓“旨”，都是味佳之意。因为它与“美”的本义相同，故正如“美”字到后来引申为抽象的美义，“旨”到后来亦可概括美的事物。《诗·陈风·防有鹊巢》：“防有鹊巢，邛有旨苕。……中唐有甓，邛有旨鹝。”苕、鹝皆草名。“旨苕”与“旨鹝”，皆美草之意。又扬雄《太玄》：“其家不旨。”注：“旨，美也。”这都是以“旨”代“美”的例子。

最能说明“美”的本义指味道的例子，是“美”“味”二字古音的相同。“美”和“味”各自有两个读音：美，《广韵》注为“无鄙切”；《集韵》注为“母鄙切”。味，《广韵》《集韵》《韵会》皆注为“无沸切”；《集韵》又注为“莫佩切”。这两对读音正好互相对应。这显然是因为美、味在上古读音本为一，只是到了后来，它的声母才分化成轻唇与重唇两种。清人钱大昕在《十驾斋养新录》中，曾列举过大量的例子，有力地证明了“古无轻唇音”“凡轻唇之音，古读皆为重唇”的结论。根据这个结论，“美”“味”二字在上古皆为重唇明母字，发音都近似于今天的“美”或“昧”。“味”字古读为重唇，亦可从古人的训诂中见得。《礼记·檀弓》引“竹不成用，瓦不成味”，郑玄注：“味当作沬。”“味”“沬”相假借，可见读音相同。《白虎通义·礼乐》：“味之为言昧也。”古人训字义每借同音字来比附推衍，则“味”在古代读“昧”，基本上是成立的。总之，“美”“味”二字在最古时声韵皆一，亦即为同音字，这是证明它们本义相同的有力证据。

最古时的语言是以声为用的。刘师培云：“造字之源，音先而义后……

考字之用，音同则意通。”从古文字的发掘材料来看，“味”字的产生较“美”字为晚，它在金文中才开始出现，而甲骨文中只有“美”字，尚无“味”字。这就是说，最早时人们提到美味，都以“美”言之，只是由于后来“美”字由味道的意义逐渐生发扩展，终于变成了一个抽象的泛指，故人们才又根据这个字的声音，重新造了一个“味”字来专指味道。实际上，尽管有了“味”字，“美”指美味的这一本义，仍没有被人忘掉。《礼记·祭统》：“三牲之俎，八簋之实，美物备矣。”《战国策·燕策》：“为子之远行来之，故为美酒。”《孟子·尽心下》：“脍炙与羊枣孰美?”《吕氏春秋·本味》：“肉之美者：猩猩之唇，獾獾之炙……鱼之美者：洞庭之鱄，东海之鲕……菜之美者：昆仑之蘋，寿木之华……饭之美者：玄山之禾，不周之粟……水之美者：三危之露，昆仑之井。”所谓“美”，用的都是这个字的本义。魏晋时期，“美”字也这样用。《世说新语·任诞》中有个故事，说当时一个叫罗友的文士，放浪不羁，有一天混进大官僚的宴会，吃完就走。人问其是哪儿来的？他回答：“闻白羊肉美，一生未曾得吃，故冒求前耳。”甚至到了隋唐时期，人们还是这样用“美”字。《桂苑丛谈》载：“崔弘度，隋文时为太仆卿，尝戒左右曰：‘无得诳我。’后因食鳖，问侍者曰：‘美乎?’曰：‘美。’弘度曰：‘汝不食，安知其美?’皆杖焉。”又，《刘宾客嘉话录》：“刘仆射晏，五鼓入朝，时寒，中路见卖烝胡饼之处，热气上腾，使人买之，以袍袖包裙帽底啖之，且谓同列曰：‘美不可言！美不可言！’”诸如此类，都是这样的例子。

既然“美”的初义本指味道好，那么也就是说，中国人美的观念本是从口腹的快感中生发出来的。这一点不仅是中国，恐怕整个人类都是如此。吃，是人类生命的第一需要，故人对于吃的快感的意识，一定在听觉的、视觉的快感之前，此所谓“人欲所大味为先”也。西方人在美感意识产生之后，即强烈地意识到它与口腹快感的区别，以至于将味觉从审美的领域里“放逐”出去；中国人却一直未忘记味这个产生美的母体，以至于在美的观念成熟以后，人们说起美色与美声，往往与美味相提并论。比如：

《左传·昭公元年》：“天有六气，降生五味，发为五色，征为五声。”

《国语·郑语》：“声一无听，物一无文，味一无果。”

《孟子·告子上》：“口之于味也，有同耆焉；耳之于声也，有同听焉；目之于色也，有同美焉。”

《荀子·劝学》：“目好之五色，耳好之五声，口好之五味。”

《管子·揆度》：“其在色者，青、黄、白、黑、赤也；其在声者，宫、商、羽、徵、角也；其在味者，酸、辛、咸、苦、甘也。……人味者，所以守民口也；声者，所以守民耳也；色者，所以守民目也。”

《墨子·非乐》：“非为其目之所美，耳之所乐，口之所甘。”

《论衡·自纪》：“美色不同面，皆佳于目；悲音不共声，皆快于耳。酒醴异气，饮之皆醉；百谷殊味，食之皆饱。”

《淮南子·说林训》：“清醠之美，始于耒耜；黼黻之美，在于杼轴。”

《抱朴子·勖学》：“虽云色白，匪染弗丽；虽云味甘，匪和弗美。”

在这些例子中，美味与美视、美听的联系，不是某个人发挥创造性联想的结果，而是“美”字的原始意义在人们审美观念中的自然留存。换句话说，中国人以“味”论美感，是从历史中“长”出来的，而不是从头脑中“想”出来的，它没有现代知识产权意义上的发明者。

就艺术审美领域来说，中国人一开始有意识地感受和欣赏艺术，是与舌头对美味的感觉密切联系在一起的。音乐是我国最早出现的艺术形式，先秦人对于乐歌有一个至高无上的标准，那就是“中和之美”。《周礼·大司乐》：“以乐德教国子中、和、祗、庸、孝、友。”《荀子·王制》：“中和者，听之绳也。”所谓“和”，是指一个具有声音上和味道上双重意义的词。《尚书·说命》：“若作和羹，尔惟盐梅。”《周礼·内饔》：“内饔掌王及后、世子膳羞之割亨煎和之事。”《礼记·月令》：“薄滋味，毋致和。”这些都是在调味的意义上用“和”的例子。《尚书·尧典》：“声依永，律和声。”《诗·周颂·有瞽》：“肃雍和鸣，先祖是听。”《小雅·宾之初筵》：“籥舞笙鼓，乐既和奏。”以上又是在谐声的意义上用“和”的例子。从调味的意义出发，古人把烹调时所用的调料叫“和”。《吕氏春秋 · 本味》：“和之美者：阳朴之姜，招摇之桂，越骆之菌，鳣鲔之醢。”从谐声的意义出发，古人把一种笙簧也叫“和”。《尔雅 · 释乐》：“大笙谓之巢，小者谓之和。”食物讲究调味，在中国起源甚早。传说商代的伊尹就向商王进谏过调味之理：“凡味之本，水最为始。五味三材，九沸九变，火为之纪。时疾时徐，灭腥去臊除膻，必以其胜，无失其理。调和之事，必以甘酸苦辛咸，先后多少，其齐甚微，皆有自起。”（《吕氏春秋 · 本味》）《左传 · 昭公二十年》亦载有晏婴对齐侯的一段进谏。他先从味道的“和”说起，进而说到音乐的“和”：

> 和如羹焉，水火醯醢盐梅以烹鱼肉，燀之以薪。宰夫和之，齐之以味，济其不及，以泄其过。君子食之，以平其心。……声亦如味，一气，二体，三类，四物，五声，六律，七音，八风，九歌，以相成也。清浊，小大，短长，疾徐，哀乐，刚柔，迟速，高下，出入，周疏，以相济也。君子听之，以平其心。

后来荀悦在《申鉴 · 杂言》中也说：

> 夫酸咸甘苦不同，嘉味以济，谓之和羹；宫商角徵不同，嘉音以章，谓之和声。

也正因为被人们作为音乐审美标准的“和”，本身就是一个佳味与佳声密切联系在一起的概念，所以先秦人听好听的歌乐的同时，想到好吃的味道，那就是很自然的事情了。《论语 · 述而》：“子在齐闻《韶》，三月不知肉味。”这正是以美味况美声的明显例子。至于后人如曹丕《善哉行》“哀弦微妙，清气含芳”，陆机《拟西北有高楼》“芳气随风结，哀响馥若兰”，刘勰《文心雕龙 · 声律》“声得盐梅，响滑榆槿”，则是更直接地用味来说声了。

下面说一下中国人对文学的欣赏。中国人对文学这种语言艺术的自觉认识有一段漫长的历史，它大体上经历了由口头言辞到一般的文章典籍，最后才到纯粹的文学作品这样一个逐渐“收缩”的过程。我们稍加寻绎就可以发现，尽管随着人们认识的不断加深出现过许多不同的评价概念，但“味”的评价一直存在。

《尚书·说命》记载傅说向商王进谏理政之道，商王听了以后说了一句话：“旨哉!”郑玄注：“旨，美也。”以表示美味的“旨”来称赞对方的发言，这说明古人很早就从“味”的角度上评价言辞。《诗·小雅·巧言》：“盗言孔甘，乱是用锬。”《左传·昭公十一年》：“币重而言甘。”《国语·晋语》：“又有甘言焉。”所谓“甘言”，即我们今天所说的“甜言蜜语”，它虽然是个贬义词，然以“甘”说言，亦是从味道的角度来说的。《周易·系辞上》中有两句流传很广的话：“二人同心，其利断金。同心之言，其臭如兰。”同心之人所说的话，品起来有如兰蕙之芳香，更是以“味”来说“言”。至于直接用“有味”二字来评价言辞议论的例子，至迟在司马迁生活的时代已经有了。《史记·张释之冯唐列传》载有冯唐关于将帅的论述，在传后的论赞中，司马迁写着这样的评语：“冯公之论将率，有味哉！有味哉!”

春秋以后，随着书面著述的增多，人们也就从以“味”论言转到以“味”论文。孟子是第一个推崇儒家经典的人，他说：

> 心之所同然者何也？谓理也，义也。圣人先得我心之所同然耳。故理义之悦我心，犹刍豢之悦我口。（《孟子·告子上》）

孟子以家畜肉的美味，来说明圣人经典中的义理对人心的愉悦，这也似后人所谓的“切理餍心”和“脍炙人口”等语。因为圣人的义理对普通人来说是一种美味，人心对道理的体会如同对美味的品尝，故汉以后便产生了“味道”一词。诸如班固《答宾戏》：“委命供己，味道之腴。”蔡邕《被州辟辞让申屠蟠》：“安贫乐潜，味道守真。”《三国志·魏书》裴松之注：“引身深山，研精味道。”《晋书·成公简传》：“不求荣利，潜心味道。”崔融《报三原李少府书》：“夕饱儒珍，朝充道味。”如此等等，不胜枚举。唐人苏味道，正是以这两个字作为自己的名字的。

即便不是圣人的经典，而是一般的文章典籍，凡能使人优游涵泳者，人们亦以“味”言之。王充《论衡·别通》：“空器在厨，金银涂饰，其中无物益于饥，人不顾也。肴膳甘醢，土釜之盛，入者乡之。古贤文之美善可甘，非徒器中之物也，读观有益，非徒膳食有补也。”他把古人的一切美文都比作“肴膳甘醢”，可视作对孟子比喻范围的一种扩大。又《论衡·超奇》：“衍传书之意，出膏腴之辞。”“膏腴”即“肴膳甘醢”，亦即孟子所谓的“刍豢”，也是以肥美的味道来比喻文意的深远。《论衡·自纪》引时人语：“文必丽以好，言必辩以巧。言了于耳，则事味于心。”辩言丽辞，能使人心得事义，犹如口腹对美味的品尝，故曰“味于心”。《后汉书·郎𫖮传》中说黄琼“被褐怀宝，含味经籍”，《三国志·蜀书·杨戏传》说刘子初“抗志存义，味览典文”，都是以“味”来表示对著作的研阅与体会。

魏晋以后，玄学勃兴，人们追求形上之理，耽于玄想之趣，在对玄理的捉摸中求得精神的满足。发言议论，亦以耐人寻味为上，故以“味”论文意、论赏文的风气也就越来越普遍。《晋书·徐苗传》说徐苗“作《五经同异评》，又依道家著《玄微论》，前后所造数万言，皆有义味”。《晋书·郭文传》：“于时坐者咸有钩深味远之言。”《世说新语·文学》：“庄子《逍遥篇》，旧是难处，诸名贤所可钻味，而不能拔理于郭、向之外。支道林在白马寺中，将冯太常共语……皆是诸名贤寻味之所不得。”《北史·杜弼传》：“弼性好名理，探味玄宗。”任昉《齐竟陵文宣王行状》：“言穷药石，若味滋旨。”王筠《昭明太子哀策文》：“沉吟典礼，优游方册；餍饫膏腴，含咀肴核。”以上都是这样的例子。当然，在当时以“味”来评价的作品中并非都是清谈类的作品，比如《晋书·袁宏传》云：“作《北征赋》……珣诵味久之。”又陆云《与兄平原书》云：“兄前表甚有深情远旨，可耽味，高文也。”陆云给陆机的信中所说的“前表”，虽不详所指，但陆机的章表，皆文采华丽而有情致，且从陆云“深情”的评价来看，它也应该是文学性很强的作品。这说明，在当时“味”这个概念中，已经包含了纯文学的审美感受在内。不过，因为汉代经学和魏晋以来玄学的影响，从“味”字的大量用例来看，它多指义理上的蕴藉而少指情趣上的隽永。

迨至梁代，刘勰在《文心雕龙》中颇多以味论文。表面上看，他的“味”，也是义理与情趣兼而有之的。比如《宗经》中谓圣人的经典“余味日新”，《情采》中也有“研味《孝》《老》”的话。所谓“味”，当然偏于义理上的意义。又《体性》：“子云沉寂，故志隐而味深。”所谓“味深”，当指扬雄《太玄》《法言》一类著作的艰深古奥，也是义理上的意义。然《明诗》篇所谓“张衡《怨》篇，清典可味”，《声律》篇所谓“滋味流于下句”，却指的都是诗歌情韵的隽永悠长。刘勰是一位划时代的文学理论家，他在“味”的概念上虽然没有区分义理与情趣，却把作品的有味一概看作是调动了文学手段的结果。换言之，在他看来，理论著作之所以也能有味，乃在于其文体上的“辞约而旨丰，事近而喻远”（《文心雕龙·宗经》）。《丽辞》：“左提右挈，精味兼载。”《隐秀》：“深文隐蔚，余味曲包。”《物色》：“物色虽繁，而析辞尚简；使味飘飘而轻举，情晔晔而更新。”《总术》：“数逢其极，机入其巧，则义味腾跃而生。”这都是说，作品的“精味”“余味”“味飘飘”“义味腾跃”，其原因在于“左提右挈”“深文隐蔚”“机入其巧”等文学性写作手法的运用。当然，单纯的写作手法并不是造成作品滋味的全部条件，刘勰主要还是强调作品的内容，故《情采》云：“繁采寡情，味之必厌。”但从这两句话中我们也可以看出，他所强调的对“味”起决定作用的内容，并不是玄学家那样的“理”，而是“情”。以上都说明，“味”这个概念在刘勰那里已经被换成文学审美感受的内涵，与从孟子一直到魏晋之际的偏指对义理的感受大不相同，它反映了齐梁时代人们衡文角度的改变和文学意识的旺盛。

大致与刘勰同时的钟嵘在《诗品序》中也强调了“味”这个概念。他认为五言诗是“众作之有滋味者”。之所以如此，乃在于它“指事造形，穷情写物，最为详切”，而不在于谈理。他说：“永嘉时，贵黄、老，稍尚虚谈，于时篇什，理过其辞，淡乎寡味。”这就是说，在他看来，诗中的义理，不但不能造成“滋味”，而且使诗歌“寡味”。可见，钟嵘的“滋味”说，比刘勰更干脆地排除了义理的内容，从而使它成为一个单纯而明确的文学审美概念。因此，如果说“滋味”说是钟嵘正式提出来的，这是对他功绩的轻率拔高；但如果说他的“滋味”说不过是重复前人，毫无创建，那也是对他贡献的粗暴抹杀。

钟嵘以后，“味”也就成为专门评价诗歌等纯文学作品的标准。以“味”论诗文的例子不胜枚举。韩愈曾用“沉浸醲郁，含英咀华”来形容他对文学作品的欣赏。苏轼说阅读诗歌，是“采剥其华实，而咀嚼其膏味”。陆时雍曾经批评孟郊的诗读起来“如嚼木瓜，齿缺舌敝，不知味之所在”。陆游《晚兴》诗中有两句：“客散茶甘留舌本，睡余书味在胸中。”耶律洪基读李俨的《黄菊赋》，以“袖中犹觉有余香，冷落西风吹不去”的诗句述其感受。张镃称赞杨万里的诗“一朝三昧手，五字百般香”。清人陆罗源曾给龚炜的诗下过这样的断语：“笔墨间无非香气。”袁枚论诗有两句信条：“声凭宫徵都须脆，味尽酸咸只要鲜。”最有趣的是孙吉昌对《镜花缘》的题词，简直就像个小菜单：“肥如九月蟹，鲜如四月鲥……牵情如莼菜，媚香如蛤蜊。甜脆如玉笋，芳洁如楚蓠。”这正是西方人所说的“鼻子和舌头的审美”。清人钱谦益说过这样的话：

> 观诗之法，用目观，不若用鼻观。……夫诗也者……天地间之香气也。……观诗以目，青黄赤白，烟云尘雾之色，杂陈于吾前，目之用有时而穷，而其香与否，目固不得而嗅之也。吾废目而用鼻，不以视而以嗅。诗之品第，略与香等。或上妙，或下中，或斫锯而取，或煎笮而就，或熏染而得。以嗅映香，触鼻即了。……此观诗方便法也。（《有学集》）

在这里，钱谦益反对只用眼睛看诗而主张用鼻子嗅，因为眼睛所看到的只是“色”，诗的真髓恰恰不在外在的“色”上，而蕴含在诗的“香气”中，当然非靠“嗅”不可了。这个比喻，如果我们揭去其离奇而神秘的外衣，则不难窥出它深刻的内涵：所谓“色”，是指诗的外在文辞描绘而言，而“味”，是整个作品所表现出来的一种内在的生动性和真实性。“色”只能刺激人的眼目，而“味”才能激荡人的心灵。固然，一首好诗，其味的存在总离不开色，但是色又不等于味，正如一朵花的颜色不等于它的芬芳。汤惠休评谢、颜诗：“谢诗如芙蓉出水，颜如错彩镂金。”若只论色彩，金刻镂成的假花要比真花惹眼得多，但是它一文不值。为什么呢？原因正如王国维所说："非不华赡，惜少真味。"正因为如此，鉴赏艺术作品就不能只看外表的文辞描绘如何华美新奇，而应该着眼于它的"味"，亦即内在的审美意蕴。这就是钱谦益所谓"嗅诗"的含义。

总之，"味"在我国是一个源远流长的审美概念，是我国艺术理论的核心范畴。究其原因，首先是因为它是从中国古代社会特有的农耕文化环境中"长"出来的；其次是因为它代表了中国人从感受的角度来评价艺术的倾向；更重要的是因为中国古人在长期的艺术创作和审美实践中所形成的以观念感受为艺术本体的深刻思想。在一定意义上说，唐以后出现的"境""趣""神韵"等概念，也都是在"味"的基础上形成的，并与"味"在深层意义上血肉相连。

原载《北京师范大学学报（社会科学版）》1997 年第 2 期

《中国诗学六论》初版后记

这本书是我在为研究生开设的中国诗学课的讲义的基础上修改而成的。其写作的初始设想，正如本书导论中所说的，是打算从宏观上、横向上对我国传统的一元性诗学体系进行全面的理论总结。然而，当我写完后回过头来通读一遍自己写的东西，才遗憾地发觉它与我的初衷有不小的距离。如果说我心目中的中国诗学理论体系是一颗饱满流美的珠玑，那么我笔下所写出的不过是一个粗糙的圆圈。不过“圆圈”虽然粗糙，我敢保证这是基于我的水平尽力写成的结果。赏光的读者如能牺牲一些时间读读它，也许从中会受到些许启发，进而引起他们对我们民族传统诗学理论的重视。这就是我终能克服惴惴的心情而鼓足勇气把它奉献于读者面前的原因。

书中谈了我自己的思考，在一些地方也吸取了我所认同的别人的研究成果。其中几章在草出以后，曾就教于国内的一些专家学者，他们在热情鼓励的同时，也提出过十分宝贵的修改意见。为此书的出版，齐鲁书社的刘淦先生付出很多的劳动，对此，作者一并致以衷心的感谢。

我期待着读者对这本书的注意，更期待着人们对它的批评、指正。

李壮鹰

1988 年 4 月于北京师范大学